CHRISTINE TROY

HONIG FARBEN

Gefährliches Verlangen

ÜBER DIE AUTORIN:

Christine Troy wurde im Dezember 1981 in Dornbirn (Österreich) geboren. Nach ihrer Ausbildung zur Einzelhandelskauffrau zog sie mit ihrem Lebensgefährten nach Götzis, heiratete und bekam zwei Kinder. Vor rund fünf Jahren entdeckte sie ihre Leidenschaft für das Schreiben. Als Werbe und Hörbuchsprecherin leiht sie seit nunmehr zwei Jahren den unterschiedlichsten Produkten und Charakteren ihre Stimme.

1.

Hektisch nach Luft schnappend, setze ich mich auf die Parkbank. Jeder Atemzug brennt wie Feuer. Keine Ahnung, wann ich das letzte Mal so weit gerannt bin. Und was noch schlimmer ist: Ich habe keine Ahnung, wo ich bin! Mein Blick ist auf die stark befahrene Straße gerichtet, wandert zum Park zu meiner Linken, und ich werde mir nicht zuletzt der Leute bewusst, die an mir vorbeispazieren. Der eine oder andere von ihnen misst mich mit skeptischem Blick. Ich kann es ihnen nicht verübeln. Nach all der Heulerei sehe ich vermutlich aus wie ein Waschbär. Ich angle mir ein Taschentuch aus der Handtasche und wische mir damit den verschmierten Mascara weg. Das heißt, so gut das ohne Spiegel möglich ist.

Trotz des, man möchte meinen, erfrischenden Laufes, fühle ich mich noch immer wie benebelt. Ich seufze, schnäuze in das Taschentuch und stecke es zurück in die Handtasche. Dabei fällt mein Blick auf ein Geschenkpäckchen mit einer exorbitant großen, himmelblauen Schleife. Unvermittelt durchfährt es mich wie ein Stromschlag und raubt mir den Atem. Das Geschenk ist von ihm, Trever. Ich nehme das Päckchen aus der Tasche und stelle es auf meine Knie.

Kaum zu glauben, dass es nicht länger als eine Stunde her ist, dass er es mir geschenkt hat. Ich überlege, wie glücklich ich da noch war, und habe das Bild vor Augen, wie wir ausgehungert übereinander herfallen; wie Trever mich in seinem Büro auf die Glastischplatte legt, um mit mir den großartigsten Sex meines Lebens zu haben. So lange hatte ich mich nach ihm verzehrt, ihn vermisst und mir nichts sehnlicher gewünscht, als ihm nah sein zu dürfen. Ein bitterer Geschmack breitet sich auf meiner Zunge aus, als mir der Notfalltermin einfällt, den Trevers Sekretärin direkt nach unserem Akt aufgerufen hatte. Ich werde nie wieder vergessen, wie schockiert ich war, als ich sie sah: Rachel.

Wie kann es nur sein, dass diese Frau – mal abgesehen von den blonden Haaren – genauso aussieht wie ich? So etwas gibt es doch gar nicht! Ich meine, ja, ich weiß, dass es heißt, jeder hätte einen Zwilling auf der Welt. Aber verflucht noch mal, wie wahrscheinlich ist es, dass man diesem Zwilling tatsächlich über den Weg läuft? Und schlimmer noch, wie wahrscheinlich ist es dann noch, dass dieser Zwilling die Exfreundin des neuen Freundes ist? Ich seufze. Warum bin ich eigentlich vor ihr weggelaufen?

Sie hat mir nichts getan. Bestimmt wäre es schlauer gewesen, mit ihr zu sprechen und mich nicht wie eine Zwölfjährige zu benehmen. Was Trever jetzt von mir halten mag? Nein, wie peinlich. Ich bin so müde, so verwirrt.

Die letzten Tage waren, dank meines eifersüchtigen Exfreundes und Chefs Stefan und der Unsicherheit, was mich in meinem neuen Leben in Phoenix erwarten mag, voller

Anspannung. Und dann der Flug von München nach Phoenix, ganz ohne Schlaf, die darauffolgende kurze Nacht und nicht zu vergessen Trever. Seine Nähe versetzt meinen Körper jedes Mal in einen Zustand knisternder Erregung. Und das ist, ob man's glaubt oder nicht, auf Dauer mental anstrengend. Sehr sogar.

Ich merke, wie der Nebel aus Resignation wieder nach mir greift und das aufkeimende Gefühl von Traurigkeit in seinem Dunst erstickt.

Eine Weile sitze ich einfach nur mutlos da und starre ins Leere. Erst als das Päckchen auf meinem Schoss zu vibrieren beginnt, komme ich ins Hier und Jetzt zurück. Verwundert senke ich den Blick auf die Schleife, die in regelmäßigen Abständen vibriert.

Als ich den Deckel lüfte erlischt das Display. Oh, ich hatte nicht damit gerechnet, dass Trever das Handy bereits geladen und eingeschaltet hat. Ich nehme es aus der Verpackung, entsperre die Tastatur und sehe, dass ich sieben Anrufe verpasst und drei SMS erhalten habe. Wie erwartet stammen alle sieben Anrufe von Trever. Mein Magen rumort vor Aufregung, als ich das Nachrichtenmenü aufrufe und erkenne, dass auch die drei SMS von ihm sind. Mit angehaltenem Atem lese ich die erste.

Mona, bitte, ruf mich an. Lass mich dir das Ganze erklären.

Diese wenigen Worte reichen aus, um mein Herz krampfen zu lassen. Also öffne ich rasch die nächste Nachricht.

Mona, geh ans Handy!

Mit hochgeschobenen Brauen rufe die letzte SMS auf.

Mona, verdammt, ruf mich an!

Mir entfährt ein wütendes Zischen. Typisch Trever, die Unverschämtheit in Person. Ich kneife die Augen zusammen und pfeffere das Handy samt Verpackung und Megaschleife zurück in meine Handtasche.

Ich ringe den Zorn in mir nieder und lasse meinen Blick durch den Park wandern. Die Wiesen stehen in sattem Grün und überall blüht und gedeiht es. Frauen, Männer und Kinder spazieren oder joggen die Kieswege entlang. Es sind geschätzte 30 Grad und der Himmel spannt sich wie ein tiefblaues Laken über Phoenix.

Zu Hause in Bregenz regnet es vermutlich – wie so oft im Herbst. Und selbst wenn nicht, werden es die Temperaturen kaum über die 20 Grad schaffen. Beim Gedanken an die Heimat fällt mir Mama ein. Ach, wie sehr ich sie jetzt schon vermisse. Das emotionale Loch in meiner Brust klafft weiter auf denn je, als mir Stefans trauriges Gesicht in den Sinn kommt. Er wollte nicht, dass ich gehe. Wollte nicht, dass ich aus seinem Leben verschwinde. Tragisch, wie schnell sich ein Leben ändern kann.

Wenn ich heute an Stefan denke, sehe ich nur meinen Exfreund, der mich verließ, weil ich seinen Antrag am Tag nach der Beerdigung seines Vaters, abgelehnt hatte. Damals wie heute bin ich mir sicher, dass Stefan in erster Linie aus der Angst heraus, einen weiteren Menschen, den er liebt, verlieren zu können, um meine Hand angehalten hatte. Trotz der Überzeugung, das Richtige getan zu haben, bereute ich meine Entscheidung damals. Schließlich liebte ich Stefan. Drei Jahre lang kämpfte ich um die Gunst dieses Mannes. Vergebens. Erst als Stefan vor wenigen Wochen mitbekam, dass ich mich in Trever verliebt hatte, riss er das Rad herum. Plötzlich kämpfte er um eine gemeinsame Zukunft mit mir. Ich schüttle den Kopf bei dem Gedanken daran, wie er alles darangesetzt, hatte meine Abreise nach Phoenix zu verhindern. Doch ich hatte mich durchgesetzt und jetzt bin ich hier – bei Trever. Galle steigt mir auf, als mir das Aufeinandertreffen mit Rachel wieder in den Sinn kommt. Wie konnte Trever mir nur nichts von ihr erzählen? Ich meine, so etwas muss man einem doch sagen, oder? Ich reibe mir mit den Händen übers Gesicht, in der Hoffnung den gedanklichen Nebel in mir zu verwischen. Doch natürlich hilft es nichts. Im Gegenteil, der Gedanke an Trever und diese Rachel frischt den Dunst aus Benommenheit auf, der sich in letzter Zeit immer häufiger meines Körpers bemächtigt. Mit gesenktem Kopf und geschlossenen Augen versuche ich die Schwere, die auf mir zu lasten scheint, abzustreifen. Doch sie ist zäh wie Gummi. Als ich die Augen wieder öffne, fällt mein Blick auf eine blonde Frau, die mich an meine beste Freundin Sarah erinnert.

Sarah – oh Mann, hoffentlich macht sie sich keine Sorgen. Vermutlich wartet sie schon in unserer neuen Wohnung auf mich. Mit einem schlechten Gewissen, als hätte ich etwas verbrochen, schnappe ich mir meine Handtasche, eile auf die Straße zu und winke mir ein Taxi heran.

2.

Während ich mit dem Fahrstuhl in unser Penthouse fahre und mithilfe des Wandspiegels mein Make-up prüfe und wieder in Ordnung bringe, überlege ich, was ich Sarah am besten sagen soll. Grübelnd streiche ich mir eine meiner kastanienbraunen Locken aus der Stirn. Wie erkläre ich ihr nur, was zwischen Trever und mir vorgefallen ist? Wobei, wirklich ›vorgefallen‹ ist in dem Sinn ja nichts. Na ja, bis auf die Tatsache, dass wir in seinem Büro unglaublichen Sex hatten und ich dann auf seine Ex Rachel getroffen bin – die verdammt noch mal genauso aussieht wie ich! Was Sarah wohl dazu sagen wird? Gute Frage, wo ich doch selbst nicht weiß, was ich von all dem halten soll.

Als die Lifttüren aufgleiten, bin ich noch immer in Gedanken. Ich trete aus der Kabine und höre in der Küche die Kaffeemaschine arbeiten.

Wusste ich doch, dass Sarah bereits auf mich wartet. Ich gehe die paar Schritte durch den Flur und mit einer Geste der Ergebenheit in die Küche.

»Hey Sarah, tut mir leid, dass ich jetzt erst nach Hause …«, beginne ich und halte abrupt inne, als mein Blick auf Trever trifft.

Sein Anblick geht mir unter die Haut und löst ein nervöses Ziehen in meinem Bauch aus. Er sitzt mit sorgenvoller Miene an der Theke. In der einen Hand einen dampfenden Becher in der anderen sein Handy, auf das er den Blick gesenkt hält. Als er aufsieht und mich entdeckt, hellen sich seine Züge auf. Wow, ich liebe dieses Gesicht, die markanten Züge, die vollen Brauen und dann diese honigfarbenen Augen. Anmutig gleitet er vom Hocker und kommt auf mich zu. Ich weiche einen Schritt zurück und überlege einfach wieder zu gehen. Doch das erscheint mir kindisch. Also bleibe ich stehen, starr wie eine Säule.

»Wo um alles in der Welt bist du gewesen?«, herrscht Trever mich an und baut sich vor mir auf.

»Echt jetzt!?« Ich stemme die Hände in die Hüften und funkele ihn böse an. Was denkt er eigentlich, wer er ist? Die Wut verdrängt den Nebel aus meinem Kopf.

»Mona, du bist nicht mehr in Bregenz. Phoenix ist eine Großstadt. Du hättest dich verlaufen oder an irgendwelche dubiosen Typen geraten können – wenn nicht noch schlimmer!«

Ich wölbe eine Braue.

»Ist das dein Ernst? Hallo? Ich bin 25 Jahre alt! Ich bin kein Kind mehr. Ich komm schon allein zurecht.«

Trever fährt sich mit der Hand durchs Haar und seufzt.

»Wo warst du denn? Ich hab dich etliche Male angerufen.« Seine Stimme klingt vorwurfsvoll.

»Ich weiß«, erwidere ich kühl. »Ich hatte aber keine Lust mit dir zu reden.«

Trever macht den letzten Schritt auf mich zu und umfasst mit seinen Händen meine Oberarme. Die Berührung fühlt sich so intensiv an, dass mir ein Schauer über die Arme läuft.

»Mona, bitte. Wegen Rachel ...«

Allein die Erwähnung seiner Exfreundin bringt mich so auf die Palme, dass ich mich mit einem Ruck aus seinem Griff befreie.

»Du meinst deinen Notfalltermin?« Ein betäubendes Gefühl der Eifersucht frisst sich durch mich hindurch.

»Mona, bitte, ich wusste nicht ...«

»Du wusstest was nicht?«, fahre ich ihm dazwischen.

»Dass es mich stören könnte, dass deine Ex dich im Büro besuchen kommt, obwohl Mason doch sagte, du hättest keinen Kontakt mehr zu ihr? Oder wusstest du nicht, dass es mich stören könnte, dass diese Frau genauso aussieht wie ich?«

»Nein ich ...«

»Ist es das Trever?«, fahre ich ihm erneut dazwischen. »Habe ich dein Interesse erregt, weil ich verdammt noch mal genauso aussehe wie sie? Reize ich dich deswegen so? Oder bin ich einfach ein willkommener Ersatz?« Meine letzten Worte klingen hart. Ich balle die Hände zu Fäusten und weiß nicht, ob ich weinen oder schreien soll.

»Mona, bitte. Du verstehst das nicht ...«

»Was ist denn hier los?«, höre ich wie durch einen Nebel aus Zorn meine Freundin Sarah hinter mir fragen. Erschrocken fahre ich herum. Sie und ihre neue Liebe Mason, Trevers Halbbruder, stehen im Türrahmen und sehen uns verwundert an.

»Mona hat heute Rachel kennengelernt«, erklärt Trever und sieht seinen Bruder dabei ernst an.

»Oh.« Masons verwunderter Gesichtsausdruck weicht einem betretenen.

»Rachel ... wer ist Rachel?«, hakt Sarah nach.

»Trevers Exfreundin«, erkläre ich lakonisch und wende mich an die beiden Männer.

»Warum?«, frage ich matt. Mein Zorn ist inzwischen verflogen und ich fühle mich nur noch erschöpft. Jetzt fordern die letzten Tage sowie der Flug nach Phoenix ihren Tribut.

»Warum habt ihr mir nie etwas von ihr erzählt?«

Mein Blick wechselt zwischen Trever und seinem Bruder hin und her. Während Mason nur schuldbewusst die Achseln zuckt, tritt Trever erneut an mich heran und nimmt meine Hand.

»Wann hätte ich es dir denn sagen sollen? Die Telefone und Computer wurden überwacht, weißt du noch? Und die wenigen Male, die ich dich in Bregenz zu Gesicht bekommen hatte, wollte ich einfach für uns beide nutzen. Es tut mir leid – ehrlich. Ich hätte dir von Rachel erzählen sollen; ja.«

»Ja, das hättest du.« Ich senke den Blick auf seine feingliedrigen Finger, die sanft meine Hand halten. Was soll ich denn jetzt bloß tun? Obwohl sich der Nebel aus Zorn und Enttäuschung in meinem Kopf aufgelöst hat, sind meine Gedanken so leer wie nie zuvor. Ich stehe regelrecht neben mir und vermag das Gefühlskarussell aus Verliebtheit, Wut und Angst in meinem Inneren weder zu steuern noch zu bremsen.

»Lass es mich wiedergutmachen, bitte. Ich werde dir auch alles erzählen, was du wissen möchtest.«

Als ich schweige, seufzt Trever. Doch er gibt nicht auf.

»Okay«, sagt er, »was hältst du davon, wenn wir in aller Ruhe etwas trinken gehen. Dann haben wir Zeit für uns zwei und du kannst mir so viele Fragen stellen, wie du willst.«

Trevers Vorschlag klingt verlockend. Es wäre wirklich schön, etwas Zeit nur mit ihm zu verbringen. Trotzdem bin ich unschlüssig. Eigentlich sollte ich dringend ins Bett, ich bin bis ins Mark erschöpft. Doch als ich meinen Blick hebe und in seine honigfarbenen Augen sehe, verwerfe ich jeden Gedanken an Schlaf.

»Also gut«, sage ich, »aber maximal eine Stunde. Ich muss mich dringend hinlegen.«

Trever bedankt sich mit einem strahlenden Lächeln. In seinen Augen lese ich Erleichterung, als er nickt und an den Tresen geht, um sein Handy zu holen.

»Wir wollen nachher noch zum Italiener hier um die Ecke, soll ich dir für später was mitbringen?«, erkundigt sich Sarah. Ich sehe, dass ihr an die tausend Fragen auf der Seele brennen, aber sie hält sich zurück.

»Gern, eine Portion Cannelloni.«

Ich schenke meiner Freundin ein Lächeln. Ich bin so dankbar, dass ich sie habe. Keine Ahnung, was ich ohne sie tun würde. Ich beschließe ihr alles haarklein zu erzählen, wenn ich von meinem Date zurück bin.

»… danke Toni«, höre ich Trever hinter mir ein Telefonat beenden.

»Können wir?« Schon ist er an meiner Seite und hält mir die Hand entgegen, in die ich mit pochendem Herzen meine Finger lege.

Auf der Straße vor unserem Appartement wartet eine nachtschwarze Limousine auf uns. Ich erkenne den Chauffeur, der an der Tür zum Fond steht und sie für uns aufhält. Sein Name ist Toni, er hat Trever schon nach Bregenz begleitet. Ich bin zwei Mal bei ihm mitgefahren – er ist nett.

»Mr Sullivan, Frau Stein«, begrüßt uns der grau melierte Mann Anfang fünfzig.

»Hallo Toni«, begrüße ich ihn, setze mich auf die Lederbank und rutsche rüber, um Platz zu machen.

»Bringen Sie uns ins Crumb«, höre ich Trever sagen, bevor auch er einsteigt und Toni die Tür hinter seinem Boss schließt.

Augenblicklich werde ich nervös. Trevers Nähe und sein unverwechselbarer Duft lassen meinen Unterleib erwachen. Kaum zu glauben, dass es nur ein paar Stunden her ist, dass ich mit diesem Traum von einem Mann geschlafen habe. Wobei *geschlafen* wohl der falsche Ausdruck für so eine heiße Nummer auf seinem Schreibtisch ist. Vor meinem inneren Auge spielt sich noch einmal die Szene ab, als Trever mich hochgehoben und auf die Glasplatte seines Bürotischs gesetzt hat. Ich sehe, wie er sich vor mir in Position bringt, sehe sein Muskelspiel und rieche seinen unverwechselbaren Duft. Gerade als Trevers Schaft in Gedanken in mich eindringt, spüre ich einen Druck auf meinem Knie. Das Bild in meinem Kopf zerplatzt wie eine Seifenblase.

»Danke, dass du mir die Gelegenheit gibst, dir alles zu erklären«, sagt Trever im selben Moment. Ich werfe erst einen Blick auf seine Hand, die auf meinem Knie ruht und ein Prickeln über meine Haut jagt, und dann in sein Gesicht. Er wirkt ernster als sonst, was mir ein nervöses Rumoren im Magen beschert. Da ich nicht weiß, was ich sagen soll, nicke ich nur. Ich habe noch immer keine Ahnung, was ich von der ganzen Rachel-Sache halten soll.

»Hast du Hunger?«, erkundigt sich Trever, während Toni die Limousine in eine Seitengasse lenkt und vor einem Backsteingebäude hält, auf dem das Crumb-Logo in sandfarbenen Lettern prangt.

»Die haben hier einen hervorragenden Toast.«

»Ich habe keinen Hunger«, lüge ich. Wobei dieses flaue Gefühl in meinem Magen vermutlich wirklich nicht meinem Hunger, sondern vielmehr der Aufregung zuzuschreiben ist. Trotz Erschöpfung bin ich innerlich angespannter denn je. Keine Ahnung, wie mir Trever das mit Rachel erklären will. Na toll, alleine der Gedanke an die Blondine reicht, um eine Welle der Eifersucht durch meine Eingeweide zu schicken.

»Mona?« Trever steht draußen vor der Tür und hält mir die Hand entgegen. Verdammt, ich bin so übermüdet, dass ich nicht einmal mitbekommen habe, dass Trever ausgestiegen ist. Zerknirscht lasse ich mir von ihm aus der Limousine helfen. Die Berührung unserer Hände erzeugt einen scharfen Impuls in meinen Lenden. Plötzlich sind meine Beine so weich, dass ich Mühe habe, mich aufrecht zu halten. Keine Ahnung, ob Trever das merkt. Ich vermute es aber, denn er hält mir seinen Arm hin, worauf ich mich bei ihm unterhake und ins Gebäude führen lasse.

3.

Das Crumb ist ein niedliches Café mit einer Handvoll weiß lackierter Tische und dazu passenden Ledergarnituren. An den Backsteinmauern hängen Regale mit Einmachgläsern, die mit Kaffeebohnen, Kandiszucker, Zimtstangen, Nelken und anderen Backzutaten gefüllt sind.

»Mr Sullivan, wie schön Sie zu sehen«, empfängt uns eine rothaarige Dame um die Vierzig. Über einer schwarzen Stoffhose und einer weißen Bluse trägt sie eine Schürze in derselben sandbraunen Farbe wie der des Firmenlogos, das hinter ihr über der Theke hängt.

Trever begrüßt die Frau mit einem Nicken und führt mich in den hinteren Teil des Cafés, wo er mich in eine gemütliche Nische auf eine Ledercouch bittet. Wir haben kaum Platz genommen, da erscheint die Kellnerin, Notizblock und Stift gezückt. »Willkommen im Crumb, was darf ich Ihnen bringen?« Ihr von Sommersprossen bedecktes Gesicht wirkt freundlich.

»Einen Cappuccino, einen Espresso und zwei Himbeercheesecakes«, sagt Trever, bevor mein erschöpftes Gehirn zu einer Antwort ansetzen kann, geschweige denn registriert, dass ich eigentlich wütend sein sollte, da er mit einer an Bevormundung grenzender Selbstverständlichkeit für uns beide bestellt.

»Einen Cappuccino, einen Espresso und zwei Himbeercheesecakes«, wiederholt die Bedienung, während ihr Stift über den Notizblock kratzt. Der Gedanke an den Kuchen lässt meinen Magen knurren. Wie unangenehm. Verlegen senke ich den Kopf.

»Ach, und bringen Sie uns noch einen Haustoast«, fordert Trever.

»Sehr gern.«

Schon ist die Bedienung verschwunden und Trevers honigfarbene Augen schwenken auf mich.

»So viel zum Thema keinen Hunger, was?«

Ich zucke mit den Schultern.

»Vorhin hatte ich ja auch noch keinen.«

»Wer's glaubt«, schnauft er.

»Der Haustoast wir dir schmecken. Ich esse hier eigentlich nur Kuchen, aber Mason schwört auf den Toast. Er isst ihn jedes Mal, wenn wir hier sind.«

»Seid ihr denn oft hier?«, erkundige ich mich und lasse mich müde in die Kissen der Couch sinken.

»Gelegentlich.« Trevers gelöste Miene weicht einer besorgten.

»Wie geht's dir mit dem Jetlag? Du musst schrecklich müde sein.«

»Na ja, also es wäre eine Lüge, wenn ich sagen würde, dass ich fit bin«, gestehe ich. Hundemüde oder ausgewrungen wie ein nasser Lappen würde es wohl eher treffen. Trotzdem möchte ich jetzt an keinem anderen Ort auf dieser Welt sein.

Schlafen kann ich später noch; jetzt muss ich wissen, was es mit Rachel auf sich hat. Abgesehen davon will ich bei Trever sein. Ich will die Schmetterlinge genießen, die bei seiner Anwesenheit in meinem Bauch tanzen, will seinen unverwechselbaren Duft einatmen und sehen, wie seine honigfarbenen Augen weich werden, wenn ich lächle.

»Ich möchte, dass du morgen richtig ausschläfst. Und wenn du wieder aufgestanden bist, lade ich dich ins Larousse ein.«

Seine Worte klingen weniger wie ein Vorschlag als vielmehr wie ein Befehl. Es ärgert mich, dass er schon wieder über meinen Kopf hinweg Entscheidungen fällt. Ich überlege ihm die Meinung zu geigen, doch da kommt schon die Kellnerin mit unseren Bestellungen.

»So, dann hätten wir hier einen Cappuccino ...«

Trever bedeutet ihr, dass das Getränk für mich ist. Woraufhin sie eine milchschaumgekrönte Tasse vor mir und vor Trever einen intensiv nach Kaffee duftenden Espresso auf dem Tisch platziert. Die Himbeercheesecakes sehen wortwörtlich zum Anbeißen aus. Als sie uns die Kuchen hinstellt, meldet sich mein Magen mit einem leidenschaftlichen Knurren.

»Der Toast kommt sofort«, verspricht die Kellnerin und macht sich auf den Weg zurück in die Küche. Na toll, kann mein Bauch nicht einfach Ruhe geben?! Bevor er zu weiterem Protestraunen anheben kann, greife ich zur Gabel und esse einen Happen. »Mhhm ...«

Der Kuchen schmeckt noch besser als er aussieht. Erst drei Gabeln später merke ich, dass Trever mich belustigt beobachtet.

Verschämt senke ich das Besteck. Vermutlich wirke ich auf ihn wie ein hungriger Bergarbeiter.

»Was ist, warum hörst du auf?« Trevers Belustigung weicht Verärgerung.

»Ich …«, hebe ich an, doch die Bedienung unterbricht mich.

»So, hier hätten wir noch den Haustoast.« Diesmal fragt sie nicht, für wen der ist, sondern stellt ihn direkt vor mir ab.

»Guten Appetit wünsche ich.«

Mit einem Zwinkern in meine Richtung macht die sommersprossige Frau auf dem Absatz kehrt und widmet sich ein paar Neuankömmlingen, die vorne, vor dem riesigen Fenster, Platz genommen haben.

Bevor der Duft des Toasts meine Sinne wie der Ruf einer Sirene berauscht, wende ich mich an Trever.

»Also«, sage ich, »du wolltest reden.«

»Stimmt, aber wollen wir nicht erst etwas essen?«

Ungeduldig verschränke ich die Arme vor der Brust. Ich habe weder Lust zu warten noch die Hoffnung, dass meine Konzentrationsfähigkeit sich steigert.

Trever hebt ergeben die Hände.

Na gut, weißt du was, du isst und ich rede. Okay?«

Abwartend ziehe ich den Toast näher an mich heran. Er sieht himmlisch aus – wie aus dem Fernsehen.

»Was möchtest du denn gerne wissen?«

»Alles«, ist meine Antwort, während ich nach Messer und Gabel greife. Keine Ahnung, wo ich bei dem Riesenteil am besten anfange.

Als Trever belustigt die Stirn in Falten legt, bin ich zunächst irritiert. Habe ich was falsch gemacht? Oder, oje, habe ich vielleicht irgendwo noch einen Rest Himmbeercheesecake kleben?

»Alles ...«, wiederholt Trever.

Ich brauche einen Augenblick, um zu verstehen, worauf er hinauswill. Verdammt, mein Hirn ist heute aber auch zu nichts mehr zu gebrauchen.

»Ich möchte alles von dir, deiner Familie und deiner Vergangenheit erfahren«, erkläre ich.

»Aber am besten fängst du mit dieser Rachel an.« Ob ich will oder nicht, ich kann nicht verhindern, dass meine Worte bitter wie Galle klingen.

»Rachel also. In Ordnung. Ich vermute mal, du möchtest wissen, warum sie heute bei mir im Büro war.«

Jackpot, denke ich, sage aber nichts, sondern trommle nur mit den Fingern auf dem Tisch.

Trever bemerkt die Geste und legt die Stirn in Falten.

»Also«, beginnt er, »soweit ich weiß, hat dir Mason schon so einiges über mich und Rachel erzählt. Was genau weißt du denn?«

»Dass sie deine Exfreundin ist, dich mit deinem damals besten Freund Dennis betrogen hat, du sie daraufhin verlassen hast und sie seither versucht, dich zurückzugewinnen. Stimmt das so?«

»So ziemlich. Nur das mit dem Zurückgewinnen hat sich erledigt. Ich habe Rachel vor etwa einem halben Jahr noch einmal sehr deutlich gemacht, dass sie nie wieder eine Chance bei mir haben wird.«

»Sehr deutlich gemacht?«, hake ich nach.

»Sie war wirklich eine ziemliche Klette. Irgendwann ist sie mir von zu Hause ins Büro, von da aus zum Fitnessstudio und später zum Italiener gefolgt. Dort hat sie sich den Platz neben mir und einer langjährigen Geschäftspartnerin geben lassen und uns ständig mit irgendwelchen Sticheleien belästigt. Als sie meine Begleitung dann fragte, ob sie sich über den exorbitanten Verschleiß meiner Partnerinnen im Klaren sei, verlor ich die Beherrschung. Ich fuhr sie an, erklärte ihr, dass sie es sich sparen könne, mich zu verfolgen und mir mit ihren einfallslosen Sprüchen auf die Nerven zu gehen, denn sie hätte nie wieder eine Chance bei mir. Selbst wenn sie die letzte Frau auf Gottes weiter Erde wäre.«

»Exorbitanter Frauenverschleiß?«, frage ich schockiert und stelle mir gleichzeitig einen ganzen Harem vor, der Trever zu Füßen liegt. Der Gedanke schnürt mir die Brust zu.

»Glaubst du das?« Trever hebt ungläubig die Brauen. »Sehe ich so für dich aus? Wie ein Frauenverschlinger?«

Als ich mit den Schultern zucke, seufzt er genervt.

»Ich hatte seit Rachel genau eine andere Frau.«

»Oh, dass du nach ihr noch eine Beziehung hattest, wusste ich nicht.« Ich höre selbst, wie naiv das klingt, und schäme mich für so viel Engstirnigkeit. Hatte ich wirklich geglaubt, dass dieser Traum von einem Mann alleine bleiben würde? Gott, Mona, du bist so was von blöd, schimpfe ich gedanklich.

»Weil es auch keine war. Das heißt keine übliche, mit Dates, Blumen und gemeinsamer Wohnung. Es war eine reine Sexbeziehung.«

Ein dumpfes Gefühl der Eifersucht durchfährt mich. Von so etwas hatte ich schon öfter gehört. Ich meine, man nennt diese Art von Beziehung *Freundschaft Plus* – eine reine Sexbeziehung. Ohne jegliche Verpflichtung oder Liebesbekundungen. Ich könnte das nicht. Bei mir müssen schon Gefühle im Spiel sein, damit ich einen Mann an mein Höschen lasse. Die Tatsache, dass Trever keine Probleme mit *Freundschaft Plus* hat, weckt meine Unsicherheit. Was, wenn nur ich mir eine richtige Beziehung mit Blümchen und Herzchen wünsche und er ausschließlich auf den Sex aus ist? Weil ich Angst davor habe, was noch kommen mag, verspannt sich mein Nacken und ich balle, im Schoß versteckt, die Hände zu Fäusten.

»Was ist?« Trever sieht mich fragend an.

»Nichts, ich … Bitte erzähl weiter.«

Ich kann ihm unmöglich sagen, dass ich der *Große-Liebe-Mensch* bin und uns beide schon Seite an Seite alt werden sehe.

Trever betrachtet mich zwar einen Augenblick argwöhnisch, fährt dann aber fort.

»Melissa war meine erste feste Freundin. Wir waren etwa ein halbes Jahr zusammen, bevor sie mit ihrer Familie nach Ohio zog. Als sie vor etwa zwei Jahren zurückkam, um an der Osborn Middle School zu unterrichten, kamen wir ein zweites Mal zusammen. Das lief etwa zwei Monate, dann sahen wir ein, dass ich mit der Firma und sie mit ihrem Job einfach zu wenig Zeit für eine richtige Beziehung hatte. Also trafen wir uns regelmäßig für Sexdates. Anfangs versuchten wir diese Dates auf den Abend zu legen, damit wir im Anschluss noch ein wenig Zeit füreinander hatten. Das ging aber nicht lange so, weil Melissa an der Hochschule Abendkurse gab und so haben wir es unter der Woche untergebracht, vor dem Mittagessen oder in ihrer Pause und so. Du siehst also, ich hatte nicht wirklich eine Freundin nach Rachel.«

Trever lächelt mich offen an und ich habe Mühe, mich nicht zu übergeben. Worauf habe ich mich hier nur eingelassen? Ich schiebe den Teller von mir weg, weil mir irgendwie gerade schlecht wird und der Toastduft dabei nicht gerade hilfreich ist. In meinem Kopf steigt wieder Nebel auf. Oh nein, das kann ich jetzt so gar nicht gebrauchen.

»Mona, alles okay?« Trever sieht mich stirnrunzelnd an. Ich weiche seinem Blick aus. Durch meinen vernebelten Kopf wabert nur eine Frage … Nein, es ist mehr eine Vermutung. Trever will mit mir eine reine Sexbeziehung. Darum sind wir hier. Darum erzählt er mir das von Melissa in all diesen widerlichen Details.

»Mona, bitte, sag doch was.«

»Was willst du von mir, Trever?« Meine Stimme klingt irgendwie brüchig, doch das ist mir egal. Ich will Klarheit! Will wissen, auf was ich mich hier einlassen soll.

»Wie meinst du, was ich von dir will? Ich will dich! Nicht mehr und nicht weniger.«

Ich lache bitter auf.

»Ach, ist das so? Lass mich raten: Du willst mich, weil Melissa wieder umgezogen ist und du keine *Beziehung plus* mehr hast?«

»Was? Wie kommst du denn bitte darauf?«

»Na ja, deine Zeit als Geschäftsmann ist heute, mit der Fusionierungsgeschichte, vermutlich begrenzter denn je. Da bietet es sich wunderbar an, wenn ich dein neues Sexhäschen werde. Schließlich arbeite ich sogar in derselben Firma. Da kannst du dich nach Herzenslust wann und wo du willst vergnügen. Scheint mir praktisch.«

Ich wage einen Blick in Trevers Gesicht. Er wirkt ebenso überrascht wie empört. Das entfacht einen Funken Hoffnung in meinem Herzen.

»Ist das dein Ernst?«

Ich zucke mit den Schultern, worauf er sich seufzend mit den Händen durchs Haar fährt.

»Mona, ich habe dir von Melissa erzählt, weil ich will, dass wir alles voneinander wissen. Ich möchte nicht, dass irgendwelche Geheimnisse zwischen uns stehen. Und nein, ich will keine Sexbeziehung mit dir. Ich will eine richtige Beziehung, mit allem Drum und Dran.«

Ich hebe eine Braue. Das wäre ja zu schön, um wahr zu sein. Aufregende Freude prickelt in meinem Bauch. Doch davon darf ich mich nicht leiten lassen. Ich muss logisch bleiben.

»Ach ja? Und wer sagt mir, dass du dir das Ganze in ein paar Wochen nicht anders überlegst und doch lieber nur *Freundschaft Plus* hättest?«

»Ich sage dir das.« Ich glaube, ich habe Trever noch nie so ernst erlebt wie jetzt. »Du scheinst nicht zu begreifen, dass ich dich will. Wirklich will. Du bist nicht irgendeine für mich, du hast mir verdammt noch mal den Kopf verdreht. Ich muss immerzu an dich denken. Weißt du?«

»So wie du das sagst, klingt das, als wäre es was Schlechtes, immerzu an mich denken zu müssen.«

»Das ist es gewissermaßen auch. Es ist nämlich echt beschissen, dich ständig im Kopf, aber nicht in meiner Nähe zu haben. So was ist verdammt zermürbend.«

Okay, langsam, aber sicher breitet sich das Prickeln in meinem Bauch im restlichen Körper aus und versetzt mich in Hochstimmung.

»Und jetzt?«, frage ich mit belegter Stimme.

»Jetzt möchte ich, dass du etwas isst.« Er schiebt den Toastteller näher an mich ran. Ich ringe mir ein Lächeln ab, glaube aber kaum, dass ich in dieser Aufregung etwas herunterbekommen werde.

»Ich möchte, dass du dich in Phoenix wohlfühlst. Das soll schließlich dein neues Zuhause werden.«

Auf der Stelle schießt mir Rachel in den Kopf. Trever hat ihr damals eine eigene Wohnung gekauft. Bei ihr wollte er wohl auch, dass sie sich wie zu Hause fühlt. Wieder kommt mir ihr Gesicht in den Sinn. Ihre grasgrünen, mandelförmigen Augen – meine Augen. Ihre hohen Wangenknochen, die schmalen Lippen ... ganz genau wie meine. In meinem Hals hat sich bereits ein Kloß von der Größe eines Apfels gebildet, und so fällt es mir schwer, die Frage aller Fragen zu stellen: »Was wollte Rachel heute in deinem Büro?«

Trever reibt sich die Stirn. Kurz meine ich, dass er meiner Frage ausweichen will, doch dann erklärt er es.

»Rachel war wegen ihres Vaters bei mir.«

Ich warte ungeduldig, ob noch mehr kommt, doch Trever sieht nur mit einem vielsagenden Blick zu meiner Gabel. Ich unterdrücke ein Stöhnen, greife nach meinem Besteck und schneide ein Stück Toast ab.

»Wegen ihres Vaters?«, hake ich nach.

»Ja, er hatte einen Unfall.«

»Einen Unfall?«

Ich werde auf keinen Fall nachgeben. Ich will wissen, was Rachel von ihm wollte und vor allem, ob sie wiederkommen wird.

»Ja«, gibt sich Trever sichtlich geschlagen.

»Tom hatte vor drei Tagen einen schlimmen Unfall. Irgendein Lkw-Fahrer hatte es besonders eilig und ist bei Rot über die Kreuzung. Er hat Toms Wagen seitlich auf Fahrerhöhe erwischt. Die Feuerwehr musste ihn rausschneiden.

Er hatte eine Not-OP und ist nun von der Hüfte ab querschnittsgelähmt.«

»Oh«, ist alles, was ich sagen kann, und plötzlich ist aller Groll gegen Rachel verflogen und sie tut mir nur noch leid.

»Kennst du diesen Tom gut?«, möchte ich dann doch noch erfahren.

»Ja, das kann man so sagen. Ich habe ihm verflucht viel zu verdanken.« Trever lächelt sanft und deutet auf meine Gabel, auf der noch immer unberührt das Stückchen Toast steckt.

»Willst du nicht langsam mal anfangen, bevor dein Essen kalt ist?«

Warum nur habe ich das Gefühl, dass er meinen Fragen auszuweichen versucht.

»Viel zu verdanken?«, frage ich und schiebe mir den Bissen in den Mund, bevor er Trever noch eine Ablenkungsoption bietet.

»Tom Parker ist seit vielen Jahren Prokurist bei Tono Hoist. Er war es, der mir damals einen Job in der Firma besorgte und er war es auch, der bei der Übernahme als Einziger an mich geglaubt und mich in allem unterstützt hat. Weißt du, Mona, bevor ich bei Tono Hoist anfing, hatte ich eine, sagen wir mal, *wilde Zeit*. Ich habe mich ständig geprügelt, war in allerlei Blödsinn verwickelt und hatte keine Lust auf Arbeit. Tom war es, der mehr in mir sah. Er war der Überzeugung, dass Großes in mir schlummerte, nahm sich meiner an. Er war schon immer so was wie ein Dad für mich.«

Wow, noch nie hat mich Trever so tief in sich hineinsehen lassen. Ich weiß, dass sein leiblicher Vater kurz nach seiner Geburt gestorben war und sein neuer, also Masons Dad, ihre Mom verlassen hat, als die beiden noch klein waren. Jetzt habe ich nicht nur mit Rachel, sondern auch mit Trever Mitleid.

Ich spüre, wie sich aus Mitgefühl mein Hals zuschnürt. So übernächtigt und erschöpft, wie ich bin, fällt es mir schwer, nicht direkt drauflos zu heulen. Um mich davon abzulenken, schneide ich mir schnell ein weiteres Stück Toast ab und stecke es mir in den Mund. Das scheint Trever zu freuen, denn er strahlt mich glücklich an.

»Dann ist Rachel also gekommen, um dir vom Unfall ihres Vaters zu erzählen?«, folgere ich, als ich geschluckt habe und mir sicher bin, nicht in Tränen auszubrechen.

»Ja, und um mich um Hilfe zu bitten.«

Hilfe, wobei?, frage ich mich im Stillen. Trever muss meinen Gesichtsausdruck richtig gedeutet haben, denn er ergänzt: »Jetzt, wo Tom querschnittsgelähmt ist, müssen sie einiges am Haus für ihn ändern. Du weißt schon, Rampen und Lifte einbauen, die Waschbecken versetzen, all so was eben. Tom hat zwar einiges angespart, aber so ein Umbau ist teuer.«

»Dann unterstützt du die Parkers also finanziell?«

»Genau. Ich will, dass Tom gut aufgehoben ist. Er ist ein gutherziger Mensch und soll alles haben, was er braucht. Schlimm genug, dass er nie mehr gehen können wird.«

Mir wird plötzlich deutlich bewusst, dass ich heute total

überreagiert habe. Wenn ich bedenke, dass Rachel Trever nur wegen ihres schwer verletzten Vaters aufgesucht hat … Oh Gott, ich hätte nicht so ausrasten dürfen. Ich überlege, ob Rachel verheulte Augen hatte … Nein, sie waren einfach nur groß und grün, eben wie meine.

»Warum sieht sie so aus wie ich?«, schießt es plötzlich aus meinem Unterbewusstsein empor.

Trever zieht überrascht die Brauen kraus.

»Keine Ahnung. Du sagtest, du hättest hier in den USA keine Verwandtschaft. Oder?«

»Das habe ich auch nicht.«

»Dann hab ich keine Ahnung, wie so was geht. Es scheint wohl wirklich so zu sein, dass jeder irgendwo auf der Welt einen Zwilling hat.« Trever zuckt überfragt mit den Schultern.

»Wer sagt mir, dass ich nicht nur ein Trostpflaster bin, das zufälligerweise genauso aussieht wie deine Ex?« Diese Frage brennt mir so sehr auf der Seele, dass ich nicht anders kann, als sie laut auszusprechen. Trever wirkt irritiert. Hoffentlich hält er mich mit meinen abrupten Stimmungsschwankungen nicht für verrückt. Und wenn es so wäre, könnte ich es ihm nicht verübeln. Ich erkenne mich im Moment selbst nicht wieder. Nicht nur, dass ich binnen Sekunden von himmelhoch jauchzend zu zu Tode betrübt wechsele, ich kann mir auch kaum etwas merken. Einen Gedanken festzuhalten und im Gespräch so zu formulieren, wie ich ihn im Kopf habe, ist eine Schwierigkeit. Das muss der Schlafentzug sein. Das oder der Jetlag, gepaart mit Eifersucht, Verlustangst und … keine Ahnung, was noch allem … In meinem Kopf herrscht schon wieder ein mentales Vakuum.

»Ja, Mona, du sieht meiner Exfreundin wirklich sehr ähnlich. Aber nur äußerlich, glaub mir. Ich kann verstehen, dass das alles etwas verwirrend für dich ist, aber wenn ich dir eines versichern kann, dann, dass du kein Trostpflaster bist.«

Autsch. Aus Trevers Mund klingt das Ganze noch demütigender. Wenn ich nur nicht so verdammt benebelt wäre. Ich kann einfach keinen klaren Gedanken fassen.

»Na gut, weißt du was, lass uns ein andermal darüber reden, okay?«, lenke ich ein. Mir ist zwar bewusst, dass wir genau zu diesem Zweck hierhergefahren sind – um zu reden – aber ich bin auf einmal für alles zu müde.

Mit schweren Armen säble ich mir ein Stück vom Toast ab.

»Darf ich dir auch noch eine Frage stellen?«

Ich hebe den Kopf und schaue in Trevers wundervoll honigfarbene Augen. Wie könnte ich diesem Mann eine Bitte abschlagen?

»Klar.«

»Was war da zwischen Stefan und dir?«

Oh Gott, nein, warum um alles in der Welt muss er mir genau diese Frage stellen? Am liebsten würde ich ihm sagen, dass ihn das nichts angeht, dass das allein meine Sache ist. Aber etwas in mir verweist mich regelrecht darauf, dass er das Recht hat, von meiner Vergangenheit zu erfahren. Also atme ich tief durch und erkläre es ihm.

»Stefan und ich waren vor gut drei Jahren ein Paar.«

Ich merke, wie Trever sich neben mir versteift. Es muss

schwer für ihn sein, zu wissen, dass sein aktueller Geschäftspartner mit der neuen Freundin zusammen war.

»Dachte ich mir schon. Und weiter?«

»Da gibt's eigentlich nicht viel zu sagen. Stefans Vater ist bei einem Fährenunglück ums Leben gekommen und ...« Verflixt, es fällt mir echt schwer, darüber zu reden. Vielleicht weil ich so lange ein schlechtes Gewissen wegen der Sache hatte.

Jetzt bin ich es, die sich mit den Fingern durch die Haare fährt. Ich erwarte schon, dass Trever die Arme vor der Brust verschränkt und mich drängt weiterzureden. Doch das tut er nicht. Er sitzt einfach nur da und sieht mich abwartend an.

»Stefan hat mir nur einen Tag nach der Beerdigung seines Vaters einen Heiratsantrag gemacht, den ich abgelehnt habe. Na ja, und daraufhin hat er mich verlassen.«

So, jetzt ist es raus und ich möchte unbedingt wissen, was Trever davon hält. Ich betrachte forschend sein Gesicht, suche in seinen Zügen und in den honigfarbenen Augen nach einer Regung. Doch ich finde nichts. Trevers Miene ist unergründlich. Plötzlich schlägt mein Herz wie wild. Was, wenn er jetzt schlecht von mir denkt? Wenn er mich für ein kaltschnäuziges Biest hält. Ich beiße mir von innen auf die Wange, als sich mir das ungute Gefühl aufdrängt, gerade unbewusst eine Prüfung vergeigt zu haben. Unbehaglich rutsche ich auf der Couch hin und her.

»Warum?« Trevers Miene ist noch immer nichtssagend.

»Warum was?«

»Warum hast du seinen Antrag abgelehnt?«

»Weil ich davon überzeugt war, dass Stefan mir den Antrag aus einem Verlustgefühl heraus gemacht hatte. Er hatte gerade seinen Vater verloren und ich glaubte, er wollte mich einfach sicher an seiner Seite wissen.«

»War dieser Wunsch denn so verkehrt?« Jetzt hebt Trever eine Braue.

»Nein, vermutlich nicht. Und wer weiß, unter anderen Umständen hätte ich vielleicht *Ja* gesagt, aber nicht so. Ich möchte nicht jemandes Frau werden, nur weil derjenige Panik hat, mich zu verlieren. Ich möchte aus Liebe heiraten – und geheiratet werden! Schon klar …« Ich hebe ergeben die Hände. »… diese Einstellung ist ganz schön altmodisch. Aber so bin ich nun mal. Ich möchte nur einmal heiraten, und zwar den Mann meines Lebens.«

Ist das ein Schmunzeln auf Trevers Lippen? Oh Gott, lacht er mich jetzt etwa aus? Schon klar, Mister *Freundschaft Plus* findet meine Blümchen-und-Herzchen-Einstellung zum Lachen. Ich beiße die Zähne zusammen und balle erneut im Schoß die Hände zu Fäusten. Auf wen verdammt noch mal habe ich mich hier eingelassen? Ich bin so was von blöd. Gerade will ich die Gabel auf den Teller knallen und davonstürmen, als mich Trever überrascht.

»So hätte ich Stefan gar nicht eingeschätzt«, sagt er und streicht sich mit Daumen und Zeigefinger übers Kinn.

»Wie bitte?«

»Das war ein sehr unüberlegter Schritt«, erklärt er und bringt mich mit seinen Worten mal wieder aus dem Konzept. Was meint er damit?

Wie so oft scheint mir Trever meine Gedanken von den Augen abgelesen zu haben, denn er erklärt: »Es war nicht schlau von ihm, dich in solch einer Situation mit dieser Frage zu bedrängen. Ich vermute mal, du mochtest Stefans Dad?«

Ich nicke.

»Nun, dann musste Stefan davon ausgehen, dass auch du trauerst. Was seine Frage doppelt überflüssig macht. Das heißt, in dieser Situation. Er hätte zumindest damit rechnen müssen, dass du überfordert sein und verneinen würdest.« Er hält kurz inne, schüttelt den Kopf und fügt hinzu: »Wie gesagt, das war ein unüberlegter Schritt.«

Irgendwie bin ich mir gerade sicher, dass Trever nie so etwas tun würde, dass bei ihm alles *überlegt* ist und er auf sämtliche Antwortmöglichkeiten vorbereitet wäre.

»Und du sagst, dass er sich nach deiner Antwort von dir getrennt hat?«

»Nicht sofort, erst haben wir ganz normal weitergemacht. Das heißt, ich hab's versucht, aber es ging nicht. Stefan war unnahbar und ständig auf Distanz. Etwa eine Woche später hat er das Unvermeidliche dann beim Namen genannt und mich verlassen.«

»Idiot.« Trevers Lippen kräuseln sich.

Ich sehe ihn mit hochgezogenen Brauen an.

»Stolz ist eine gute Sache, versteh mich nicht falsch, aber wenn er einem im Weg steht oder man durch ihn die Liebe seines Lebens verliert, ist das einfach nur idiotisch«, ergänzt er. »Aber bitte, das muss jeder selbst wissen.«

Trever sticht sich ein Stück Kuchen ab und spießt es mit der Gabel auf. Bevor er es sich in den Mund schiebt, mutmaßt er: »Stefan weiß von uns!?«

»Nicht direkt, aber ich glaube, dass er sich seinen Teil denkt.«

Trever nickt und nimmt einen Schluck Espresso.

»Der Toast schmeckt übrigens wirklich großartig. Ein Kompliment an Mason, er hat einen guten Geschmack«, lenke ich vom Thema ab. Ich will nicht länger über Stefan reden, das ist mir peinlich und fühlt sich falsch an. Trever schmunzelt.

»Das zu hören wird Mason freuen. Er ist ein richtiger Feinschmecker. Ich glaube, er kennt so ziemlich jedes Lokal in der Gegend.«

Während Trever mir erzählt, wie wichtig es ihrer Mutter immer war, dass ihre Jungs eines Tages selbst zurechtkommen, und sie sie deshalb schon mit 12 Jahren kochen lehrte, esse ich meinen Himmbeercheesecake. Er ist wahnsinnig lecker – eine kulinarische Sensation. Ich esse alles auf und kratze sogar die letzten Himmbeercremetropfen vom Teller. Der Nebel in meinem Kopf hat sich zwar noch nicht ganz aufgelöst, ist aber zum größten Teil einer bleiernen Müdigkeit gewichen. Meine Augen brennen und ich muss mir ständig das Gähnen verkneifen. Ich nehme einen tüchtigen Schluck Cappuccino, doch auch das hilft nichts.

»Dann können du und Mason also so richtig gut kochen, was?« Es fällt mir schwer, die Worte deutlich auszusprechen. Meine Zunge ist schwer, als hätte ich getrunken.

»Okay, das reicht jetzt.« Trever steht auf und reicht mir seine Hand. Was ist denn jetzt los? Ich sehe ihn verständnislos an.

»Ich bringe dich jetzt nach Hause. Du brauchst dringend eine Mütze voll Schlaf.«

»Aber ich will doch wissen ...«

»Kein Aber, ich sehe dir schon viel zu lange zu, wie du mit dir kämpfst, um die Augen offenzuhalten. Wir können morgen über alles Weitere reden.«

Weil ich weiß, dass er recht hat, und ich mir, so übermüdet, wie ich bin, vermutlich nur die Hälfte von dem, was er sagt, würde merken können, lenke ich ein und reiche ihm die Hand. Ich lasse mich von ihm durchs Crumb führen. An der Theke angekommen reicht er der Bedienung einen Geldschein und führt mich hinaus.

4.

Die Limousine wartet schon wieder oder noch immer auf uns. Als Toni uns aus dem Café kommen sieht, steigt er aus, geht um den Wagen und öffnet uns die Tür. Ich lasse mir von Trever auf die Rückbank helfen. Himmel, tut das gut zu sitzen. Die Lederbezüge riechen wunderbar und schmiegen sich weich an meine Hüften. Keine Ahnung, wann ich das letzte Mal so müde war.

»Alles in Ordnung?« Trever wirkt besorgt.

»Ja, klar, alles bestens«, höre ich mich sagen. Meine Stimme klingt kratzig.

Trevers Handy klingelt, kaum dass er dem Fahrer die Adresse meiner Penthousewohnung gegeben hat. Als er das Telefonat annimmt, versuche ich meine Gedanken zu ordnen. Erschöpft, wie ich bin, komme ich dabei auf keinen grünen Zweig. Ich weiß weder, ob ich Trever nun vertrauen kann noch ob er es ehrlich mit mir meint. Ich bin so benommen, dass ich nicht einmal weiß, was ich für diesen Mann empfinde.

Im Augenwinkel erkenne ich, dass Trever mich nicht aus den Augen lässt. Als er näher an mich heranrückt, hüllt mich seine ganz spezielle Duftnote ein.

Ich schließe die Augen und inhaliere seinen Duft wie eine Droge. Bestimmt grinst er gerade zufrieden. Und dann trifft mich ein Vorschlaghammer aus Gefühlen. Trever hat seine Hand auf meinen Oberschenkel gelegt und streichelt die Innenseite sanft und doch beharrlich. Augenblicklich überzieht mich ein Wirbelsturm an Emotionen, aus erotischem Verlangen und sexueller Gier und Lust, und mündet in meinem Unterleib. Es ist, als hätte diese schlichte Berührung meine Klit aus ihrem einem Dornröschenschlaf ähnlichem Zustand gerissen. Ich schlage die Augen auf und begegne Trevers Blick. Ah! Er weiß von meinem Hunger auf ihn, das sehe ich ihm an. Und er scheint genauso begierig auf mich zu sein. Ich meine zu sehen, wie sich seine Augen zu flüssigem Honig verwandeln. Er telefoniert noch, doch gerade beendet er das Gespräch mit einem resoluten »Bis Montag will ich Ergebnisse, also kümmern Sie sich darum, Ed.«

Trever wirft das Handy neben sich auf das Polster, lässt die getönte Trennwand zwischen uns und dem Chauffeur hochfahren und wendet sich mir zu. Sein Blick ist verschleiert. Oh Gott, ich habe Mühe gleichmäßig zu atmen. Sich die Lippen befeuchtend rutscht er näher an mich heran, beugt sich zu mir und umfasst mein Kinn mit seiner Hand. Seine Zunge zieht eine feuchte Spur über meine Unterlippe, bevor er sanft in sie hineinbeißt. Mein Unterleib zieht sich fast schon schmerzhaft vor Lust zusammen. Wow! Okay, ich nehme alles zurück. Ich weiß, was ich für diesen Mann empfinde. Ich begehre ihn, jede einzelne Zelle meines Körpers begehrt ihn.

Ob ich ihm trauen kann oder er nur mit mir spielt, bleibt ein Rätsel. Ein Rätsel, das ich lösen werde. Ich höre mich lustvoll aufstöhnen, als Trevers Zunge feucht über meine Halsbeuge gleitet. Den Kopf in den Nacken gelegt kralle ich die Fingernägel in das Leder des Sitzpolsters. Ich bin absolut nicht exhibitionistisch veranlagt, aber wenn Trever mich jetzt und hier auf der Rückbank seiner Limousine würde nehmen wollen, würde ich ihm nicht widerstehen können. Egal, ob Toni uns dabei hören könnte oder nicht. Plötzlich ergreift der Gedanke an Sex mit Trever Besitz von mir und ich mache etwas für mich absolut Untypisches: Ich besteige ihn. Eigentlich rechne ich damit, Trever mit meiner Aktion zu überrumpeln, doch das tue ich nicht. Als ich rittlings auf ihm Platz nehme, verdunkelt sich lediglich sein Blick und seine Züge entwickeln einen gierigen Ausdruck. Ich spüre seine geballte Männlichkeit in meinem Schritt und reibe mich daran. Jetzt ist es Trever, dem ein Stöhnen entfährt.

»Gott, Mona, du bringst mich um den Verstand.« Trevers Stimme klingt ein wenig heiser.

Ich triumphiere innerlich. Fast bin ich erleichtert, dass er mir meine stürmische Art nicht übel nimmt. Seine langgliedrigen Finger graben sich gerade in meinen Hintern, als sein Handy klingelt. Trever schnappt sich das Gerät, wirft einen flüchtigen Blick aufs Display und drückt den Anruf weg. Kaum hat er es zurück auf den Sitz gelegt und seine Hände ihren Weg zurück zu meinem Hinterteil gefunden, da klingelt es wieder.

»Verdammt, Ed«, schimpft er und drückt den Anruf erneut weg.

Um die prickelnde Stimmung aufrechtzuerhalten, lecke ich ihm über seine vollen Lippen. Was der kann, kann ich schon lange, grinse ich innerlich, und knöpfe meine Bluse genau so weit auf, dass er den perfekten Blick auf mein Dekolleté hat. Er löst seine Hände von meinem Hintern und knöpft den Rest meiner Bluse auf, als schon wieder sein Handy klingelt. Trever scheint den Anruf gar nicht mitzubekommen, so fixiert ist er auf meiner Oberweite, die sich ihm prall in dem etwas zu engen BH entgegenstreckt. Also werfe ich einen Blick aufs Display und erkenne, dass es dieses Mal sein Bruder ist.

»Es ist Mason«, sage ich, während Trever geschickt meine Brüste aus den Schalen hebt und sie mit verschleiertem Blick knetet.

»Trever«, wiederhole ich, »willst du nicht rangehen, es ist Mason.«

»Nein, nicht jetzt«, ist alles, was er sagt, bevor er einen meiner Nippel in den Mund nimmt und daran saugt. Wow, was für ein Gefühl. Eine heiße Spur purer Lust bahnt sich ihren Weg von meiner Brustwarze hinab in meinen Unterleib, wo sie sich um meine Muskeln legt und sie sich auf köstlichste Weise zusammenziehen lässt. Was für ein unfassbar erregendes Gefühl. Unwillkürlich beginne ich, mich schneller an ihm zu reiben. Mein ganzer Körper ist angespannt und schreit förmlich nach Befriedigung. Als ich an Trevers Hemd ziehe und ungeduldig versuche die Knöpfe zu öffnen, klingelt sein Handy ein viertes Mal.

Wieder ist es Mason. Irgendwo in meinem Unterbewusstsein regt sich so etwas wie Sorge. Vielleicht ist was mit Sarah.

»Trever, willst du nicht einfach rangehen?«, keuche ich. Doch Trever hört mich nicht, sondern zieht eine Kussspur von meiner linken zur rechten Brust, wo er sich gerade wieder um meine Brustwarze kümmern will. Aber das verhindere ich, indem ich meine Hand davor lege. Jetzt sieht er überrascht auf.

»Was?«

Ich nehme das Handy vom Sitz und reiche es ihm.

»Mason«, sage ich und halte ihm das vibrierende Gerät entgegen.

Er seufzt ergeben und nimmt das Gespräch an.

»Was denn?«, blafft er seinen Bruder an. ... »Ja, ich weiß, das kläre ich morgen. ... Nein, warum?« Während Trever seinem Bruder zuhört, überlege ich ihn einfach auszuziehen und an ihm herumzuspielen. Sein ernster Gesichtsausdruck lässt mich meinen Gedanken jedoch verwerfen. Ich überlege von ihm herunterzurutschen, doch seine freie Hand liegt auf meinem Schenkel und hält ihn fest. Also beuge ich mich vor, schmiege mich an seine Brust und warte. Der Duft seiner Haut umhüllt mich und gibt mir ein Gefühl der Sicherheit.

»Nein, das habe ich alles schon mit Ed besprochen«, erklärt Trever. »... Schon klar. Das übernimmt Synthia. Erklär ihr die Situation.« Wieder lauscht Trever den Worten seines Bruders, dabei atmet er ruhig und gleichmäßig, was eine beruhigende Wirkung auf mich hat.

So nah an ihn gekuschelt ist mir wohlig warm. Ich schließe die Augen, weil sie immer noch brennen, und nehme mir vor, morgen auszuschlafen.

»Das ist mir bewusst. Und jetzt, was hast du vor?«, höre ich Trever fragen. Wieder hört er aufmerksam zu und ich lausche seinen Atemzügen. So ruhig, so tief, so beruhigend.

5.

Ein klackendes Geräusch, das an eine ins Schloss fallende Tür erinnert, weckt mich aus einem traumreichen Schlaf. Ich schlage die Augen auf und finde mich in einem mit Samt überzogenen Kingsize Bett wieder. Mein Herz schlägt nervös gegen meinen Brustkorb. Wo um alles in der Welt bin ich? Durch einen Spalt im Vorhang zu meiner Linken fällt Licht. Ich erkenne einen in die Wand eingelassenen Breitbildfernseher, daneben eine Kommode und zu meiner Rechten, zwischen teuer aussehenden Gemälden, eine Tür. Aufregung wühlt sich durch meinen Bauch, als mir der gestrige Abend in den Sinn kommt und mir klar wird, dass ich bei Trever sein muss.

Er hat mich wohl einfach mit zu sich nach Hause genommen. Na toll, Sarah ist bestimmt schon krank vor Sorge. Ich werfe die Decke zur Seite und sehe, dass ich nichts weiter als meinen Slip und ein weißes Shirt trage. Okay, umgezogen hat er mich also auch. Ich will eben die Beine über die Bettkante schwingen und aufstehen, als ich wieder das Knacken von vorhin höre.

»Guten Morgen.«

Ich wende mich um und entdecke Trever, der im Türrahmen steht. Er trägt eine tief sitzende Jeans und ein schwarzes Shirt, das seinen definierten Oberkörper betont. Es ist das erste Mal, dass ich ihn in legerer Kleidung sehe, und ich muss sagen, er sieht unverschämt gut aus.

»Guten Morgen.« Es fällt mir schwer dieses Prachtexemplar von einem Mann nicht offensichtlich anzuschmachten, also versuche ich mich abzulenken.

»Wie spät ist es? Ich muss Sarah anrufen, ihr sagen, dass bei mir alles in Ordnung ist.«

Ich sehe mich nach meinen Sachen um.

»Keine Sorge, Sarah weiß Bescheid«, erklärt Trever, geht zur Kommode und holt aus der obersten Schublade ein paar säuberlich zusammengelegte Kleidungsstücke. Als er zu mir kommt und die Sachen ans Fußende vom Bett legt, erkenne ich, dass es der Bleistiftrock, die Bluse und mein BH sind, die ich gestern getragen habe. Die Sachen sehen aus, als wären sie frisch gewaschen.

»Geht's dir heute besser?« Auf Trevers Miene liegt ein besorgter Ausdruck.

»Besser?« Worauf will er hinaus? Ich war doch nicht krank.

»Du warst gestern sehr erschöpft. Teilweise hatte ich das Gefühl, dass du geradezu neben dir gestanden hast.«

Kann ich mir gut vorstellen. Leider muss ich mir eingestehen, dass ich mich nur bruchstückhaft an das gestrige Gespräch mit ihm erinnere.

»Dir ist klar, dass du 14 Stunden geschlafen hast!?

Wie bitte, 14 Stunden?! Na, das erklärt dann wohl das dumpfe Gefühl in meinem Kopf.

»Mr Sullivan?«

Trever wendet sich zur Tür um, mein Blick folgt ihm. Im Rahmen steht eine grauhaarige Dame Ende 50, die ein Frühstückstablett trägt.

»Ich bringe Ms Steins Frühstück«, erklärt sie.

Trever nickt der rundlichen Frau, die ein Hausmädchenoutfit trägt und, wie ich vermute, mexikanischer Abstammung ist, zu und beobachtet, wie sie auf meine Bettseite zusteuert und mir das Tablett hinstellt.

»Danke.« Lächelnd nicke ich ihr zu und betrachte das liebevoll angerichtete Frühstück: Rührei, Brötchen, O-Saft, Croissant, Speck, Melone, eine Schale dampfender Kaffee und eine rote Rose in einer Glasvase.

»Danke, Maria, das wäre dann alles.«

Während die Frau den Raum verlässt und die Tür hinter sich schließt, kommt Trever zu mir herüber und setzt sich neben mich aufs Bett, was mir eine Gänsehaut verursacht. Dieser Mann wirkt eine fast schon mit Händen zu greifende Anziehung auf mich aus.

»Schön, dass ich dich noch sehen kann.« Er wirft einen Blick auf seine Armbanduhr.

»Ich habe heute noch einen Termin und muss in knapp einer Stunde los.«

Ich ziehe die Brauen zusammen. Wo er wohl an einem Samstagnachmittag hin muss?

»Du kannst es dir hier gemütlich machen, den ganzen Tag im Bett verbringen oder unten im Pool schwimmen. Ganz wie du möchtest. Und solltest du was brauchen oder Hunger haben, Maria kümmert sich gern um dich.«

Wieso geht Trever davon aus, dass ich hierbleibe? Soweit ich weiß, habe ich gestern nicht entschieden, ob ich wirklich mit ihm zusammen sein will … oder etwa doch? Ach verflixt, mein Schädel brummt und wenn ich an gestern denke, dann fällt mir nur die heiße Nummer auf der Limousinenrückbank ein. Wobei da ja eigentlich nichts lief … oder? Nein, ich glaube, ich bin dabei eingeschlafen. Oh Mann, es ist wirklich zum Kotzen, wenn der Kopf so leer ist, dass man für jeden noch so kleinen Gedanken in den Tiefen des Bewusstseins wühlen muss.

»Ich glaube, es ist besser, wenn ich nach Hause gehe.« Oh, diese Antwort scheint ihn gar nicht zu freuen.

»Warum?«

»Ich muss noch meine Koffer auspacken und Sarah wartet.«

»Sarah ist bei Mason und deine Koffer laufen dir nicht davon.« Seine Stimme ist kühl.

Ich seufze.

»Trever, also du und ich … Im Moment ist das alles so kompliziert … Ich weiß nicht, was ich von dieser Situation halten soll – ob ich dir trauen kann. Ich will keine reine Sexbeziehung und wenn du …«

Ehe mein müdes Gehirn verstanden hat, wie mir geschieht, hat Trever das Tablett von meinen Beinen gehoben, mich an sich gezogen und mir einen Kuss auf die Lippen gedrückt.

»Lass das«, knurrt er in meinen Mund, während ich nach Atem ringe.

»Hör auf nach irgendwelchen Ausflüchten zu suchen, du gehörst mir. Verstehst du, mir.«

Seine Worte lassen meine Sinne erwachen, und obwohl er mit keinem Wort gesagt hat, dass er eine aufrichtige Beziehung mit mir will, bin ich ihm so verfallen, dass sich all meine Bedenken in Luft auflösen.

»Das war gestern ganz schön fies von dir, mich so auf Touren zu bringen, nur um dann halb nackt auf mir einzuschlafen. Weißt du, wie hart es war, dich eine Nacht lang neben mir liegen zu haben und dich nicht anzufassen?«

Aha, dann wär das also auch geklärt. Er hat mich nur umgezogen, sonst nichts. Der Gedanke, dass mein nackter Körper ihn halb um den Verstand gebracht hat, freut mich diebisch. Ich umfasse Trevers Hinterkopf mit beiden Händen und ziehe ihn mit mir zurück auf die Matratze. Dabei lassen meine Lippen nicht von seinem köstlichen Mund ab. Ein raues Stöhnen entweicht seiner Kehle, als er zwischen meine Beine gleitet, mit einer Hand über meinen Schenkel streicht und seine Finger unter den Bund meines Höschens hakt. Seine honigfarbenen Augen fixieren meinen Blick, als er sich hinkniet, ich den Hintern hebe und er mir quälend langsam den Slip auszieht, ihn lässig zur Seite legt.

Genüsslich wandert sein Blick an meinen Schenkelinnenseiten entlang und verharrt an meinem Schamhügel. Es ist ein erotisches Gefühl, von ihm so intensiv, nahezu genießerisch betrachtet zu werden. Sein anerkennendes Grinsen lässt mich hoffen, dass er sich hinunterbeugt und meine intimste Stelle liebkost. Doch er hält sich zurück. Ich winde mich unter ihm vor Verlangen, will, dass er mich berührt, will, dass er mich küsst.

Mein ganzer Körper verzehrt sich nach diesem Mann. Ich schlinge meine Beine um seinen Rücken, ziehe in zu mir herab und küsse ihn stürmisch. Erst entlockt meine wilde Art ihm nur ein Schmunzeln, doch dann steigt er auf meinen Kuss ein, schlingt seine muskulösen Arme um mich und zieht mich eng an seine Brust. Das jagt eine neue Woge aus Lust durch meinen Körper. Ich will ihn spüren, will ihn endlich in mir haben. Stöhnend hebe ich mein Becken und reibe mich an seiner Härte.

Ich kann ihn durch seine Jeans spüren. Als ich nach seinem Gürtel greife und ungeduldig am Versschluss zerre, übernimmt Trever.

Er öffnet mit flinken Fingern Gürtel und Knöpfe und schiebt sich Jeans und Boxershorts über den Hintern. Wow, was für ein Prachtexemplar! Plötzlich übermannt mich die Ungeduld. Ich will ihn, jetzt und sofort! Wie ein hungriges Tier, das sich seine Beute schnappt, fasse ich nach seinen Schultern und drehe ihn. Ehe er versteht, wie ihm geschieht, liegt er auf dem Rücken.

Mit fliegenden Händen entledige ich mich meines Shirts und Höschens und besteige ihn. Ich meine eine anerkennende Überraschung auf Trevers Zügen zu lesen, bin aber zu ausgehungert, als dass ich länger innehalten könnte. Meine Finger greifen nach seiner prallen Männlichkeit, streichen über die samtene Haut. Und im nächsten Moment bringe ich ihn unter mir in Position und lasse mich in einem Rausch aus Verlangen auf ihn hinab.

Oh, das tut gut! Er ist riesig, füllt mich fast schon schmerzhaft aus. Genau das ist es, was ich jetzt brauche. Ich werfe den Kopf in den Nacken, schließe die Augen und genieße ihn in mir, während ich mich auf ihm zu bewegen beginne. Ich hebe und senke mein Becken, kreise, rühre und reite ihn. Immer wieder, immer schneller.

Dabei treibe ich unsere Lust höher und höher hinauf. Eine Woge aus Hitze erfasst meinen kompletten Körper – ich bin so getrieben von sexueller Sinnlichkeit, dass ich schreien möchte.

Als Trevers Hände über meinen Bauch hinauf zu meinen Brüsten streichen, zieht sich mein Unterleib zusammen. Ich bin Sekunden davor, halte den Atem vor Erregung an.

Und dann kneift er in meine Brustwarzen und gibt mir den Rest. Die Welt um mich herum zerbirst in einem noch nie zuvor empfundenen Orgasmus.

Ich stöhne Trevers Namen, wieder und wieder. Als mich die Kraft verlässt, sinke ich auf seine Brust. Er atmet schwer, stöhnt. Erst glaube ich, dass er so stöhnt, weil auch er gekommen ist, doch dann begreife ich, dass er ganz kurz davor ist.

Er packt mich am Hintern, wirbelt mich herum und gleitet zwischen meine Beine.

»Du bringst mich noch um den Verstand«, knurrt er, bevor er mit einem Ruck in mich dringt. Ich schreie auf vor Lust.

»Mein«, sagt er und beginnt mich mit harten Stößen zu bearbeiten. Eine weitere Welle der Erregung umhüllt mich. Ich heiße jeden seiner Stöße willkommen, schlinge meine Beine um seinen Rücken und recke ihm das Becken entgegen.

Das scheint Trever den Rest zu geben. Er kommt, entlädt sich stöhnend in mir. Als er wenig später auf mich herabsinkt und erschöpft meine Schläfe küsst, erwache ich langsam aus meinem tranceähnlichen Zustand. Erst jetzt begreife ich, was ich da gerade getan habe.

Obwohl ich keine Ahnung habe, ob es Trever wirklich ernst mit mir meint, habe ich ihn bestiegen wie eine notgeile Irre. Ich habe ihn regelrecht überwältigt. Und das Ganze OHNE Kondom! Oh Gott, ich habe noch nie zuvor ohne Kondom mit jemandem geschlafen. Plötzlich wird mir speiübel. Wie konnte ich das nur tun?!?

Das bin doch nicht ich, verdammt. Dieser Mann bringt mich um den Verstand, er vernebelt meine Sinne und macht aus mir eine hormongesteuerte Verrückte. Wer weiß, was Trever in seinem Leben so alles schon getrieben hat. Ich könnte mir eben sonst was geholt haben von ihm, dem *Freundschaft Plus*-Typen. Mit einem Satz springe ich aus dem Bett, greife mir das Shirt, bedecke meine Blöße.

»Es … es tut mir leid«, stammele ich.

Trever runzelt die Stirn und setzt sich auf.

»Was tut dir leid?«

»Na, dass ich wie eine Verrückte über dich hergefallen bin. Und dann noch ohne … du weißt schon, ohne Schutz.«

Die Situation ist mir so peinlich, dass ich mich beschämt abwende und in das Shirt schlüpfe. Hoffentlich entgeht ihm so mein hochroter Kopf.

»Ja, ich muss zugeben, du hast mich eben ziemlich überrumpelt. Ohne Gummi läuft bei mir normalerweise nichts. Tut mir leid, ich habe mich da irgendwie mitreißen lassen.«

Das beruhigt und beschämt mich gleichermaßen.

»Aber ich übernehme natürlich die Kosten für …«

»Musst du nicht«, fahre ich ihm dazwischen. Ich weiß, dass er die Pille danach meint, aber die brauche ich nicht. Ich nehme die Pille schon seit meinem 16. Lebensjahr. Das muss ich, weil ich sonst mit Hormonstörungen zu kämpfen habe. Dank der Tabletten habe ich einen regelmäßigen Zyklus.

»Muss ich nicht?« Trevers Blick sagt mir, dass jetzt er überlegt, ob es nicht doch eine blöde Idee war, ohne Gummi mit mir zu schlafen. Weiß der Geier, was ihm gerade für Horrorfantasien durch den Kopf gehen.

»Nein, ich nehme die Pille. Hormonschwankungen«, erkläre ich. »Und nein, du brauchst dir keine Sorgen um deine Gesundheit zu machen. Du bist der erste Mann, der mich je ohne Schutz hatte.«

So, das wäre dann auch geklärt.

»Wenn du willst, kann ich dir auch gerne ein Attest bringen«, sage ich. »Ich gehe regelmäßig Blut spenden … daher ist also sicher alles okay mit mir. Aber wenn du willst … so ein Test ist bestimmt schnell gemacht.«

Oh Gott, ich habe das Gefühl, dass der Raum um mich zu schwanken beginnt. Ich greife nach meinen Klamotten, die bei unserem Liebesspiel zu Boden gefallen sind, und versuche in den Slip zu steigen, doch meine Hände sind so zittrig, dass ich es nicht schaffe. Kalter Schweiß steht mir auf der Stirn und das Gefühl mich jetzt und hier übergeben zu müssen, ist stärker denn je.

»Hey.« Trevers warme Hand umfasst mein Handgelenk und zieht mich zurück aufs Bett. Weil meine Knie weich wie warme Butter sind, schaffe ich es nicht ihm Widerstand zu leisten; auch wenn ich das gerade verdammt gern tun würde. Wie ein Sack Kartoffeln plumpse ich neben ihm auf die Matratze.

»Ehrlich, Trever, es tut mir leid. So bin ich sonst nicht. So war ich verflucht noch mal noch nie …«

»Scht, scht, schon gut«, beruhigt er mich. Er rutscht näher an mich heran und streicht mit den Fingern über meinen Rücken. Die Berührung beruhigt mich tatsächlich.

»So, und jetzt schau mich an«, fordert er. Oh Gott, bitte nicht. Ich möchte weinen vor Scham, wie soll ich ihm da in die Augen sehen.

Als ich den Kopf sinken lasse, steht er auf, stellt sich direkt vor mich hin und umfasst mit einer Hand mein Gesicht. Mit sanftem Druck hebt er mein Kinn und zwingt mich ihn anzusehen.

»Du sagst, du hattest mit keinem anderen Mann außer mir ungeschützten Geschlechtsverkehr?«

Ich nicke.

»Und ich vermute, dass du auch sonst keine Dummheiten gemacht hast, du weißt schon, Drogen oder dergleichen.«

»Was, nein, natürlich nicht!«

»Also, dann hör auf durchzudrehen. Du hattest nie ungeschützten Sex und ich nur als Jugendlicher. Ich hab mich danach testen lassen und achte seither penibel auf meine Gesundheit.«

Seine honigfarbenen Augen fesseln und beruhigen mich.

»Du sagst, du nimmst die Pille?«

»Ja, das muss ich, weil ... wie schon erwähnt ... die Hormone.«

Ich will, dass er weiß, dass ich keines von diesen Mädchen bin, die die Pille nur nimmt, damit sie jederzeit ohne lästigen Gummi mit irgendwelchen Typen rummachen kann.

»Na also, dann hör auf dich deswegen so verrückt zu machen.« Trever gibt mein Gesicht frei, umfasst zärtlich meine Hände und zieht mich auf die Beine. Seine Augen fixieren mich noch immer.

»Das eben war einfach nur wundervoll«, sagt er und auf seine Züge tritt ein Ausdruck, den ich noch nie zuvor gesehen habe. Er wirkt weich, fast versonnen.

»Ich will, dass wir das hier richtig machen. Ich will, dass es klappt. Das bedeutet nicht nur, dass wir ehrlich zueinander sein sollten, sondern uns auch gegenseitig vertrauen können.«

Ich lächle. Keine Ahnung, wie Trever das schafft, aber in seiner Nähe fühle ich mich sicher. Er gibt mir das Gefühl ihm wichtig zu sein.

Ein Gefühl der Geborgenheit überkommt mich, als er mich an seiner herrlich duftenden Brust hält und mir einen Kuss auf das Haar drückt. Dieser Mann hat mich komplett in seinen Bann gezogen.

So einander umarmend, stehen wir eine halbe Ewigkeit da, genießen die Wärme und den Geruch des anderen. Nie zuvor in meinem Leben habe ich derart intensiv für einen Menschen empfunden. Nicht einmal für Stefan, und das will schon was heißen; denn Stefan war meine große Liebe – dachte ich zumindest.

Es ist fast beängstigend wie dieser Rausch der Gefühle, den Trevers Nähe in mir auslöst, mich immer wieder überwältigt. Vermutlich wäre es vernünftig, die Sache zwischen uns langsam anzugehen, ihn erst mal richtig kennenzulernen; doch ich weiß, dass ich dazu nicht imstande bin. Er ist wie eine Droge, von der ich abhängig zu sein scheine.

Ein Klopfen an der Tür lässt uns schließlich voneinander ablassen.

»Mr Sullivan, Toni wär dann so weit!«, ruft eine Frauenstimme, und ich meine in ihr die Marias, der Haushälterin, zu erkennen. Meine Vermutung bestätigt sich, als sich Trever bei ihr bedankt und erklärt, dass Toni sich noch einen Moment gedulden muss.

»Was hältst du davon, wenn du so lange, wie ich fort bin, zurück in mein Bett kriechst und noch ein Weilchen schläfst. Das tut dir bestimmt gut; und wenn ich zurück bin, lade ich dich chic zum Essen ein. Oder aber wir lassen uns von Maria was Leckeres zaubern und machen es uns direkt hier gemütlich.«

Trever wackelt verschwörerisch mit den Augenbrauen. Seine Miene wirkt so weich, dass ich ihn schon wieder küssen möchte.

»Das klingt gut, aber ich muss nach Hause, ich habe noch gar nicht ausgepackt und duschen muss ich auch dringend.«

»Also duschen kannst du hier auch, ich helfe dir sogar«, sagt Trever.

Jetzt zeichnet sich auf seinen Zügen ein dunkler Schatten ab und seine Stimme nimmt einen rauen Klang an. Das jagt mir einen Schauer über Arme und Rücken.

Uff, ich habe das Gefühl, dass Trevers Einfluss auf mich von Minute zu Minute größer wird. Auch wenn ich noch so gerne bleiben würde, jetzt brauche ich dringend ein wenig Abstand. Mir zuliebe – ihm zuliebe – uns zuliebe. Ich hoffe, das bringt meine Emotionen wieder ins Gleichgewicht.

»Das ist lieb von dir und ich werde mir dein Angebot merken, aber ich muss jetzt wirklich heim.«

»Na gut.« Trever greift nach meiner Hand, hebt sie an seine Lippen und tupft einen Kuss auf meinen Handrücken. Das Gefühl seiner kühlen Lippen auf meiner Haut ist atemberaubend und ich muss mich zusammenreißen, um nicht wie eine Vollidiotin mit offenem Mund vor ihm zu stehen und ihn anzuschmachten.

6.

Zwanzig Minuten später falle ich erschöpft, aber glücklich in mein Bett in unserer neuen Wohnung, die mir gerade genauso surreal erscheint wie mein restliches neues Leben.

Vor ein paar Tagen noch saß ich in Bregenz im Büro von Vogt& Vogt, habe zusammen mit Sarah die Marketingabteilung geschmissen und ein schlichtes, ja, ich möchte sagen, fast schon langweiliges Leben geführt. Bis vor 48 Stunden wusste ich noch nicht einmal, was da wirklich zwischen Trever und mir läuft. Ich betrachte die weiße Zimmerdecke und schüttle den Kopf. Unglaublich, was sich in der kurzen Zeit alles getan hat. Kein Wunder, dass ich so durch den Wind bin. Ich wünschte nur, Sarah wäre hier und hätte etwas Zeit für mich. Ich würde ihr so gerne von Trever erzählen. Ich weiß, das täte mir gut, einfach mal alles herauszulassen Aber Sarah ist nicht da und wird auch nicht vor dem Abendessen zurück sein. Wenn sie denn heute überhaupt noch auftaucht. Sie hat mir eine Nachricht hinterlassen, dass sie mit Mason eine Stadtrundfahrt macht. Es sieht ganz so aus, als wäre es ihm ebenso wichtig, dass Sarah sich hier wohlfühlt, wie Trever, dass ich mich heimisch fühle. Das freut mich für Sarah, sie ist eine tolle Frau und hat einen anständigen Kerl verdient, der sie zu schätzen weiß.

Ich lächle beim Gedanken an meine frisch verliebte Freundin. Leider hatten wir in den letzten Tagen kaum Zeit für uns. Ich beschließe, das zu ändern und für nächste Woche einen Mädelsabend einzuplanen. Nur wir zwei, ganz ohne Mason und Trever. Uff! Der eine Gedanke an Trever reicht, um mir ein nervöses Flattern durch den Magen zu schicken. Mir fallen seine wundervollen Augen ein, wie sie im Sonnenlicht wie flüssiger Honig schimmern, sein markantes Gesicht, die vollen Lippen und dann dieser definierte Körper. Er muss viel Sport treiben, um so auszusehen. Oh ja, so ein Sixpack hat man nicht einfach so. So heiß, so sexy ... in Gedanken lasse ich meinen Blick an seinem Bauch weiter zu den Hüften und dann zu seinem besten Stück wandern. So verdammt heiß, so verdammt männlich, einfach unverschämt sexy. Und über diesen verflucht heißen Kerl bin ich heute hergefallen, einfach so, ohne Schutz!

Ich springe vom Bett, japse nach Atem. Oh Gott! Meine Wangen glühen, als wenn man mich geohrfeigt hätte, und in meinem Mund breitet sich wieder dieser fahle Geschmack aus.

»Ganz ruhig, Mona«, ermahne ich mich, während ich, eine Hand auf dem Magen, die andere an der Stirn, im Zimmer auf und ab gehe. Ich weiß nicht, was schlimmer für mich ist, dass ich Trever wie eine Verrückte überrumpelt habe oder die Tatsache, dass er mich so um den Verstand bringt, dass ich so etwas überhaupt tue. Vermutlich sollte meine größte Sorge irgendwelchen Geschlechtskrankheiten gelten, aber ein inneres Gefühl sagt mir, dass ich mich deswegen nicht zu sorgen brauche. Trever ist ein vernünftiger Mann, ich glaube ihm, dass er wirklich nur mit Schutz mit seinen Partnerinnen geschlafen hat. Vermutlich hätte ich das an seiner Stelle auch so gehalten. Mal abgesehen von Krankheiten, weiß man ja nie, ob die Damen ihre Pillen auch brav schlucken und einen nicht doch plötzlich zum Vater machen.

»Ja«, sage ich laut, um mich selbst zu besänftigen. »Es ist alles gut, ich brauche mir keine Sorgen zu machen.« Und vor allem mich nicht zu schämen. Was passiert ist, ist passiert. Zumal Trever zugelassen hat, dass ich so über ihn hergefallen bin, also ist er keinen Deut besser.

Ich merke, wie meine Schritte durchs Zimmer wieder schneller werden, weil die Sache mir so unangenehm ist. Also beschließe ich, mich abzulenken. Mein Blick schweift durchs Zimmer und bleibt an den Koffern in der Ecke hängen. Ja, das ist genau die richtige Art von Ablenkung.

Zwei Stunden später sind alle meine Sachen ausgepackt und mein Kopf frei. Ich schreibe Mama eine *Whats App*-Nachricht, in der ich ihr versichere, dass es mir gut geht, ich endlich all meine Sachen ausgepackt habe und ich sie jetzt schon vermisse. Tatsächlich wird es mir eng um die Brust, als ich an sie denke. Damit mich das Heimweh nicht gänzlich überkommt, beschließe ich duschen zu gehen.

Das Wasser tut mir gut, es spült die Schwere ab, die wie ein bleierner Mantel auf meinen Schultern ruht.

Eine halbe Stunde später mache ich es mir in einem Baumwollträgerkleidchen und mit einem nach Flieder duftenden, um das nasse Haar gewickelten Handtuch auf der Terrasse gemütlich.

Ich lege mich auf die Couch, auf der Trever und ich am ersten Abend saßen, und genieße die Sonnenstrahlen, die durch die Markise dringen. Die Luft ist lau und irgendwie ganz anders als bei uns in Vorarlberg. Vermutlich regnet es zu Hause gerade – würde mich nicht wundern. Hier hingegen sind hochsommerliche Temperaturen und Wolken habe ich in der ganzen Zeit, die ich jetzt hier bin, noch keine gesehen. Bei uns daheim ist der Himmel oft tagelang rattengrau und die Sonne ein willkommener, aber seltener Gast.

Beim Gedanken an zu Hause kommt mir unwillkürlich mein Ex, Stefan, in den Sinn. Wie es ihm wohl geht? Er hat mir meine Entscheidung, ein halbes Jahr in Phoenix zu leben und von hier aus zu arbeiten, übel genommen. Er wollte mich zurück, wollte, dass alles ist wie früher. Und das nach drei Jahren. Ich weiß nicht, da heißt es doch immer, Frauen wären kompliziert, dabei sind Männer keinen Deut besser. Meiner Meinung nach sind sie sogar ein ganzes Stück schlimmer als wir. Insbesondere, wenn es darum geht, das Territorium abzustecken. Jäger und Sammler, schmunzle ich in Gedanken, lege mich auf den Rücken und betrachte den im Sonnenlicht cremeweiß schimmernden Markisenstoff über mir. Trever, Stefan, die neue Arbeit – ich glaube, ich war noch nie in meinem Leben so neben der Rolle wie in den letzten Tagen. Hoffentlich wird das bald besser, denn im Moment erkenne ich mich selbst nicht wieder. Ich kann mich nur schwer konzentrieren und lasse mich von den kleinsten Gefühlen leiten, nein, schlimmer noch, ich lasse mich von ihnen verleiten. Ich schüttle den Kopf, als könnte ich so das erlebte verdrängen, schließe die Augen und nehme mir vor, mich in Zukunft mehr zu beherrschen.

Als ich die Augen das nächste Mal aufschlage, überspannt mich eine glutrote Markise. Ich setze mich auf und erkenne, dass die Sonne im Begriff ist unterzugehen, und ihre Strahlen dabei wie blutrote Finger nach den Häusern und Straßen von Phoenix tasten.

Es sieht irgendwie unheilvoll aus. Schlagartig überkommt mich ein ungutes Gefühl. Keine Ahnung, ob das am entschieden zu roten Sonnenuntergang liegt oder sonst eine Intuition ist, aber ich habe das Gefühl, dass etwas nicht stimmt. Ich hüpfe von der Couch und reiße mir den schiefen Handtuchturban vom Kopf.

»Sarah!«, rufe ich und halte voller Anspannung den Atem an. Keine Antwort.

»Sarah!«, wiederhole ich, und obwohl ich mir sicher bin, auch diesmal keine Antwort zu erhalten, wünsche ich mir dennoch nichts sehnlicher. Den Blick auf die Glastür gerichtet, die in das Wohnzimmer führt, überquere ich die Terrasse. Dabei wird das ungute Gefühl in meiner Brust immer intensiver. Als ich durch das Wohnzimmer gehe und einen Blick in Küche werfe, ist mein Mund wie ausgetrocknet. Wenn ich nur wüsste, was los ist. So etwas ist mir noch nie passiert. Ich bin kein Angsthase, ehrlich nicht. Das muss an meiner aktuellen Situation liegen. Ich bin in einer mir fremden Stadt, mit einer Freundin, die kaum Zeit hat, und einem Typen, der mich regelmäßig um den Verstand bringt.

Ich seufze, vielleicht liegt es aber auch immer noch am Schlafentzug. Wer weiß, vielleicht kann sich so was ja über ein paar Tage hinziehen.

Als ich den dunklen Flur in Richtung Schlafzimmer gehe, ist es mucksmäuschenstill. Nur das Geräusch meiner nackten Füße, die über das Parkett tapsen, ist zu hören. Ich glaube, ich habe mich noch nie in meinem Leben so allein gelassen wie jetzt gefühlt. Meine Hand fasst nach Sarahs angelehnter Zimmertür und drückt sie auf.

»Sarah?« Meine Stimme ist nicht viel mehr als ein Flüstern. Wie erwartet ist der Raum leer. Ich überlege, was ich tun soll. Trete von einem Bein auf das andere. Schließlich ringe ich mich durch, meine Freundin anzurufen. Ich störe sie nur ungern in ihrer Zeit mit Mason, aber wenn ich jetzt nicht gleich mit jemandem spreche, mache ich mir in die Hose. Ich gehe in mein Zimmer und nehme mein Handy vom Nachttischchen. Ich weiß, dass das Gerät Eigentum von Vogt & Vogt ist und ich eigentlich nicht im Ausland telefonieren soll, aber das ist mir im Moment so was von schnurzegal. Soll mich Stefan deswegen doch zusammenpfeifen. Ich wische mit den Fingern über das Display. Keine verpassten Anrufe und auch keine neuen Nachrichten. Als ich Sarahs Nummer wähle, werde ich zu meinem Bedauern direkt zur Mailbox umgeleitet.

Verdammt! Ich werfe einen Blick aus dem Fenster. Das unheimliche Rot der Dämmerung schwindet bereits. Gott sei Dank. Wenn nur das schlechte Gefühl in meiner Brust auch endlich verschwinden würde. Die gefalteten Hände aufs Herz gedrückt laufe ich in meinem Zimmer auf und ab, überlege, was ich tun soll. Trever kommt mir in den Sinn. Ich könnte ihn anrufen und … Trever … wollte er nicht schon längst hier sein? Doch, ganz bestimmt sogar.

»Zwei bis drei Stunden, mehr brauche ich nicht«, hat er gesagt, als er mich um die Mittagszeit nach Hause gebracht hat. Meine Fantasie läuft aus dem Ruder. Was, wenn ihm etwas zugestoßen ist? Ich eile zum Fenster, werfe einen Blick auf den Parkplatz vor dem Haus. Weder Trevers Limousine noch Masons Hummer stehen da. Jetzt werde ich richtig nervös. Warum hat er nicht angerufen? Oh Himmel, was mag ihm nur passiert sein? Ich eile zurück zum Firmenhandy und wähle Trevers Nummer. Auch bei ihm werde ich direkt mit der Voicemail verbunden. Zornig werfe ich das Gerät aufs Bett. Ich fühle mich wie im Irrenhaus! Weil ich nicht weiß, was ich sonst tun soll, gehe ich mit hektischen Schritten in Richtung Terrasse, werfe dabei einen Blick in alle Räume. Ich weiß, dass niemand da ist und diese Aktion total dämlich von mir ist, aber irgendetwas in mir will sich noch einmal versichern, dass ich nichts und niemanden übersehen habe. Gerade als ich die Terrassentür aufschieben will, höre ich ein leises Surren. Ich halte den Atem an, lausche dem bereits verklingenden Geräusch. Nervös warte ich, da ist es wieder. Ich eile durch das Wohnzimmer in den Flur. Dort bleibe ich stehen und horche erneut. Das Geräusch kommt aus meinem Zimmer! Ich setze mich in Bewegung, suche angespannt nach dem Ursprung des Surrens. Auf der Kommode unter dem Fenster finde ich schließlich, begraben unter meinem Kostüm, das ich noch bügeln wollte, ein Handy.

Es ist das von Trever, sein Willkommensgeschenk an mich. In dem ganzen Drunter und Drüber hatte ich es total vergessen. Als ich es in die Hand nehme und das Display entsperre, verstummt das Surren. Fünf verpasste Anrufe und drei SMS. Ich rufe die Anrufliste auf. Als ich sehe, dass alle Eingänge von Trever stammen, weicht das ungute Gefühl einer kribbelnden Vorfreude. War eigentlich klar, dass sie von ihm stammen, schließlich ist er der Einzige, der meine neue Nummer hat. Wie erwartet sind auch die SMS von ihm. Die Erste, eingegangen um 16:29 Uhr:

> *Hey Kleines, ich hoffe, du hast dich ordentlich ausgeschlafen. Komme dich in einer halben Stunde abholen. Hab heute noch einiges vor mit dir.*

Die zweite SMS hat er mir um 17:15 Uhr geschrieben:

> *Wird etwas später, überleg dir schon mal, wo du zu Abend essen möchtest.*

Die dritte und letzte Nachricht hat er mir gerade eben geschickt:

> *Mona, was ist los, warum gehst du nicht ans Handy? Ruf mich zurück!*

Oh Mann. Ich sehe sein wütendes Gesicht förmlich vor mir, als ich die Anrufliste noch einmal durchgehe und erkenne, dass er mich allein in der vergangenen Stunde viermal versucht hat zu erreichen.

Ohne lange nachzudenken, tippe ich mit dem Finger auf das Rückruffeld. Trever meldet sich schon nach dem ersten Klingen.

»Mona, verdammt, ist alles okay bei dir?« Trotz des wütenden Tons erweckt seine Stimme die mir inzwischen vertraute Schmetterlingsschar in meinem Bauch.

»Ja, alles okay. Ich hab nur geschlafen.« Ist er jetzt ernsthaft so verärgert, weil ich seine Anrufe nicht gehört habe?

Einen Augenblick herrscht Stille.

»In Ordnung, dann lass ich dich jetzt gleich abholen.« Das ist keine Frage, sondern eine Feststellung. Mal wieder. Ich verdrehe die Augen.

»Nein, das ist mir zu früh. Ich muss mich erst noch umziehen. Außerdem will ich auf Sarah warten. Die müsste eigentlich schon längst hier sein.«

»Ach verdammt«, höre ich Trever im Hintergrund fluchen. Er muss das Handy vom Ohr weggehalten haben.

»Was ist?«, frage ich.

»Sarah wird nicht kommen.«

Auf Anhieb steigert sich das gerade abgeklungene ungute Gefühl zu reiner Panik.

»Warum, was ist mit ihr? Ist Sarah was zugestoßen?«

»Nein, nein, mit ihr ist alles in Ordnung. Ich habe nur vergessen dir Bescheid zu sagen, dass sie heute bei Mason schläft. Die beiden sind morgen früh mit meiner Mom zum Frühstück verabredet.«

»Oh.« Das schlechte Gefühl weicht Neugier. Mason will Sarah also seiner Mutter vorstellen. Ob Trever dasselbe mit mir vorhat? Ich hoffe nicht. Wir kennen uns weder lange geschweige denn gut genug für so was.

»Wie lange brauchst du, um dich fertig zu machen?«, unterbricht Trever meine Grübeleien.

»Das kommt drauf an, was du tun möchtest.« Mein Blick geht zum Wecker. Es ist gleich halb neun.

»Willst du noch abendessen gehen?«

»Das überlasse ich dir. Hast du Hunger?«

»Ein wenig.«

»Gut, und auf was hast du Lust? Griechisch, Italienisch, Chinesisch?«

Am meisten Hunger habe ich ja auf ihn, Trever. Wenn ich mir seinen definierten Körper vorstelle, wie er so halb über mir schwebt, die vollen Lippen auf meine herabsenkt und … oh. Scheiße, Mona, reiß dich zusammen, schimpfe ich mich stumm. Selbst wenn Trever noch so heiß ist, ich muss diese gedankliche Schmachterei endlich in den Griff bekommen!

»Selbstverständlich kann uns auch Maria etwas zaubern, dann müssten wir nicht mehr außer Haus«, fügt Trever hinzu.

»Das klingt gut«, sage ich und bemerke, dass ich beim Gedanken an sein Zuhause und sein Bett breit grinse.

»In Ordnung. Was hättest du gern?«

Aus dem weichen Klang seiner Stimme höre ich heraus, dass auch er grinst oder zumindest lächelt. Das wiederum zaubert mir ein dümmliches Honigkuchenpferd-Grinsen ins Gesicht.

»Gute Frage.«

»Ich kann dir Marias Burritos wärmstens empfehlen.«

»Burritos klingt gut.«

»Okay, dann sag ich ihr gleich Bescheid. Wann willst du abgeholt werden?«

»In etwa 20 Minuten.«

»Perfekt. Toni wird pünktlich da sein. Wir treffen uns dann bei mir.«

Warum kommt er denn nicht mit? Ich überlege ihn zu fragen, wo er gerade steckt und ob bei ihm alles in Ordnung ist. Die Frage liegt mir förmlich auf der Zunge. Doch ich entscheide mich, still zu sein und ihn nicht zu belästigen. Ich möchte nicht, dass er das Gefühl hat, ich wäre ein Kontrollfreak. Trotzdem kommt mir das Ganze komisch vor.

Wir verabschieden uns und ich mache mich auf den Weg ins Bad. Durch das Fenster erkenne ich, dass die Sonne inzwischen untergegangen ist und ihr groteskes Rot mitgenommen hat. Wenn sie nur auch mein mieses Gefühl mitgenommen hätte. Es haftet an mir wie Hundekot am Schuh. Ich seufze und greife nach Kajal und Wimperntusche.

Zwanzig Minuten später erwartet mich Toni vor der Haustür. Die Limousine schimmert im Dämmerlicht wie das Fell eines Panthers.

»Frau Stein«, begrüßt mich der grau-melierte Chauffeur und öffnet mir die Hecktür.

»Hi Toni, vielen Dank«, lächle ich ihn an und rutsche auf die lederne Rückbank. Ich mag Toni, er hat so was Väterliches an sich. In seiner Obhut muss man sich einfach wohlfühlen.

Als er den Wagen startet und sich in den abendlichen Verkehr einfädelt, habe ich Zeit durchzuatmen. Die zwanzig Minuten bis jetzt waren ziemlich stressig. Ich konnte mich einfach nicht entscheiden, was ich anziehen soll, und hab's gerade noch so geschafft, pünktlich fertig zu werden. Jetzt trage ich ein verspieltes Spitzenkleid in Creme und dazu passende Pumps.

Ich habe mich für ein dezentes Make-up entschieden. Meine dunklen Haare sind mit Festiger gestylt, sodass sie mir in weichen Wellen auf die Schultern fallen.

Ich greife nach meiner Handtasche, kontrolliere, ob ich alles dabeihabe. Schlüssel, Geldtasche, Trevers neues Handy. Als meine Finger über das alte Firmenhandy von Vogt & Vogt gleiten, kommt mir Sarah wieder in den Sinn. Ich frage mich, warum sie mich nicht angerufen oder mir wenigstens eine Nachricht geschickt hat.

Es sieht ihr so gar nicht ähnlich, sich derart zurückzuziehen. Ich überlege, ob ich was falsch gemacht habe und sie vielleicht wütend auf mich ist, doch mir fällt nichts ein.

Eine Viertelstunde später erreichen wir unser Ziel. Ein champagnerweißes Gebäude im historischen Stil. Es wirkt innen wie außen unglaublich edel.

Als ich durch die Eingangshalle auf den Lift zugehe und dessen Rufknopf drücke, ertönt der SMS-Ton meines Firmenhandys. Ich krame das Gerät aus meiner Tasche, wähle im Lift die oberste Etage und lese beim Einsteigen die Nachricht. Sie kommt von meiner Mama.

Hallo mein Schatz, schön zu hören, dass es dir gut geht. Hab dich lieb, Mama.

Was für eine eigenartige Nachricht. So kurz, fast abgehackt. Untypisch für Mama. Jetzt erst fällt mir auf, dass sie ungewöhnlich spät antwortet. Vermutlich hat sie wegen der bevorstehenden Abreise so viel um die Ohren, dass sie erst jetzt dazu gekommen ist. Mein Herz macht einen Freudensprung, als mir einfällt, dass ich sie in wenigen Wochen wiedersehen werde. Und das habe ich nur Trever zu verdanken. Von Mason weiß ich, dass es Trever unglaublich wichtig ist, dass ich mich hier in Phoenix wohlfühle, und da er weiß, dass mir meine Mama sehr wichtig ist, hat er ihr kurzerhand einen hammermäßigen Job in seiner Firma angeboten. Ich merke, wie sich meine Lippen schon wieder zu einem dümmlichen Lächeln kräuseln. Oh Mann, da ist sie wieder, die zwölfjährige, bis über beide Ohren verknallte Mona.

Begleitet von einem *Pling* gleiten die stahlgrauen Türen auf und vor mir steht Trever. Mein Herz macht einen Satz. Wow, sieht der gut aus! Das haselnussbraune, leicht verstrubbelte Haar, die vollen Lippen, die er zu einem schiefen Grinsen verzogen hat, und dann diese Augen. Seine honigfarbene Geheimwaffe, mit der es ihm immer wieder aufs Neue gelingt, mich zu fesseln. Trevers hübschem Gesicht gilt nur mein erster Blick, der zweite gleitet tiefer und saugt sich an seinem nackten Oberkörper fest. Seine Haut ist feucht und an manchen Stellen glänzen noch Wassertropfen, die ich am liebsten hier und jetzt von ihm ablecken würde.

Trever trägt nichts weiter als ein Handtuch um seine Lenden. Mit einem anderen, das um seine Schultern liegt, trocknet er sich gerade den Nacken.

Ich komme mir wie in einem dieser heißen Deo-Werbespots vor und habe Mühe, ihn nicht mit offenem Mund anzustarren.

»Hi«, sagt er, macht einen Schritt auf mich zu und hält mir eine Hand entgegen.

»Hi«, stammle ich und greife nach seinen Fingern. Die Berührung geht mir durch Mark und Bein und jagt einen wohligen Schauer über meinen Arm.

»Endlich«, murmelt Trever, zieht mich an seine Brust und nimmt mein Gesicht in seine Hände. Die Luft zwischen uns knistert. Ich spüre seine Nähe überdeutlich, rieche ihn – seinen unverwechselbaren Duft. Als Trever seine Lippen auf meine legt, sind alle meine Sinne angeregt. Adrenalin jagt mir pulsierend durch die Adern. In diesem Moment wird mir auch überdeutlich bewusst, wie sehr ich ihn und seine Nähe vermisst habe. Ich denke gerade, wie ungesund es sein muss, von einem Mann so in den Bann gezogen zu sein, als er von mir ablässt. Augen auf, Mona, Augen auf!, schreit die Stimme in meinem Kopf. Er soll nicht merken, wie seine Küsse meine Sinne benebeln.

»Also«, sage ich und verkneife mir ein benommenes Blinzeln, »du sagtest, Maria würde Burritos für uns machen?«

»Ja, das sagte ich.« Auf Trevers Lippen liegt ein Schmunzeln. Verdammt, er hat es also doch bemerkt. »Komm«, sagt er und nimmt meine Hand.

»Soweit ich weiß, ist das Essen so gut wie fertig.« Trever führt mich durch den Flur, an dessen Ende ein paar Stufen zu einer weitläufigen Wohn-Esszimmer-Kombination führen. Dort lässt er mich kurz allein, damit er sich ein paar Klamotten überziehen kann. Das gibt mir die Gelegenheit den Raum genauer zu begutachten. Der Boden ist aus dunklem Parkett und die Möbel alle in einem angenehmen Cremeton gehalten. Es sieht elegant und dennoch gemütlich aus. In der Fernsehecke steht die größte Hi-Fi Anlage, die ich je gesehen habe, und ein Flat-TV, der vermutlich mehr als ein Monatsgehalt gekostet hat.

Als Trever keine zwei Minuten später zurück ist, lasse ich mich von ihm an den runden Esstisch führen, an dem ich auf einem der hochlehnigen Lederstühle Platz nehme. Maria war bereits fleißig und hat den Tisch liebevoll gedeckt.

»Frau Stein«, erklingt eine weibliche Stimme hinter mir, während Trever sich mir gegenüber hinsetzt. Bevor ich mich umwenden kann, tritt Maria in mein Sichtfeld, in beiden Händen einen Teller mit köstlich aussehenden Burritos.

»Ich freue mich Sie wiederzusehen«, sagt sie und stellt mein Essen auf dem gläsernen Platzteller mit Silbermuster vor mir ab.

»Vielen Dank, Maria. Es ist wirklich sehr lieb von Ihnen, dass Sie uns um diese Zeit extra noch was kochen.«

»Oh, aber das mache ich sehr gern.« Ihre Worte klingen aufrichtig. Und als sie um den Tisch zu Trever geht und ihm seinen Burrito bringt, meine ich auf ihren Zügen so etwas wie mütterliche Fürsorge zu lesen.

Das finde ich schön. Es freut mich, dass er jemanden hat, der sich gerne um ihn kümmert. Leider habe ich schon des Öfteren das Gegenteil gesehen. Die Haushälterin von Sarahs und Stefans Mama zum Beispiel. Sie ist eine grauenvolle Person. Ich habe sie noch nie lachen sehen. In der Regel wirkt sie so genervt, dass man sich seine Sachen lieber selbst macht oder holt. Nichtsdestotrotz pflegt sie den Haushalt der Vogts schon seit mehr als einem Jahrzehnt.

»Ich wünsche einen guten Appetit.« Mit einem milden Lächeln zieht sich Maria zurück und lässt uns allein.

»Möchtest du was trinken?« Trever deutet auf eine in die Wand neben der Couch eingelassene Minibar. Warmes Licht beleuchtet die Gläser und Flaschen darin, was dem Raum eine heimelige Atmosphäre verleiht.

»Nein, danke, ich trinke nie zum Essen.«

»Verstehe.« Trever greift nach dem Wasserglas vor sich und nimmt einen Schluck.

»Das riecht vielleicht lecker«, merke ich an und stelle fest, wie mir das Wasser im Mund zusammenläuft. Mein Bauch knurrt, als wolle er diese Aussage unterstreichen.

»Na, dann lass es dir schmecken. Guten Appetit«, schmunzelt Trever.

»Danke, gleichfalls.« Ich schnappe mir Messer und Gabel und schneide ein Stück ab. Der Fladen ist mit Reis, Hackfleisch, Bohnen und anderem Gemüse gefüllt. Und er schmeckt genauso umwerfend, wie er aussieht. Trever scheint einen ähnlichen Geschmack zu haben wie ich.

Wir passen einfach gut zusammen, freut sich die Zwölfjährige in mir und klatscht in die Hände.

»Also, wie war dein Tag?«, will Trever wissen. Im Gegensatz zu mir isst er seinen Burrito mit Händen. Recht hat er, denke ich, wage es aber nicht es ihm gleichzutun. Bei ihm finde ich es nicht schlimm, doch ich würde mir wie ein Rüpel vorkommen.

»Ruhig«, antworte ich.

»Ich hab endlich alle meine Sachen ausgepackt, habe geduscht und geschlafen. Nichts Aufregendes.«

Trever nickt. »Das hat dir bestimmt gut getan. Du siehst jedenfalls erholt aus.«

»Ja, das Nickerchen hat gut getan. Aber jetzt erzähl mal, wie war dein Tag?« Ich hoffe, er empfindet diese Frage nicht als allzu neugierig.

»Voll und anstrengend«, erwidert er.

»Konntest du alles regeln?«

Er sieht mich fragend an.

»Na, weil du mir eine SMS geschickt hast, dass es später wird.«

»Ja, klar. Alles gut. Alles erledigt.«

Warum weicht er meinen Fragen aus? Ich betrachte ihn argwöhnisch. Keine Spur von schlechtem Gewissen zu erkennen. Vermutlich hatte er einen Geschäftstermin, über den er mit mir nicht reden will. Das ist die einzig logische Erklärung, die mir darauf einfällt. Ich beschließe das Thema gut sein zu lassen.

»Wann hast du eigentlich Sarah getroffen?«, lenke ich ein.

»Gar nicht, ich habe mit Mason telefoniert.«

»Und?« Warum muss ich ihm alles aus der Nase ziehen?

»Er wollte wissen, was wir heute noch machen. Ich hab gesagt, dass ich vorhabe, dich abzuholen und dass du bei mir schläfst. Daraufhin meinte Sarah, sie würde bei Mason übernachten. ... Sie sagte etwas davon, sie wolle nicht allein in der Wohnung sein.«

Das ist doch echt nicht zu glauben, jetzt entscheidet er schon wieder über meinen Kopf hinweg! Ich möchte ihn dafür ausschimpfen, meine Gabel nach ihm werfen; aber wem mache ich hier was vor? Noch mehr als zornig macht es mich glücklich, dass er von sich aus davon ausgeht, dass ich bei ihm schlafe. Die Tatsache, dass er mich bei sich haben will, lässt einen Schmetterlingsschwarm durch meinen Bauch wirbeln. Trotzdem muss ich was sagen, ich kann und will das so nicht stehen lassen.

»Denkst du nicht, du hättest mich erst mal fragen sollen?«

»Fragen, was?«

»Na, ob ich bei dir übernachten will, beziehungsweise ob ich nicht vielleicht andere Pläne habe.«

»Warum? Hattest du denn andere Pläne? Oder wolltest du nicht hier schlafen?«

»Nein, das heißt, ja.« Ich verdrehe genervt die Augen. »Trever, ich hatte nichts anderes vor und wollte auch bei dir schlafen. Aber du hättest mich vielleicht erst fragen sollen, bevor du über meinen Kopf hinweg Entscheidungen triffst und Sachen ausmachst.«

»Es stört dich also, dass ich dich nicht gefragt hab?«

»Ja.«

»Okay. Das tut mir leid. Ich bin es nicht gewohnt, jemanden um sein Einverständnis zu bitten. In der Regel entscheide ich selbst, was, wann und wo geschieht.«

Trever sieht mich eine Entschuldigung heischend an. Ich glaube, er hat es wirklich nicht böse gemeint.

»Ich werde dich das nächste Mal fragen, versprochen.«

»Danke.« Meine Stimme klingt sanft. Wie könnte ich diesem Mann lange böse sein? Oh Gott, ich bin schon wieder im Begriff ihn anzuschmachten. Um meine Gedanken zu ordnen, senke ich den Blick auf den Rest meines Burritos. Ich habe ihn so gut wie verputzt, er war wirklich sehr lecker. Trever muss es ebenfalls geschmeckt haben, denn er ist mit seinem schon seit einiger Zeit fertig.

»Also«, wechsle ich schließlich das Thema, »was hast du heute noch vor?«

Trever misst mich mit einem verschwörerischen Blick.

»Na ja, die Nacht ist noch jung. Wir könnten in einen Club gehen. Ich könnte dir Phoenix bei Nacht zeigen, oder aber wir machen es uns hier gemütlich.«

Sein letzter Vorschlag lässt meine Libido erwachen. Oh ja, ich weiß, was ich will, und das ist definitiv nicht tanzen gehen.

»Ich bin für einen gemütlichen Abend.« Meine Worte zaubern einen vorfreudigen Ausdruck auf seine Züge. Unsere Blicke finden und vereinen sich. Plötzlich ändert sich Trevers Stimmung und er wird ernst.

»Ich bin wirklich froh, dass du hier bist, bei mir.«

Ich stutze, warum sollte ich nicht hier sein? Als ich die Stirn runzle, verändert sich Trevers Miene für einen flüchtigen Moment. Er sieht aus, als hätte ich ihn bei etwas erwischt. Bevor ich ihn darauf ansprechen kann, tritt jemand von hinten an mich heran. Es ist Maria. Ich war so von Trever abgelenkt, dass ich sie gar nicht habe kommen hören.

»Ich hoffe, es hat geschmeckt?«

»Ja, danke, Maria, es war wirklich sehr lecker«, sage ich, während sie unsere Teller vom Tisch nimmt.

»Das freut mich, darf ich Ihnen einen Nachtisch bringen? Ich habe Churros gebacken.«

»Churros? Das habe ich noch nie gegessen, was ist das?«, frage ich.

»Ja, Maria, wir hätten sehr gern ein paar Ihrer Churros«, erklärt Trever. Während seine Angestellte sich auf den Weg in die Küche macht, erklärt er: »Churros sind frittierte Teigstreifen mit Zimt und Zucker. Sehr lecker. Ich bin überzeugt, dass sie dir schmecken werden. Wie sieht's aus, darf ich dir jetzt was zu trinken anbieten?«

Ich zucke mit den Schultern.

»Gern, warum nicht.«

Trever erhebt sich und geht zur eingebauten Bar. Neben zwei Gläsern entnimmt er einem integrierten Kühlfach eine Flasche und kommt zu mir zurück. Er öffnet den Verschluss und schenkt uns beiden eine roséfarbene Flüssigkeit ein. Mein Blick fällt auf das Etikett. Das gibt's doch nicht.

»Echt jetzt?«, sage ich, mehr zu mir selbst als zu ihm. Doch Trever versteht, grinst und dreht die Flasche so, dass ich das Etikett vollständig lesen kann. Es ist tatsächlich unser Lieblingsrosé. Also der von meiner Mama, Sarah und mir. Unser Haus- und Hof-Rosé, wie wir immer sagen.

»Aber woher weißt du …?«

»Mason«, erklärt Trever wortkarg und ich erinnere mich an den ersten Abend, als Mason bei uns zu Besuch war. Ich glaube, er wollte einen Rotwein, hatte sich dann aber mit unserem Rosé zufriedengegeben.

»Ich sagte doch, dass ich will, dass du dich hier wie zu Hause fühlst.«

Ich spüre, wie sich das dümmliche Grinsen wieder auf meiner Mundpartie ausbreitet. Wenn er so aufmerksam ist und dann noch solche Sachen sagt, kann ich kaum noch an mich halten. Dann möchte ich über ihn herfallen, ihn küssen, an mich drücken und all die unanständigen Dinge mit ihm tun, die ich in meinen Träumen regelmäßig auslebe.

»Ah Maria, das sieht ja mal wieder köstlich aus«, lobt Trever, als die rundliche Frau mit einem vollen Tablett Churros hereinkommt und sie vor uns auf den Tisch stellt. Ich nehme mir eines der in Zucker und Zimt gewälzten Gebäckteile und beiße hinein. Mmmmhh, himmlisch.

»Auf deine Zeit hier in Phoenix.« Trever hebt sein Glas und ich tue es ihm nach.

»Auf uns«, sage ich fast inbrünstig und entlocke ihm damit ein strahlendes Lächeln. Wir stoßen an und ich nehme einen Schluck. Der Rosé ist genau richtig gekühlt, er schmeckt weich und irgendwie nach zu Hause. Ja, ich fühle mich hier tatsächlich schon wie zu Hause.

7.

Eine Stunde, mindestens einen Churros zu viel und zwei Gläser Rosé später sitzen wir bei leiser Musik und Kerzenschein auf der Couch und quatschen über die Firma. Ich weiß jetzt, dass Trever, seit er Tono Hoist übernommen hat, keinen einzigen Tag mehr freihatte. Urlaub ist seit über 10 Jahren ein Fremdwort für ihn. Und da dachte ich, ich hätte die letzten Jahre viel gearbeitet. Unvorstellbar, so was. Aber Trever meint, ihm wäre das egal. Und vermutlich wäre er sonst auch nie so erfolgreich geworden. Zumindest nicht in der kurzen Zeit. Denn nur zwei Jahre nach der Übernahme von Tono Hoist gelang es ihm bereits, sein Imperium Tresul Holdings zu gründen. Dieser Mann ist wirklich ein Arbeitstier. Ich verstehe, dass da kaum Zeit für eine Frau bleibt. Als mir seine Ex und ihre *Freundschaft Plus*-Beziehung in den Sinn kommt, schnürt es mir die Kehle zu. Ich finde Trever unglaublich heiß, ich will ihn ständig um mich haben und wissen, dass er ganz mein ist. Eine *Freundschaft Plus*-Beziehung könnte ich mir nie mit ihm vorstellen. Es würde mir das Herz brechen. Nein, ich will das volle Paket und kann nur hoffen, dass es ihm genauso geht.

»Ich hoffe, dass sich das mit der Freizeit, jetzt wo du Mason Tono Hoist überlassen wirst, bessern wird. Ein paar freie Tage, nach all den durchgearbeiteten Jahren, täten dir bestimmt gut«, sage ich.

»Tja, das ist der Plan. Mason ist mein bester Mann. Wenn ich ihm die Firma nicht überlasse, dann überlasse ich sie niemandem.«

»Mr Sullivan?« Maria steht im Türrahmen, über ihrer Schulter hängt eine Handtasche.

»Wenn Sie mich nicht mehr brauchen, würde ich jetzt Feierabend machen.«

»Selbstverständlich. Vielen Dank, Maria.«

»Sehr gern, Sir. Dann bis morgen. Gute Nacht, Frau Stein.«

»Gute Nacht, Maria.« Ich lächle die kleine Frau freundlich an, was sie mit einem mütterlichen Nicken quittiert.

»Also«, sagt Trever, als die Haushälterin im Flur verschwindet, »wo waren wir stehen geblieben?«

»Mason, ein paar Tage frei«, erkläre ich.

»Genau. Mason wird Tono Hoist so rasch es geht übernehmen. Das wird mir Luft für andere Projekte geben.« Er grinst.

»Andere Projekte?« Ich dachte, er gönnt sich mal einen freien Tag.

»Ja«, ist seine ganze Antwort. »Dir ist bewusst, dass du unverschämt gut aussiehst?«

Ich blinzle perplex. Wie bitte? Wo kommt das denn jetzt her?

»Danke«, sage ich und hoffe, dass das sanfte Kerzenlicht

die Röte, die mir in die Wangen steigt, nicht zu sehr zur Geltung kommen lässt. Trever rutscht näher an mich heran und hebt die Hand. Ich denke, dass er mich berühren, mich streicheln will, doch er legt seinen Arm einfach nur auf die Couchlehne. Die bittere Saat von Enttäuschung keimt in meinem Bauch. Ich suche Trevers Blick, warte auf das, was jetzt kommen mag. Doch es kommt nichts, er sieht mich einfach nur an. Intensiv. Er ist mir so nah, dass ich seinen wunderbaren Duft riechen kann. Ich will ihn berühren, will diese vollen Lippen küssen, ihn schmecken. Doch er tut nichts, außer mich mit einer Miene anzusehen, die ich nicht zu deuten vermag. Weil ich nicht schon wieder wie eine Verrückte über ihn herfallen will, lehne ich mich zurück und reiße mich zusammen.

»Alles okay?«, frage ich schließlich.

»Ja.« Ein warmes Lächeln gleitet über seine Züge.

»Ja, alles okay und mehr als das.« Ein Königreich für seine Gedanken, denke ich und sehe ihn unverhohlen skeptisch an.

»Es fühlt sich nur verdammt gut an, dich hier zu haben.« Keine Ahnung, warum, aber das klingt nach einer Halbwahrheit. Ich möchte zu gern wissen, was ihm sonst noch durch den Kopf spukt.

»Diese zarte Haut«, sagt er und streicht mir mit dem Handrücken über die Wange, die Lippen und hinunter zum Kinn. Die Berührung schickt ein aufregendes Gefühl über meine Haut. Vergessen ist meine Skepsis. Trever beugt sich vor, tupft einen Kuss auf meine Nasenspitze und verharrt vor meinem Gesicht.

»Grasgrün, deine Augen sind grasgrün«, sagt er und streicht mit den Fingerkuppen über meine linke Braue.

»Wie Smaragde«, fügt er hinzu, beugt sich zu mir herab und küsst mich. Die warme Haut seiner Lippen liebkost meinen Mund und seine Zunge findet Einlass. Ich möchte laut aufstöhnen, so geht mir dieser Kuss durch und durch. Trevers Lippen lassen viel zu früh von mir ab. Er steht auf und zieht mich auf die Beine. Ich vermute, dass er in sein Schlafzimmer gehen will, irre mich aber – wie so oft. Ich kann diesen Mann einfach nicht einschätzen.

»Darf ich«, sagt er, die Hände am Saum meines Kleidchens.

»Ja«, hauche ich und sehe zu, wie Trever mir den Stoff quälend langsam über die Schenkel, die Hüfte, den Bauch, die Brüste und den Hals zieht. Auf Kinnhöhe hält er inne und sieht mir in die Augen. Sein Blick ist so sexy, dass ich mich zusammenreißen muss, um nicht hörbar zu schlucken.

»Smaragde«, flüstert er. »Meine Smaragde.«

Damit zieht er mir den Stoff über den Kopf. Jetzt stehe ich nur noch in Unterwäsche vor ihm. Er zieht die Luft zwischen den Zähnen ein.

»Unverschämt heiß, lobt er, hebt meine Brüste aus den Schalen des BHs und leckt über meine Brustwarzen. Seine feuchte Zunge lässt mich im Stillen aufschreien. WOW, was für ein fantastisches Gefühl, und es fährt mir direkt zwischen die Beine. Schon spüre ich Trevers Hand an meinem Rücken. Seine Finger öffnen geschickt den Verschluss meines BHs, der Sekunden später an meinem Körper hinabgleitet. Zart wie

Schmetterlingsflügel lässt er seine Finger zu meinen Brüsten nach vorne wandern, hinab zu meinem Bauch und zu meinem Höschen.

»Hübsch«, sagt er, »aber im Weg. Ich beiße mir auf die Unterlippe, sehe zu, wie er vor mir in die Hocke sinkt und meine Innenschenkel küssend den Slip nach unten zieht. Jetzt stehe ich nackt vor ihm, während er nun, komplett angezogen, vor mir kniet. »Ich werde dich jetzt kosten«, prophezeit er. Der Biss auf meine Unterlippe wird stärker, als ich merke, wie mein Kopf wie von selbst nickt. Trevers Augen verdunkeln sich und wenden sich meinen Schenkeln zu. Er leckt und küsst sich gnadenlos langsam hoch zu meiner Scham. Meine Erregung nähert sich dem ersten Höhepunkt, nimmt mich vollständig ein. Als seine Zunge endlich meine Klit findet, kann ich ein Stöhnen nicht länger unterdrücken. Ich schließe die Augen und lasse den Kopf in den Nacken fallen. Ich fühle einen Luftzug und vermute, dass Trever schmunzelt. Mir egal, ich bin so was von hungrig, dass mir alles andere schnurzegal ist. Trever ist so gut, dass er mich in kurzer Zeit in ungeahnte Höhen treibt. Ich beginne, heftig zu atmen. Mein Körper versteift sich, und als er mich auf den lustvollen Höhepunkt bringt, explodieren Sterne vor meinen Augen. Oh Gott, ich glaube, ich bin noch nie in meinem Leben so schnell gekommen. Als ich die Kraft finde die Augen aufzuschlagen, steht Trever bereits vor mir. Er fährt sich mit dem Fingern über die Mundwinkel und leckt sie ab.

»Wusste ich's doch, dass du köstlich schmeckst«, grinst er. Er greift sich in den Nacken und zieht sich in einer fließenden Bewegung das Shirt über den Kopf. Mein Orgasmus ist keine zwei Minuten her und trotzdem zieht sich mein Unterleib aufs Pikanteste zusammen, als ich seinen durchtrainierten Oberkörper betrachte. Ich beschließe kurzerhand, ihm genauso gut zu tun wie er mir, greife nach seinen Oberarmen und drücke ihn auf die Couch. Als er die Brauen hebt, erkläre ich: »Jetzt bin ich dran.« Er schmunzelt und sieht mir dabei zu, wie ich vor ihm auf die Knie gehe und meine Finger über seine Brust wandern lasse. Keine Ahnung, wie sich das für ihn anfühlt, aber ich finde es klasse. So definiert, so hart, so sexy! Meine Finger finden ihren Weg hinunter zu seinem Sixpack, dem Bauchnabel und schließlich öffnen sie Gürtel und Knöpfe der Jeans. Ich sehe, wie sich seine Erektion prall durch die Short abzeichnet. Trever hebt den Po, woraufhin ich ihm die Jeans samt Boxershorts über den Hintern, hinunter zu den Füßen und letztlich ganz ausziehe. Als ich mich seinem besten Stück widme, bin ich von seiner stattlichen Größe fasziniert. Ich wusste, dass er gut bestückt ist, aber jetzt, wo ich ihn so direkt vor mir sehe, finde ich ihn riesiger denn je. Meine Finger umgreifen sacht seinen Schaft und Trever saugt scharf die Luft ein. Ich beschließe ihn ebenso quälend langsam zu befriedigen wie er mich. Meine Finger streichen über die empfindliche Haut. Hoch und runter, hoch und runter. Sanft, ganz sanft. Ich sehe wie Trevers Bauchmuskeln sich anspannen und wieder locker lassen. Als ich meine Zunge über seine Eichel gleiten lasse, höre ich, wie er die Zähne zusammenbeißt. Oh ja, ich kenne das Gefühl, verzweifeln zu müssen vor Gier. Weil ich ihn nicht länger quälen will, nehme ich ihn in den Mund und sauge sanft an seiner Kappe.

»Oh verdammt, Mona«, keucht er, und als ich ihn mit Hand und Mund zu bearbeiten beginne, kippt sein Kopf zurück auf die Couchlehne.

»Ja Kleines, das ist so was von ...« Ich sauge stärker. »... so verdammt ...«, versucht er es noch einmal, bringt aber nichts mehr heraus. Ich schmecke bereits die ersten Lusttropfen. Das spornt mich so richtig an. Ich gebe mir alle Mühe, kümmere mich hingebungsvoll um sein prächtiges Stück. Trever stöhnt, ich sehe, wie sich sein Bauch bis hoch zur Brust anspannt und dann entlädt er sich in meinen Mund. Ich schlucke, massiere und lecke ihn vorsichtig weiter. Als er die Augen aufschlägt, grinse ich und küsse seinen Innenschenkel. Die Berührung lässt ihn erschauern.

»Mona, du bringst mich noch um den Verstand. Was machst du nur mit mir?«, keucht er, fasst nach meiner Hand und zieht mich rittlings auf seinen Schoß.

Ich spüre, wie Trevers straffe Männlichkeit langsam weniger wird, doch seine Augen sind noch immer dunkel und voller Lust. Mit einem Biss auf die Unterlippe verkneife ich mir ein Grinsen. Es freut mich diebisch, dass ich in Trever dieses Feuer entfachen kann. Dass dieser unverschämt heiße Typ ganz offensichtlich auf mich steht.

»Was?«, will er wissen. Ihm ist mein verkniffenes Grinsen natürlich nicht entgangen.

»Nichts«, sage ich keck, »du schmeckst nur lecker.«

Und das ist die Wahrheit, und zwar in jeglicher Hinsicht.

»Danke, das Kompliment kann ich so nur zurückgeben.«

Er leckt sich über die Lippen und streicht mit den Fingerkuppen über meine Oberschenkel. Die Berührung fühlt sich so intensiv an, dass ich Gänsehaut bekomme.

»Ist dir kalt?« Auf seinen wundervollen Zügen erscheint ein besorgter Ausdruck.

»Nein ... ein wenig«, winde ich mich. Das stimmt zwar, aber in erster Linie ist es die Berührung, die mich frösteln lässt.

»Na, das wollen wir aber nicht.« Mit mir auf dem Schoß steht Trever auf, schlingt die Arme um meine Hüften und Schenkel und stützt meinen Hintern. Instinktiv reagiere ich, schlinge die Beine um seinen unteren Rücken und die Arme um seinen Hals. Jetzt hänge ich wie ein Klammeräffchen an ihm und lasse mich durch das Wohnzimmer in den Flur und die Treppe hoch in sein Schlafzimmer tragen. Ich bin echt baff, meine knapp 60 Kilo scheinen Trever nicht das Geringste auszumachen. Er muss viel trainieren.

Im Schlafzimmer angekommen schlägt er die Decken zurück und setzt mich behutsam ab. Schmetterlinge tanzen durch meinen Bauch, als ich zu ihm aufsehe. Er behandelt mich so fürsorglich, so liebevoll. Ich möchte keinen Tag mehr ohne ihn verbringen.

»Machs dir schon mal gemütlich, ich bin gleich zurück«, sagt er und ist auch schon durch die Tür verschwunden. Ich schlüpfe unter die Decke. Wie kuschelig sie ist ... ob sie nach Trever riecht? Ich schnuppere am Überzug, rieche aber nur eine dezente Weichspüler-Note. Schade. Mein Blick wandert durchs Zimmer, über die edlen Gemälde, die Kommode, den Breitbildfernseher und bleibt schließlich an einer Tür hängen, die sich am Kopf des Raums befindet. Die ist mir beim letzten Mal gar nicht aufgefallen. Was sich dahinter wohl verbergen mag? Vielleicht ein begehbarer Kleiderschrank oder ein Badezimmer.

»Gefällt mir«, lobt Trever. Er steht im Türrahmen, in den Händen die Flasche Rosé und unsere Gläser.

»Was gefällt dir?«

»Na du, in meinem Bett.« Mit einem verschwörerischen Grinsen tritt er in das Zimmer, wirft mit dem Fuß die Tür hinter sich zu und steuert auf mich zu.

»Hier.« Er gibt mir mein Glas und schenkt uns beiden nach.

»Danke.« Ich rutsche, mache Trever Platz, damit er zu mir kommen kann. Wir sind noch immer beide nackt. Ich sehe das Muskelspiel an seinem Bauch, als er sich zu mir setzt und unter die Decke schlüpft.

»Zum Wohl, Kleines.« Er hebt das Glas. Wenn ich nur wüsste, was das für ein Ausdruck ist, der um seine Augen spielt. Ist das Zufriedenheit?

»Cheers!«, sage ich und entlocke ihm ein Schmunzeln. Zum zweiten Mal an diesem Abend erheben wir das Glas. Es fühlt sich phänomenal an. Am liebsten würde ich wieder auf uns anstoßen, auf das wir für immer zusammen sein mögen und unsere Liebe ewig währt. Oh Gott, das ist es, darum bringt mich dieser Mann so um den Verstand.

Ich bin ihm nicht einfach nur verfallen, sondern ich liebe ihn. Aber das darf nicht sein! Wir kennen uns kaum, wie will ich da von Liebe sprechen?

Nein, Mona, das ist so was von übertrieben von dir, du magst ihn, okay, aber lieben ...

Als hätte Trever meine Gedanken gehört, hebt er mein Kinn und sieht mir in die Augen. Er sagt nichts, sieht mich einfach nur an, mit diesen wundervollen honigfarbenen Augen. Als er behutsam, als wäre ich aus Glas, einen Kuss auf meine Lippen haucht, helfen alle guten Zusprüche nichts mehr. Ich muss es zugeben. Ich liebe diesen Mann, bin ihm mit Haut und Haar verfallen. Das ist einerseits ein schönes Gefühl, auf der anderen Seite macht es mir schreckliche Angst. Mir kommen Stefan und seine Macht über mich in den Sinn. Drei Jahre lang hatte er mich gequält, hatte meine Zuneigung ihm gegenüber ausgenutzt, um mich zu verletzten. Ich möchte weinen vor Panik, wenn ich bedenke, was Trever für eine Macht über mich und meine Gefühlswelt haben muss.

Trevers Lippen streichen sanft über meine Mundwinkel. Seine Zunge leckt über meinen Mund und findet Einlass. Oh Mann, er schmeckt so gut. Er lässt mich meine Grübeleien beiseiteschieben. Ich will mich nur noch auf ihn und das Hier und Jetzt konzentrieren.

Als Trever mir das Glas abnimmt und es zusammen mit seinem aufs Nachttischchen stellt, habe ich Stefan und meine Bedenken längst vergessen.

8.

Eine raue Männerstimme lässt mich aus meinem traumlosen Schlaf erwachen. Etwas bewegt sich neben mir.

»Nein, auf keinen Fall. Ich werde mich darum kümmern.« Die Matratze gibt nach und ich begreife, wo ich bin. Ich rolle mich herum und sehe, wie Trever aus dem Schlafzimmer hinaus auf den Flur tritt. Er wirkt verärgert. Wer das wohl am Telefon ist? Vielleicht ein Geschäftsgespräch. Ja, vermutlich. Ich weiß ja, dass Trever die letzten Jahre keinen freien Tag hatte, also gehe ich davon aus, dass irgendwas in der Firma ist. Ich setze mich auf und spüre, dass ich zwischen den Beinen wund bin. Wen wundert's. Ich hatte gestern drei Mal Sex.

Drei Mal! In der Früh, als ich Trever einfach bestiegen habe, am Abend auf der Couch und dann hatten wir diesen unvergesslichen Sex in seinem Bett. Trever war zärtlich, seine Berührungen liebevoll und dennoch fordernd. Mir kommen seine Hände in den Sinn, die einfach überall waren und sein Duft, der mich in eine Wolke aus Verlangen gehüllt hat. Oh ja, dieser Mann weiß, wie man eine Frau um den Verstand bringt, denke ich.

Unglaublich, wie selbstverständlich er unser anfangs zärtliches Liebesspiel in etwas Heißes verwandelt hat.

Ich bin in Gedanken noch bei unserer gestrigen Nummer, als Trever zurück ins Zimmer kommt.

»Hey, guten Morgen«, sagt er und seine Stimme klingt so weich, so fürsorglich. Ganz anders als eben am Telefon.

»Morgen«, sage ich und lächle ihn an.

»Tut mir leid, wenn ich dich geweckt habe.« Er deutet auf sein Handy, das er direkt in seiner Hosentasche verschwinden lässt.

»Kein Problem, ich wollte sowieso nicht den ganzen Tag verschlafen.«

»Das ist gut, ich habe nämlich was vor mit dir«, erklärt Trever, kommt zu mir und setzt sich auf die Bettkante. »Morgen«, sagt er noch einmal und gibt mir einen zärtlichen Kuss.

»Morgen.« Mit einem Biss auf die Wange verkneife ich mir ein dümmliches Grinsen.

»Du hast was mit mir vor?«, erinnere ich ihn.

»Ja, das habe ich.« Wie immer verrät seine Miene nichts.

»Na komm schon, mach's nicht so spannend.« Ich setze mich auf die Knie.

»Keine Chance, es soll eine Überraschung werden.«

»Mr Sullivan?«

»Ja, Maria. Bringen Sie es bitte rein.« Die Haushälterin betritt das Schlafzimmer und ich bin heilfroh, dass ich in einem von Trevers T-Shirts geschlafen habe.

»Hallo, Frau Stein, ich bringe Ihnen Ihr Frühstück«, begrüßt mich die Mexikanerin. Ich nicke verlegen, während sie mir ein voll beladenes Tablett hinstellt. Wie gestern sieht es auch heute wieder köstlich aus. Kaffee, Brötchen, O-Saft, ein gekochtes Ei, Schinken, Käse, Marmelade, Müsli. Mir läuft das Wasser im Mund zusammen, so lecker sieht es aus.

»Vielen Dank«, sage ich, als sie sich umdreht und das Zimmer verlässt.

»Also«, beginnt Trever, nachdem die Haushälterin hinter sich die Tür ins Schloss gezogen hat.

»Wie sieht's aus, wie lange hast du heute Zeit und ab wann können wir starten?«

»Um ehrlich zu sein, wollte ich heute noch einiges für die Firma vorbereiten, deswegen wär's gut, wenn ich nicht nach 15:00 Uhr heimkomme.«

»Keine Chance.«

»Wie bitte?«

»Ich habe mir extra den ganzen Tag freigenommen. Vor 20:00 Uhr lass ich dich nicht gehen.« Mit diesen Worten schnappt er sich einen Bagel vom Tablett und beißt hinein.

»Echt jetzt?«

»Jep. Also, für unseren Ausflug würde ich dir eine Jeans und irgendein schlichtes Shirt empfehlen.«

Jeans und Shirt, wo will er wohl hin? Wandern ... Angeln ... Segeln? Keine Ahnung. Ich entscheide mich dazu, mich überraschen zu lassen.

»Okay, dann müssen wir aber noch bei mir zu Hause vorbei«, sage ich.

»Kein Thema, iss und dann lass uns unter die Dusche hüpfen.«

Ich nicke grinsend. Wund hin oder her, meine Vulva pulsiert allein beim Gedanken an die gemeinsame Dusche.

Nach einem königlichen Frühstück und einer verboten heißen Nummer unter der Dusche fahren Trever und ich zu mir nach Hause. Toni hat heute frei, daher fährt Trever selbst. Er hat sich für den silbergrauen Porsche Spyder entschieden. Ich finde das Auto wunderschön und genieße die Fahrt.

Daheim angekommen hoffe ich, auf Sarah zu treffen. Als ich mit Enttäuschung feststelle, dass sie nicht da ist, wechsle ich schnell meine Klamotten und eile zurück zu Trever, der unten vor der Tür wartet. Als ich zu ihm ins Auto steige, bemerke ich, dass ich unbewusst dieselben Klamotten wie er gewählt habe. Bluejeans, weißes Shirt.

»Also, wo geht's jetzt hin?«, will ich wissen.

»Das wirst du noch früh genug sehen.«

Er tupft mir einen Kuss auf die Nasenspitze und braust los. Wir fahren etwa eine halbe Stunde durch die City in Richtung Süden. Unser Ziel liegt etwas außerhalb der Stadt. Es ist ein verlassen aussehendes Firmenareal. Ich verstehe nicht ganz, was wir hier draußen verloren haben und lasse mir stirnrunzelnd aus dem Wagen helfen. Ohne ein Wort zu sagen, nimmt Trever meine Hand und führt mich vom Parkplatz, auf dem neben unserem nur ein weiteres Auto steht, um das Gebäude zu einer Art Hintereingang.

Trever betätigt ein Klingelschild mit dem Aufdruck *COLOR HUNTER*. Ich überlege noch, was sich hinter dem Namen verbergen könnte, als ein vollkommen tätowierter Typ, Mitte 30, uns öffnet.

»Hey Trever, lange nicht mehr gesehen, Kumpel.«

»Hi Don.« Trever klatscht mit dem Typen ab und stellt mich vor.

»Das hier ist Mona«, sagt er und ich sehe, wie Dons Augen sich runden.

»Hi, Mona«, ist alles, was er rausbringt. Er muss ein langjähriger Kumpel von Trever sein und diese blöde Rachel kennen. Ich unterdrücke ein Seufzen.

»Hi, Don?«, sage ich und versuche mich an einem Lächeln.

»Okay … ja, also kommt rein ihr zwei. Es ist alles vorbereitet.«

Vorbereitet? Trever führt mich in einen süßlich duftenden Vorraum mit einigen Stühlen, einem Tresen und Regalen, die mit irgendwelchen Foldern gefüllt sind. An den Seiten führen Türen in andere Räume. Don geht um den Tresen herum, vor dem wir stehen bleiben.

»Echt cool dich wieder mal zu sehen, Trev«, sagt er und holt unter dem Pult eine Packung rote und eine Packung blaue Kugeln hervor.

»Den Rest muss ich erst von hinten holen. Das Zeug ist im Lager. Jetzt wo wir die alte Kerzenfabrik endlich umgebaut haben, können wir das Zeug da verstauen. Moment, bin gleich zurück.« Don geht um den Tresen und verschwindet durch die rechte Tür. Ich nehme die Packung mit den roten Kugeln in die Hand und überlege. Paintball. Na klar, Paintball! Trever hat mich währenddessen genau beobachtet. Als er sieht, dass ich begriffen habe, bricht er endlich sein Schweigen.

»Und, was hältst du davon?«
»Ich finde die Idee klasse. Aber wie kommst du darauf?«
»Na ja, ich weiß, dass du im Schützenverein warst. Soweit ich weiß, warst du ziemlich talentiert, was mich vermuten lässt, dass du diesen Sport gerne gemacht hast.«

Und wie gern. Der Schützenverein war meine große Leidenschaft, als ich ein Kind war. Mein Papa hat mich mal zu einem Training von ihm mitgenommen.

Er war immer der Ansicht, dass ein Mädchen sich zu verteidigen wissen müsse. Und in der heutigen Zeit am besten mit einer Waffe. Tränen steigen mir in die Augen. Obwohl mein Vater schon viele Jahre tot ist, tut es immer noch verdammt weh, wenn ich an ihn denke. Ich vermisse ihn, vermisse die Zeit mit ihm. Er war ein großartiger Vater und toller Lehrer in Sachen Schusswaffen.

»Hey, alles okay?« Trever tritt näher an mich heran und sucht meinen Blick.

»Ja, alles okay. Es ist nur ... seit dem Tod meines Vaters habe ich keine Waffe mehr in den Händen gehalten.« Als Papa starb, bin ich nie wieder zum Training gegangen. Ich konnte es einfach nicht – nicht ohne ihn.

»Verstehe, das erklärt vieles. Ich habe mich, um ehrlich zu sein, gewundert, warum du, obwohl du so talentiert warst, so plötzlich mit dem Schießen aufgehört hast.«

»Bist ja ganz schön gut informiert«, sage ich und verschränke die Arme vor der Brust. Wie ich ihn kenne, hat er diese, wie auch all die anderen Infos über mich, aus rein geschäftlichen Gründen recherchiert. Dieser Kontrollfreak. Trever zuckt mit den Schultern.

»Was soll ich sagen, das ist mein Job.«

Wusste ich's doch. Bevor wir Zeit haben, näher auf das Thema einzugehen, kommt Don zurück.

»Yo, Trev, willst du die X7 Phenom, oder nehmt ihr beide die A5 Basic?«

»Wir nehmen beide die A5.« Trever wendet sich zu seinem dunkelhäutigen Freund um und nimmt ihm die gewünschten Waffen ab.

»Hier, du musst die Kugeln oben in den Aufsatz füllen«, erklärt er und reicht mir eine davon.

»Das dachte ich mir schon.« Hey, was soll das, nur weil ich ein paar Jahre keinen Schießstand mehr gesehen habe, heißt das noch lange nicht, dass ich mich mit Waffen nicht mehr auskenne. Na warte, denke ich und grinse innerlich, dir werde ich's zeigen.

»Und hier hab ich noch eure Overalls.« Don ist um den Tresen gegangen, von wo er uns aus einem Regal hinter sich je einen Blaumann holt.

20 Minuten später sind wir umgezogen und haben in Schutzweste, Handschuhe, Schutzmaske und Overall unsere Stellungen eingenommen. Wir sind ganz allein, außer uns sind keine Gäste hier. Der Paintball Parkour besteht aus einer Ansammlung aus Blechtonnen, Wandelementen, Kletterseilen, Gittern und einer Holzpyramide, die es zu erklimmen gilt. Die Pyramide steht genau in der Mitte der Halle, das Herzstück sozusagen. Auf ihrer Spitze ist eine Glocke befestigt.

Derjenige, der sie als Erster erreicht und läutet, ist der Sieger.

Ich habe mich auf der rechten Seite hinter einer bunt gesprenkelten Wand versteckt. Trevers Startpunkt vermute ich auf der mir gegenüberliegenden Seite. Ich bin schrecklich aufgeregt und habe Mühe, meine Waffe stillzuhalten. Als der Startpfiff schrillt, werfe ich einen Blick aus meinem Versteck. Die Holzpyramide ist zwar locker 300 Meter von mir entfernt, aber ich kann von hier aus die Glocke sehen. Mein Blick geht in die Richtung, in der ich Trever vermute.

Nichts zu sehen. Also hetze ich halb gebückt los.

Meine Schritte hallen durch den Parkour. Verflixt! Moment, wenn man meine Schritte so gut hören kann, dann gilt für Trever dasselbe. Ich spähe hinter der Tonne hervor und lausche. Nichts … doch da höre ich es trippeln, und bevor ich die Richtung des Geräuschs einordnen kann, erklingt Rihanas *Only Girl in the World* in voller Lautstärke. Na toll, so viel zum Thema *Lauschen*.

Okay, Mona, jetzt reiß dich zusammen und zeig es diesem reichen Bürschchen. Ich schließe für einen Moment die Augen, atme durch und konzentriere mich voll auf das Spiel. Ich eile gebückt zur nächsten Tonne, weiter hinter eine Wand und hinter ein farbverklebtes Eisengitter.

Wow, ich hätte nicht gedacht, dass ich ungesehen so weit komme.

Von Trever ist noch immer nichts zu sehen. Na gut, dann also weiter. Rihanas Song folgt *Just the Way you are* von Bruno Mars und im Anschluss *Crazy in Love* von *Beyonce*. Lauter alte Songs, doch ich finde sie super.

Sie spornen mich an weiterzulaufen, das Ziel zu fokussieren und mich zu konzentrieren. Irgendwann kauere ich hinter einer Steinmauer keine zehn Schritte von der Pyramide entfernt. Ich spähe ums Eck, doch niemand ist zu sehen. Ich überlege schon, ob Trever aufgegeben hat, als mich eine seiner Kugeln am Rücken trifft. Trotz Schutzpanzer kneift der Aufprall. Ich schnelle herum, richte die Waffe auf ihn und drücke ab. Doch er ist zu schnell und meine Geleekugel trifft die Tonne, hinter der er Schutz sucht. Ich eile um meine Mauer, überlege, ob ich weiterhetzen oder ihm nachschleichen soll. Mein Herz hämmert hart gegen meine Brust, als ich mich für Letzteres entscheide. Geduckt und so leise mir möglich laufe ich zu Trevers Tonne, doch er ist schon fort. Okay, Planänderung. Wenn ich schnell genug bei der Pyramide bin und mir das Seil schnappe … flapp! Eine Kugel hat mich am Oberarm getroffen.

»Aua!«

So, das reicht, jetzt ist Trever dran. Ich sehe, wie er hinter meiner Steinwand von vorhin Schutz sucht. Ohne Rücksicht auf Verluste hetze ich ihm hinterher und treffe ihn direkt am Hintern. Er hechtet hinter eine zerbeulte Tonne, doch eine meiner Kugeln trifft ihn am Bein. Oh ja, Freundchen, die Jagd ist eröffnet!

Als wir unsere 500 Kugeln verballert haben, sind wir zwar beide von Kopf bis Fuß mit Farbe gesprenkelt, doch hat es keiner von uns geschafft, die Glocke zu läuten. Ich fühle mich so frei wie schon lange nicht mehr. Das war wirklich eine tolle Idee von ihm.

»Verdammt, Kleines, bist du gut«, lobt Trever, als er auf mich zukommt und seine Schutzmaske abnimmt. Sein Haar ist ganz zerzaust, was ich anturnend finde. Ich nehme meinerseits die Schutzmaske ab, gehe den letzten Schritt auf ihn zu und küsse ihn. Das brauche ich jetzt, und wow, das fühlt sich hammermäßig an. Trever erwidert meinen Kuss so glühend, dass ich mich zusammenreißen muss, um ihn nicht auf den Boden zu zwingen und über ihn herzufallen. Ich beherrsche mich, beschließe aber, ihn heute noch nach allen Regeln der Kunst zu vernaschen.

»Yo ihr zwei, ihr seid ja richtig treffsicher. Leute wie euch könnten wir in unserem Team brauchen. Wie sieht's aus, Trev, Lust wieder einzusteigen?«

»Sorry, Don, du weißt doch, dass ich einfach zu wenig Zeit dafür hab.«

Soso, Trever war also mal im Paintballverein. Kein Wunder, dass er so gut ist.

»Wie sieht's mit dir aus, Mona?«

»Tut mir leid, Don, ich bin nur für ein halbes Jahr in Phoenix, danach heißt es zurück nach Österreich.« Ich merke, wie sich Trever neben mir anspannt.

»Schade, so gute Schützen wie du sind selten.«

Ich lächle den sympathischen Afroamerikaner an und lasse mich, stolz, dass ich das Schießen nach all den Jahren noch drauf habe, von Trever in die Umkleide führen.

Weil ich lieber zu Hause duschen möchte, sind wir schon kurze Zeit später fertig umgezogen und fahren in Trevers Porsche Spyder durch die Stadt. Nachdem er ein paar Sachen bei sich geholt hat, fahren wir zu mir, wo wir uns beim Duschen ordentlich aufheizen. Nur in Handtücher gehüllt knutschen wir uns gerade durch den Flur in Richtung Schlafzimmer, als das *Pling* des Aufzugs erklingt und Sarah und Mason kommen.

»Na toll«, seufzt Trever, und als ich mich den beiden zuwende, flüstert er mir von hinten ins Ohr: »Das nächste Mal duschen wir bei mir.« Er tupft mir einen Kuss unters Ohr, was mir eine Gänsehaut beschert.

»Hey Mona, wie schön euch zu sehen!« Sarah kommt auf mich zu und nimmt mich in den Arm. Jetzt erst merke ich, wie sehr ich sie vermisst habe.

»Warst ja ganz schön lange weg«, klagt sie.

»Na ja, wir hatten eine Menge zu besprechen«, erwidere ich.

»Verstehe. Na gut, also wie sieht's aus, habt ihr schon zu Mittag gegessen?«

»Nein, wir wollten uns aber eben was kommen lassen«, erklärt Trever.

»Hmm, wir könnten aber auch was kochen, Mason und ich waren gestern noch einkaufen. Was meinst du, Mona?«

»Klar, warum nicht.«

Nachdem Trever und ich uns in meinem Zimmer umgezogen haben, gehen wir zu Sarah und Mason in die Küche. Während wir Frauen den Kühlschrank durchforsten und dabei grübeln, was wir kochen wollen, setzen sich Trever und Mason auf die Barhocker an der Theke und besprechen einige geschäftliche Angelegenheiten.

Wir entscheiden uns für ein Rahmgeschnetzeltes mit Reis und einem bunten Salat. Ich bereite den Salat zu, schneide Zwiebeln, Paprika und Tomaten und Sarah kümmert sich um das Geschnetzelte und den Reis. Wir sprechen über das Frühstück bei Masons und Trevers Mama.

Es war wohl richtig gemütlich. Linda scheint eine reizende Person zu sein, mit viel mütterlichem Charme. Als sich Sarah bei mir erkundigt, was es Neues gibt, erkläre ich, dass zwischen Trever und mir alles gut ist und dass wir Paintball spielen waren.

Mehr möchte ich in Anwesenheit der Männer nicht sagen. Alles andere besprechen wir Ladys dann unter vier Augen.

»Hast du was von daheim gehört?«, will meine Freundin wissen, als wir den Tisch decken.

»Nicht viel. Ich hab Mama Bescheid gegeben, dass wir gut angekommen sind und endlich ausgepackt haben.«

»Und?« Sarah hält in der Bewegung inne und sieht mich an.

»Was meinst du mit ›und‹?« Plötzlich flammt ein ungutes Gefühl in mir auf.

»Na, was hat sie geantwortet?«

»Na ja, nicht viel. Nur dass es sie freut, dass wir gut angekommen sind und sie mich lieb hat.«

»Das war's?

»Ja.«

»Okay. Vermutlich hat sie viel um die Ohren. Wie ich Eva kenne, steckt sie jetzt schon voll im Umzugsstress.«

»Ja, das denke ich auch.« Ich beschließe, Mama später noch anzurufen, um sicherzugehen, dass bei ihr alles in Ordnung ist.

Das Essen ist köstlich, ganz wie zu Hause. Auch Trever und Mason scheint es zu schmecken – was mich freut. Mason erzählt, dass er vor einem Jahr einen Grill-Kochkurs gemacht hat und uns demnächst seine Spezialrippchen zubereiten wird.

Als alle satt sind, kümmern wir uns gemeinsam um den Abwasch und setzen uns dann mit einem Glas Rotwein aus Masons Sammlung, die er im Keller aufbewahrt, auf die Terrasse und quatschen über Gott und die Welt. Der Nachmittag vergeht wie im Flug.

Gegen 17:00 Uhr werde ich langsam nervös, weil ich mich noch keine Sekunde auf die Arbeit morgen vorbereitet habe. Trever versteht meine Unruhe und verabschiedet sich gegen halb sechs. Er überredet mich aber, mich zu beeilen, damit er mich um 20:00 Uhr zum Abendessen abholen kann. Auch Sarah und Mason verabschieden sich. Sie wollen in den Park, einen Spaziergang machen. Ich bleibe alleine zurück, froh mich endlich auf die Arbeit vorbereiten zu können.

9.

»Unterlagen – Check, Klamotten – Check, Schuhe – Check«, gehe ich noch einmal alles durch, bevor ich die Unterlagen in meiner Aktentasche verstaue und sie zusammen mit dem Outfit ans Fußende meines Bettes lege. Ich werfe einen Blick auf den Wecker. Okay, es ist gerade mal halb acht, genug Zeit also, um kurz bei Mama anzurufen. Ich schnappe mir mein altes Firmenhandy und wähle ihre Nummer. Es klingelt fünf Mal, bevor die Mobilbox rangeht.

»Hi Mama«, sage ich, nachdem der Piepton erklungen ist. »Ich wollte mal hören, ob bei dir alles okay ist. Ruf mich bitte zurück, ja? Hab dich lieb.«

Als ich auflege, sehe ich, dass ich eine neue *Whats-App*-Nachricht habe. Sie kommt von Stefan. Oje, das schlechte Gewissen ist mit der Wucht einer schallenden Ohrfeige zurück.

Ich öffne die Nachricht.

Hi Mona, ich wollte Dir nur alles Gute und viel Glück für Deine erste Arbeitswoche morgen wünschen. Alles Liebe, Stefan.

Ich hebe überrascht die Brauen. Damit hätte ich jetzt nicht gerechnet. Ich hätte eher mit einem: ›Na, findest du Phoenix immer noch so toll‹, oder: ›Nur dass du's weißt, Telefonate im Ausland übernimmt nicht die Firma‹, oder zumindest etwas in der Art gerechnet. Komisch. Ich lese die Nachricht erneut, nur um sicherzugehen, dass ich nichts falsch verstanden habe. Nein, er scheint wirklich nicht mehr angepisst zu sein. Das kommt mir zwar komisch vor, freut mich aber dennoch. Wer weiß, vielleicht können wir ja einfach nur Freunde sein. Das wäre schön.

Danke Stefan.

… lautet meine Antwort, und fast postwendend erhalte ich eine Nachricht zurück.

Gern. Lass es dir gut gehen. Und vergiss uns hier nicht.

Vergiss uns hier nicht? Wer ist *uns*? Das Büro, die Firma?

Ich überlege ihm zurückzuschreiben, ihn zu fragen, was er mit *uns* meint, verwerfe meine Überlegung aber, als mein Blick auf den Wecker fällt. Gleich Viertel vor acht. Scheiße, ich hab gar nicht gemerkt, dass ich so viel Zeit vertrödelt hab. Ich werfe mein Handy aufs Bett und stürme ins Bad. In Windeseile bin ich in mein kleines Schwarzes geschlüpft und habe mein Make-up aufgefrischt. Als Trever Punkt acht zur Badezimmertür hereinschaut, bin ich gerade dabei, meine Locken mit Schaumfestiger aufzukneten.

»Wow«, sagt er und lässt seinen Blick anerkennend an mir herunterwandern.

»Hi«, sage ich, verkneife mir mein Zwölfjähriges-Mädchen-Grinsen und begrüße ihn mit einem Kuss.

»Also«, sage ich keck, als ich mich von ihm löse, »wo soll's hingehen?«

»So wie du aussiehst, ins Pro Joice.«

»Pro Joice?«

»Das ist ein Sternerestaurant«, erklärt er und streicht mir zärtlich eine Locke aus der Stirn.

»Klingt gut.« Von wegen; mir wäre eine einfache Portion Spaghetti bei Mario viel lieber, aber als Trevers Freundin werde ich mich wohl an solche Lokalitäten gewöhnen müssen. Trevers Freundin, der Gedanke gefällt mir. Also straffe ich die Schultern und hake mich bei diesem Traum von einem Mann unter.

Das Pro Joice ist ein Sternerestaurant wie aus einem Film. Ausgestattet mit Kronleuchtern, die den Saal in sanftes Licht hüllen, und runden Tischen mit edlen Gedecken und hochlehnigen Sesseln. Am Ende des Raums, etwas erhört auf einem Podest, lässt ein Pianist seine Finger über die Tasten tanzen. An den Wänden hängen Ölgemälde und die Kellner tragen einheitlich Frack.

Als wir an unseren Tisch geführt werden und uns setzen, komme ich mir irgendwie fehl am Platz vor.

»Alles okay mit dir?« Trever hebt die Brauen.

»Ja, klar. Ich hab nur gerade meine Mama im Kopf. Ich hab sie vor einer ganzen Weile angerufen, sie aber nicht erreicht.« Warum um alles in der Welt erzähle ich ihm das?

Vielleicht, weil es die einzige Ausrede ist, die mir so spontan eingefallen ist. Na ja, und abgesehen davon, ganz unwahr ist es ja nicht; Mama hat schließlich noch immer nicht zurückgerufen, und das kommt mir seltsam vor.

»Ich könnte mir vorstellen, dass deine Mutter mit dem bevorstehenden Umzug einiges um die Ohren hat«, meint Trever.

»Gut möglich. Trotzdem ist es unüblich für sie«, sorge ich mich. Trever greift nach meiner Hand.

»Es ist bestimmt alles okay, aber wenn du dir Sorgen machst, ruf sie einfach noch mal an.«

»Das werde ich, aber später. Lass uns erst was essen.« Ich drücke dankbar seine Hand. Er gibt mir ein Gefühl der Sicherheit. In seiner Nähe ist alles einfach. Er schafft es, dass sich meine Beunruhigung in Luft auflöst.

»Was darf ich den Herrschaften zu trinken bringen?«, erkundigt sich ein hochgewachsener Kellner mit dunklem Haar und grünen Augen, der gerade an unseren Tisch getreten ist. Ich schätze ihn auf Ende 20. Er macht einen sympathischen Eindruck. Trever hebt leicht den Blick und sieht mich durch seine langen Wimpern hindurch an.

»Ist Rotwein okay?«, will er wissen.

»Klar.« Ich zucke mit den Schultern.

»Na gut.« Er senkt den Blick wieder auf die Karte.

»Dann bringen Sie uns einen Opus One.«

»Sehr wohl, Sir.«

Schon ist der Kellner verschwunden und keine fünf Minuten später steht eine elegant aussehende Flasche Rotwein, die er uns zuvor präsentiert und Trever davon hat kosten lassen, an unserem Tisch.

Ich muss gestehen, dass Trever eine ausgezeichnete Wahl getroffen hat. Der Wein schmeckt fruchtig herb, genau so, wie ich es gern habe.

Wir entscheiden uns für ein Straußenfilet mit Ofenkartoffeln. Zur Vorspeise bekommen wir eine Geflügel-Morchel-Terrine und im Anschluss Bäckchen vom Seeteufel in Safranscham.

Obwohl ich kein sonderlicher Fischfan bin, schmeckt mir das Essen hervorragend.

»Morgen ist dein erster richtiger Arbeitstag bei Tresul Holding«, erinnert mich Trever, als uns die Hauptspeise gebracht wird. Na toll, als ob ich nicht ohnehin schon aufgeregt genug wäre.

»Ja.« Ich schenke ihm ein schmales Lächeln.

»Nervös?«

Der kann vielleicht Fragen stellen.

»Etwas«, gestehe ich.

»Dazu gibt es keinen Anlass, meine Angestellten werden dich alle königlich behandeln, versprochen.«

Oh Fuck, er hat vor, der ganzen Firma von uns zu erzählen. Aber genau das wollte ich nicht. Ich möchte, dass mich meine Kollegen unvoreingenommen kennenlernen und auf keinen Fall als *die Neue vom Chef* abstempeln.

»Ja, also, was das angeht …«, sage ich, winde mich aber, weil ich keine Ahnung habe, wie ich ihm sagen soll, dass er unsere Beziehung fürs Erste geheim halten soll.

Der Tag war bisher so traumhaft, ich will ihn auf keinen Fall zerstören.

Trever verschränkt die Arme vor der Brust.

»Ja?«, sagt er, seine wundervollen Augen auf die meinen gerichtet. Ach verdammt.

»Es ist so ... also, ich möchte, dass mich die anderen unvoreingenommen kennenlernen. Ich möchte, dass sie meine Arbeit ehrlich beurteilen und nicht überall Ja und Amen sagen, nur weil wir zusammen sind. Bitte versteh das nicht falsch, es ist absolut okay, wenn alle erfahren, dass wir ein Paar sind. Nur eben nicht sofort. Erst sollen sie mich neutral kennenlernen.«

Trever sagt nichts, er sieht mich einfach nur an. Ich befürchte schon, dass er jetzt sauer ist, als er schließlich doch nickt.

»In Ordnung«, sagt er sanft. »Das kann ich verstehen. Dann sagen wir es niemandem.«

»Danke.« Erleichtert schenke ich ihm mein strahlendstes Lächeln, bevor ich zum Besteck greife und mir ein Stück Fleisch abschneide.

»Das ist also Strauß«, sage ich gut gelaunt und koste. »Mmmh, ja, schmeckt wirklich ausgezeichnet«, lobe ich und versuche eine der Ofenkartoffeln.

»Freut mich, ich werde es Tom ausrichten.«

»Tom?«

»Ja, mein alter Schulfreund, er ist hier Chefkoch«, erklärt Trever und schneidet sich ein Stück vom Straußenfilet ab.

»Ist ja cool.«

»Ja, finde ich auch. Du solltest zum Nachtisch unbedingt sein Schokoladensoufflé probieren. Das hat er uns früher jeden Sonntagnachmittag gemacht. Ist wohl ein altes Familienrezept oder so. Jedenfalls schmeckt es grandios.«

Ich kichere, als ich mir Trever und seine Jungs vorstelle, wie sie sonntagnachmittags bei Tom zum Souffléessen eingeladen sind.

»Was?«

»Nichts, ich stelle mir nur gerade vor, wie ein Haufen Jungs um einen Tisch sitzt und Soufflé isst.«

»Hey, das war echt cool. Auch wenn es sich gerade nicht so anhört.« Jetzt muss sogar Trever schmunzeln. »Toms Soufflé war *das* Geheimrezept gegen einen Kater schlechthin. Das hat sogar wandelnde Leichen ins Leben zurückgerufen.«

»Und du, gehörtest du auch zu dem Typ wandelnde Alk-Leiche?«

»Manchmal«, gibt Trever schulterzuckend zu.

»Was ist mit dir? Ich weiß echt einiges über dich, hab aber keine Ahnung, wie deine Jugend verlief.«

»Na ja, da gibt's nicht sonderlich viel zu erzählen. Ich glaub, ich war ein typischer Teenager. Hab mit 16 angefangen zu rauchen, war viel mit Freunden unterwegs und so weiter.«

»Und wann hattest du deinen ersten festen Freund?«

»Mit 17. Er hieß Wolfgang.«

»Wolfgang?«

Ich lache, weil es sich so komisch anhört, wie er den Namen ausspricht.

»Ja, Wolfgang. Er war Elektriker.«

»Wolfgang«, versucht es Trever noch mal, doch es klingt genauso lustig wie zuvor.

»Komischer Name.« Er schüttelt den Kopf und ich kichere.

»Weißt du eigentlich, dass ich schon lange nicht mehr so glücklich war wie in den letzten Tagen mit dir?« Oh, wo kommt das denn auf einmal her? »Ich genieße es, die Zeit mit dir zu verbringen«, sagt er und reicht mir über der Tischplatte die Hand. Sein Blick ist weich, als ich meine Finger in seine Hand lege.

»Ich genieße es auch.«

»Na aber hallo, wen haben wir denn da?«, erklingt eine Frauenstimme hinter mir. »Trev, wie schön dich zu sehen.« Ich habe das Gefühl, dass mir das Blut in den Adern gefriert, als Rachel an unseren Tisch tritt. Sie ist hammermäßig gestylt. Trägt ein purpurrotes Abendkleid, das sich perfekt ihrer Figur anpasst. Ihr blondes Haar umgibt in kurzen, aber weichen Wellen ihr Gesicht. Wieder kann ich es kaum fassen, wie sehr diese Frau mir ähnlich sieht. Die grasgrünen Mandelaugen, die kleine Nase und die schmalen Lippen. Man könnte fast meinen, dass wir Zwillinge wären. Na ja, bis auf den Unterschied, dass sie blond ist und ich brünett, oh, und dass sie mit ihren geschätzten 175 cm einen halben Kopf größer ist als ich.

»Du musst Mona sein«, säuselt sie und streckt mir eine manikürte Hand entgegen. »Ich bin Rachel. Wir sind letztes Mal nicht dazu gekommen, uns vorzustellen. Freut mich, dass es diesmal klappt. Hab ja schon so viel von dir gehört.«

»Hallo«, sage ich, schüttle ihre Hand und achte darauf, dass meine Stimme fest klingt. Diese Frau ist irgendwie einschüchternd.

»Rachel, was willst du, wir sind gerade beim Essen.« Trever wirkt geladen.

»Oh Trev, ich wollte mich nur noch einmal wegen gestern bedanken. Ich weiß ja, wie viel du um die Ohren hast. Es war wirklich nett, dass du dir so viel Zeit für mich genommen hast.«

Wie bitte? Ich glaube, ich höre nicht recht! Trever war gestern bei ihr? Mir wird schlecht und ich habe den Drang aufzustehen und zu gehen. Doch ich halte mich zurück. Ich will mich nicht noch einmal wie ein kleines Kind aufführen. Und wer weiß, vielleicht will sie ja genau das.

»Schon okay, wie geht's Tom?« Aha, er war also bei ihrem Vater.

»Es geht. Er hat sich noch immer nicht mit dem Rollstuhl angefreundet, aber wenigstens hat er keine Schmerzen mehr. Oh, und die Rampe wurde gestern noch fertig aufgebaut. Vielleicht willst du später vorbeikommen und einen Blick darauf werfen?« Rachel bedenkt mich mit einem Grinsen á la *der gehört mir, Lady, also Finger weg*. Dieses Biest!

»Ich gehe davon aus, dass alles passt. Außerdem habe ich vor den restlichen Abend mit Mona zu verbringen.« Ha! Am liebsten würde ich ihr die Zunge herausstrecken. Doch anstelle der obszönen Geste lege ich ein zuckersüßes Lächeln auf und ergreife wieder Trevers Hand, die ich im Schreck über unseren unangenehmen Besuch losgelassen hatte.

»Wie du meinst.« Das klingt bitter. »Und was ist mit den Medikamenten? Dad meinte, du würdest die Rezeptgebühr für das kommende Jahr übernehmen?«

»Ja, das ist alles schon erledigt«, knurrt Trever in einem strengen *Sonst-noch-was?*-Ton.

»Sehr schön, na dann will ich euch beide nicht länger stören.«

Mit einem Wimpernaufschlag in Trevers Richtung verabschiedet sich die Blondine und setzt sich unweit von uns an einen Tisch zu einer rothaarigen Frau Ende zwanzig. Die beiden sitzen genau in meinem Blickfeld. Na toll. Ich sehe wie sie flüstern und Rachel mir einen bissigen Blick zuwirft. Eines ist sicher, wir zwei werden bestimmt keine Freundinnen.

»Das tut mir leid«, lenkt Trever meine Aufmerksamkeit auf sich.

Ich sehe ihn ausdruckslos an. Bin gespannt, was jetzt kommt.

»Rachel ist ein Biest.«

»Warum hast du mir nicht gesagt, dass du bei ihr warst?«

»Aber ich war doch nicht bei ihr, ich war bei Tom, ihrem Vater. Er wurde aus dem Krankenhaus entlassen und zu Hause war noch nichts für ihn vorbereitet. Ich habe eine Rampe anbringen lassen, damit er wenigstens die Treppe hochkommt.«

»Verstehe. Und warum hast du mir nichts gesagt?«

»Weil du nicht gefragt hast.«

»Wie bitte, weil ich nicht gefragt habe?! Ich dachte, du wärst bei irgendeinem Firmentermin.«

Ich merke, wie ich lauter werde und die Arme vor der Brust verschränke. Rachel sieht es und grinst. Es freut sie, dass wir uns zoffen. Oh nein, Lady, du wirst mir das hier nicht kaputtmachen.

»Mona ...« Trevers Stimme nimmt einen beschwörenden Klang an. »... ich hatte an dem Tag wirklich viel um die Ohren und wollte die Sache einfach nur hinter mich bringen, damit ich so schnell wie möglich wieder bei dir sein konnte. Da war kein schlechter Gedanke dabei.«

Das glaub ich ihm zwar nicht ganz, will aber auch nicht länger auf der Sache rumreiten. Rachel ist eine Giftschlange, so viel steht fest; aber es wird ihr nicht gelingen, einen Keil zwischen uns zu treiben.

»Okay«, sage ich, »weißt du was, wir vergessen die Sache.« Ich überlege ihn zu bitten, mir von nun an vorab zu sagen, wenn er bei Rachels Dad ist, entscheide mich aber still zu sein. Erstens finde ich, dass Vertrauen das Wichtigste in einer Beziehung ist, und zweitens habe ich wenig Lust, wie eine eifersüchtige Dramaqueen dazustehen.

Der restliche Abend verläuft irgendwie steif. Zwischen Trever und mir schwebt jetzt eine imaginäre Wand aus Unbehagen. Rachel und ihre Freundin beobachten mich ständig und tuscheln hinter vorgehaltener Hand wie kleine Kinder. Alleine dafür möchte ich sie ohrfeigen. Mir ist der Appetit vergangen. Vom Schokoladensoufflé, auf das ich mich so gefreut hatte, bringe ich kaum zwei Löffel herunter. Als Trever mit seinem Nachtisch fertig ist, lasse ich mich von ihm nach Hause fahren.

Er ist zwar enttäuscht, da er hoffte, ich würde bei ihm schlafen, kommt meiner Bitte aber nach.

Die Fahrt ist unangenehm still, obwohl immer mal wieder einer von uns versucht, den anderen in ein belangloses Gespräch zu verwickeln. Doch es hilft nichts, mir ist nicht nach Reden. An Trevers Blick erkenne ich, dass ihm das Ganze nahe geht. Als er mich vor dem Apartment zum Abschied küsst, ist vom Honigbraun seiner Augen nur noch ein schwacher Abklatsch übrig.

In meinem Zimmer angekommen schließe ich die Tür mit Nachdruck und lehne mich mit dem Rücken dagegen. Mir ist zum Heulen zumute. Nie hätte ich gedacht, dass dieser wundervolle Tag so grauenvoll enden würde. Unwillig schlüpfe ich aus meinem Kleid und den Schuhen, schnappe mir meine Handys und lege mich nur in Unterwäsche ins Bett. Ich bin zu deprimiert, um mir ein Shirt zum Schlafen zu holen. Mit dem alten Firmenhandy wähle ich Mamas Nummer.

Oh bitte, bettle ich in Gedanken, geh ran, ich brauch dich jetzt. Doch der Anruf wird nach dem fünften Klingeln wieder an die Mailbox geleitet. Was macht sie nur die ganze Zeit? Das ist so gemein von ihr, einfach nicht zurückzurufen. Und Sarah könnte auch mal wieder hier schlafen. Immer ist sie nur bei Mason. Mason hier, Mason da … als ob es nichts anderes auf der Welt geben würde. Ich drehe mich auf den Bauch und klatsche mit der flachen Hand auf das Kissen. Oh verdammt, das ist alles so unfair. Warum muss mein Leben nur so kompliziert sein?! Mir ist bewusst, dass ich weder auf Sarah noch Mama böse sein darf. Mein eigentliches Problem ist diese Rachel, die uns den Abend versaut hat – und natürlich Trever. Ich möchte ihn anbrüllen, ihm sagen, dass er sich von diesem blöden Weibsbild fernhalten soll. Aber das kann ich natürlich nicht. Und ja, mir ist bewusst, dass ich mich kindisch verhalte, was ich wirklich nicht will. Die hinter vorgehaltener Hand flüsternde Rachel, die ist kindisch; okay, aber ich, nein, ich will mich verdammt noch mal wie eine Erwachsene verhalten. Mir kommt in den Sinn, dass es ihr mit Trever ähnlich gehen muss wie mir. Sie liebt ihn noch immer und ist nicht bereit ihn aufzugeben. Was macht dieser Mann nur mit uns Frauen? Ich schüttle gedankenverloren den Kopf.

»Hey, alles okay bei dir?« Sarah streckt den Kopf zur Tür herein.

»Hi, ja, alles okay«, lüge ich, weil ich vermute, dass Mason bei ihr ist.

»Bist du dir sicher?« Die Stirn in Sorgenfalten gelegt kommt meine Freundin zu mir ins Zimmer und setzt sich auf die Bettkante.

»Mason?«, frage ich.

»Ist bei seiner Mutter, die fährt morgen früh wieder nach Hause.«

»Aha.«

»Okay, sagst du mir jetzt bitte, was los ist?« Jetzt erst wird mir bewusst, dass Sarah kaum was von Rachel weiß. Lediglich, dass ich vor Trevers Büro auf sie gestoßen und daraufhin ausgetickt bin.

»Trevers Exfreundin sieht genauso aus wie ich.«

»Was?«

»Du hast schon richtig gehört. Stell dir mich einen halben Kopf größer und mit kurzen blonden Haaren vor. Genau so sieht Rachel aus.«

»Wie krass ist das denn!«

»Ich hab sie am Freitag kennengelernt. Das war echt ein Schock. Ich wusste nicht, wie ich reagieren soll und bin erst mal abgehauen.«

»Deshalb hat dich Trever also gesucht? Verstehe. Okay und weiter?«

»Trever hat mir erklärt, dass sie wegen ihres Vaters bei ihm war. Der hatte einen schlimmen Unfall und sitzt jetzt im Rollstuhl. Weil er Trever damals mit der Firma geholfen und immer an ihn geglaubt hat, finanziert Trever jetzt den Umbau an dessen Haus.«

»So weit, so gut«, sagt Sarah. Ich sehe ihr an, dass sie Mühe hat, mir zu folgen. Bestimmt hat sie selbst 1000 Dinge im Kopf und einen langen Tag hinter sich. »Und warum bist du jetzt so sauer?«

»Wir haben Rachel heute Abend in diesem schicken Sternerestaurant getroffen. Sarah, ich sag dir, die steht noch immer auf Trever. Du hättest mal sehen sollen, wie sie mich angegiftet hat.«

»Na und, Trever will aber dich und nicht sie.«

»Ach und warum hat er mir dann verschwiegen, dass er gestern den halben Tag bei ihr war?«

Da ist es, mein eigentliches Problem. Ich bin stinkeifersüchtig auf diese blöde Kuh.

Ich habe Panik, dass er zu ihr zurückwill – jetzt, wo er sich um ihren Vater kümmert und sich die beiden ständig sehen.

»Oh Mann, das ist natürlich scheiße. Hat er gesagt, warum er dir nichts davon erzählt hat?«

»Ja, er hatte wohl zu viel um die Ohren.«

»Blöde Ausrede.«

»Ja, nicht wahr? Oh ich könnte platzen vor Wut. Und dieser Rachel würde ich am liebsten die Augen auskratzen!«

Ich schnappe mir das Kissen und werfe es mit voller Wucht gegen die Wand.

»Mona, beruhig dich. Was soll das denn? Das bist doch nicht du.«

Da hat sie recht, ich bin weder von der Sorte Frau, die sich leicht unterkriegen lässt, noch von der Sorte einfältige Dramaqueen.

»Weißt du was, ich hole uns jetzt erst mal was zu trinken und dann machen wir uns einen gemütlichen Abend.«

Sarahs Lächeln tut so gut. Ich habe sie und ihre lockere Art echt vermisst. Als ich nicke, huscht sie aus dem Zimmer und ist wenig später mit zwei Gläsern und einer Flasche Rotwein zurück.

»Schon klar«, sagt sie, als sie uns einschenkt, »das ist nicht unser Lieblingsrosé, aber ich glaube, dieser ist trotzdem nicht schlecht.« Sie zwinkert mir zu. »Auf uns und unsere Zeit in Phoenix.«

»Auf Phoenix.« Wir stoßen an, und als ich am Glas nippe, kommt mir Trever in den Sinn. Er hatte extra für mich unseren Lieblingsrosé besorgt.

Ich möchte nicht wissen, wie umständlich es war, den Wein nach Amerika einfliegen zu lassen. Eine Woge aus Wehmut brennt sich durch mein Herz. Wenn ich mich heute noch mal gut fühlen will, muss ich ihn und Rachel aus dem Kopf bringen.

»Apropos Arbeit. Ich glaube, wir müssen noch ein paar Unterlagen für morgen zusammenstellen«, seufzt Sarah und hält Ausschau nach meiner Aktentasche.

»Nein, müssen wir nicht. Hab ich alles schon erledigt«, sage ich stolz.

»Du bist die Beste«, grinst sie und stößt noch einmal mit mir an.

»Also«, sage ich, »erzähl mir von Mason. Wie läuft es zwischen euch beiden? Und wie war das Treffen mit seiner Mutter?«

Sarah erzählt, dass sie noch nie in ihrem Leben so glücklich war, noch nie für einen Mann so viel empfunden hätte. Die Zeit mit Mason verginge stets wie im Flug, seine Mama wäre eine liebe, aber sehr stille Person und ihr altes Haus, das er zurzeit für sie hüte, wäre so was von niedlich. Trever wollte ihr nach seinem Karriereaufschwung ein neues Haus kaufen, doch sie hatte beschlossen, das alte, in dem die Jungs aufgewachsen waren, um kein Geld der Welt zu verlassen. Es fällt ihr schwer, so weit weg von ihren Jungs zu wohnen. Aber bei ihr ist es scheinbar wie bei uns – wo die Liebe hinfällt.

Nach dem ersten Glas Wein kommen wir auf das Thema Sex zu sprechen. Mason, sagt Sarah, sei der beste Liebhaber, den sie je hatte. Er lasse sie Dinge fühlen wie kein anderer zuvor. Ihre Wangen glühen, als sie mir davon erzählt. Ich bin was Trever anbelangt, etwas zurückhaltender. Nicht weil ich es meiner Freundin nicht sagen will, oder ihr nicht vertrauen könnte, nein. Vielmehr halte ich mich deshalb zurück, weil jeder Gedanke an ihn schmerzt. Keine Ahnung, wie das morgen in der Firma wird. Mein Magen verkrampft sich, wenn ich daran denke, auf ihn zu treffen. Ich will ihn unbedingt sehen, ich will ihn umarmen, ihn küssen. Ach verflixt, ich vermisse ihn ja jetzt schon wie verrückt. Wir hätten heute einfach gleich das Restaurant verlassen sollen. Rachel hat unseren wunderschönen Abend vergiftet. Aber das merke ich mir. Wo diese Giftspritze auftaucht, werde ich nicht länger als nötig verweilen. Schließlich will ich meine Zeit mit Trever genießen und mich nicht sorgen, ob sie ihn jetzt anschmachtet oder mich angiftet.

Wir trinken noch ein halbes Glas und legen uns dann schon um 22:00 Uhr schlafen. Das ist für uns zwar reichlich früh, doch wir sind beide der Meinung, dass wir morgen einen langen Tag vor uns haben und ausgeschlafen sein sollten.

Als ich alleine in meinem Bett liege und die Zimmerdecke betrachte, geht mir der Tag noch einmal durch den Kopf. Das Frühstück, der Paintball-Ausflug. Oh ja, der war super, auch wenn ich einige blaue Flecken davongetragen habe. Das Duschen danach, das Mittagessen mit Sarah und Mason, der gemütliche Nachmittag mit den beiden. Ein Lächeln umspielt meine Lippen, als mir Trevers Kumpel Tom mit seinen Schokoladesoufflés in den Sinn kommt.

Doch das Lächeln verschwindet ebenso schnell, als ich Rachels Gesicht vor mir sehe. Diese Augen, diese grasgrünen Augen. Erdolcht hätten sie mich, wenn sie nur gekonnt hätten.

Okay, Mona, das reicht jetzt, schlaf endlich, schimpfe ich mich in Gedanken und drehe mich auf die Seite. Ich denke an den morgigen Tag. Wie meine neuen Mitarbeiter wohl sein werden? Meine Hände werden feucht und ich spüre, wie Nervosität in mir aufkeimt, als mir mein Schreibtisch und das neue Büro einfallen. Okay, blöde Idee an die Firma zu denken. Was könnte mich beruhigen. Mama vielleicht? Mir fällt ein, dass sie noch immer nicht zurückgerufen hat. Das macht mir langsam Sorgen. Ich beschließe Stefan anzurufen und ihn zu bitten nach ihr zu sehen. Hach, an Mama zu denken, hilft mir auch nicht beim Einschlafen. Doch dann kommt mir Bregenz in den Sinn. Meine Heimat. Ich sehe den Bodensee vor mir. Wie die moosgrünen Wellen an den Sunset Stufen brechen. Wie die Sonne sich, hunderten von Diamanten gleich, in den Wellen spiegelt, und dann das monotone Schwappen des Wassers. Ich schließe die Augen, atme die kühle Seeluft ein. Ich höre das heisere Kreischen einer Möwe und lasse mich fallen. Lasse alles los, allen Ärger hinter mir. Die Wellen des Sees beruhigen mich und schwemmen mich in den ersehnten Schlaf.

10.

Hitze. Mein Körper glüht. Ich fühle Schweißperlen, die sich in meinem Nacken sammeln und mir über den Rücken laufen. Ich bin nackt und sitze mit gespreizten Beinen auf einem Stuhl. Vor mir kniet, in einen weißen Anzug gekleidet, Trever, das hübsche Gesicht zwischen meinen Beinen. Der Raum um mich herum ist leer und so schwach beleuchtet, dass ich die Wände nicht sehen kann.

Ich höre mich selbst aufstöhnen, als ich Trevers Zunge an meiner empfindlichsten Stelle spüre. Er muss sich schon eine Weile um mich gekümmert haben, denn ich bin kurz vor dem Orgasmus. Seine Zunge leckt sacht über meine Schamlippen und kümmert sich dann wieder um meine Perle. Wieder stöhne ich auf und wieder bin ich dem Höhepunkt so nahe, dass ich zu schwitzen beginne. Ich greife nach seinem Kopf, will, dass er weitermacht. Doch anstatt, dass er mir dabei hilft mich zu entladen, hält er in der Bewegung inne und verharrt lautlos. Ich ziehe ihn an den Haaren, beschwöre ihn, er möge weitermachen, doch meine Worte bleiben ungehört. Jetzt löst er sich aus meinem Schoß und erhebt sich. Ich weiß nicht, ob ich ihn anschreien oder mich vor ihm fürchten soll.

Der honigfarbene Ton schwindet aus seinen Augen und weicht einer bedrohlichen Schwärze, die bald das gesamte Auge erfüllt. Er sagt keinen Ton und sieht mich nicht an. Gerade als ich aufstehen und zu ihm hingehen will, löst sich jemand aus dem Schatten und kommt auf uns zu. Es ist Rachel, sie trägt eine Robe, die dieselbe Schwärze wie Trevers Augen hat. Sie stellt sich an seine Seite und legt ihm mit einem Joker-Grinsen die Hand auf die Schulter. Daraufhin wendet sich Trever ihr zu. Er wirkt wie ferngesteuert. Ich sehe, wie Rachel sein Gesicht in die Hände nimmt und ihn küsst. Dieser Kuss löst ein Gefühl in mir aus, das ich nicht zu beschreiben vermag. Es ist eine Mischung aus Schmerz und bitterbösem Zorn. Ich versuche aufzustehen, kann mich aber kaum einen Millimeter bewegen, weil meine Handgelenke und Füße plötzlich an den Stuhl gefesselt sind.

»Lass ihn, verdammt! Lass ihn in Ruhe!«, kreische ich. Rachel lächelt bösartig und lässt von ihm ab. Mein tränengetrübter Blick fällt auf Trevers Gesicht. Es zeigt noch immer keine Regung, doch sein Mund sieht verändert aus. Er ist schwarz. Schwarz wie seine Augen, schwarz wie Rachels Kleid. Tränen rollen mir über die Wangen. Ich fühle mich, als hätte mir jemand das Herz aus der Brust gerissen. Es schmerzt und fühlt sich gleichzeitig unwirklich leer an. Rachel scheint mein Schmerz zu amüsieren, denn sie lacht und offenbart eine Reihe spitzer Zähne.

»Trever, bitte mach mich los. Bitte«, weine ich, doch Trever bleibt regungslos. Aus seinem Mund tropft jetzt schwarzer Speichel und zieht Spuren auf seinem Anzug.

»Trever, bitte.«

Ich bin so verzweifelt. Doch es ist ihm egal. Als Rachel wieder ihre Hand auf seine Schulter legt, dreht er sich um und geht. Einfach so. Ich bleibe allein mit Rachel zurück, die jetzt den Kopf in den Nacken wirft und lauthals zu lachen beginnt.

Rachels Lachen noch immer im Ohr erwache ich. Mein Körper ist so steif, dass ich einen Moment brauche, bis ich mich regen kann. Was für ein grauenvoller Traum. Mein Herz schmerzt so durchdringend, dass ich glauben könnte, diese absurde Szene sei gerade tatsächlich passiert. Ich setze mich auf, weil ich keine Sekunde länger liegen bleiben kann. Mein erster Blick gilt dem Wecker. Es ist gerade mal sechs Uhr. Eigentlich könnte ich noch locker eine Stunde schlafen. *Nein*, schreit mein gemartertes Unterbewusstsein, *auf keinen Fall*, noch so einen Traum halte ich nicht aus. Ich entscheide mich duschen zu gehen, mit Glück spült das Wasser dieses schreckliche Gefühl ab.

Ich dusche warm, kalt und so heiß ich es aushalte, doch nichts hilft. Mein Herz schmerzt noch immer, als würde eine riesige Pranke es zerdrücken. Ich stelle das Wasser ab, wickle mich in ein Handtuch. In der Küche mache ich mir eine Schüssel Cornflakes, die ich auf der Terrasse esse. Die Sonne steigt gerade zwischen den Hausdächern im Osten empor. Sie sieht wundervoll aus. Das goldene Orange schenkt mir Hoffnung, doch das Gefühl der Niedergeschlagenheit vermag es nicht zu verscheuchen.

Nach dem Frühstück gehe ich ins Bad und richte mich für den Tag.

Ich binde mir das Haar hoch und schlüpfe in ein dunkelgraues Kostüm. Passt zu meiner Stimmung, denke ich. Mein Make-up fällt dezent aus, etwas Wimperntusche und Lipgloss. Zu mehr kann ich mich heute einfach nicht aufraffen.

Als ich fertig bin, gehe ich in mein Zimmer und werfe einen Blick auf meine Handys. Auf dem alten Firmenhandy ist weder ein Anruf noch eine Nachricht eingegangen. Ich seufze und nehme das neue, Trevers Handy, vom Nachttischchen. Es zeigt das Briefsymbol. Oh, ich habe eine SMS. Sie ist von Trever.

Hi Kleines, ich hoffe, du hast gut geschlafen. Wünsche dir einen angenehmen Start in die erste Arbeitswoche.

Na toll, jetzt habe ich nicht nur ein schweres Herz, sondern bin auch noch schlecht gelaunt. Ich hätte jetzt echt gern ein: *Ich hab dich vermisst*, ein: *Ich kanns nicht erwarten dich wiederzusehen*, oder wenigstens ein: *Wann sehen wir uns wieder?*, gelesen. Ich stopfe das Handy zusammen mit dem alten in meine Aktentasche und gehe zurück auf die Terrasse, wo Sarah inzwischen sitzt und sich ihren Milchkaffee gönnt.

»Hey Süße, na, bereit für die erste Woche?«

»Ja«, sage ich möglichst neutral, ich will ihr die gute Laune nicht verderben.

»Alles okay mit dir?«

»Klar.« Okay, selbst ich hab gehört, dass dieses *Klar* zu schnell und mit entschieden zu viel Nachdruck kam.

»Mona?«

»Ach, ich hab nur beschissen geträumt, das ist alles. Muss erst richtig wach werden.«

»Muss ja ein übler Traum gewesen sein.« Sie zieht die Brauen zusammen und ich zucke die Achseln.

»Erzähl«, fordert sie. Also schildere ich ihr meinen Traum. Natürlich lasse ich den erotischen Part am Anfang weg.

»Uhh, das ist aber wirklich ein gruseliger Traum«, gibt sie zu und reibt sich die Oberarme, als würde es sie frieren. »Okay, aber weißt du was, es war nur ein Traum. Du hast so viel um die Ohren und dann bist du gestern auf diese Kuh Rachel getroffen. Da wundert es mich kein Stück, dass du solche Sachen träumst.«

»Du hast bestimmt recht. Das blöde ist nur, dass ich dieses Gefühl nicht loswerde.«

»Tja, weißt du was, da hilft nur eins.«

»Ach ja?« Ich sehe sie mit hochgezogenen Brauen an.

»Ja, Arbeit. Komm, wir stürzen uns in die erste Woche.« Mit diesen Worten steht sie auf, schwingt ihren Arm um meine Taille und zieht mich mit sich in die Wohnung.

Um zehn nach acht erreichen wir das Tresul Building. Wir sind ganze zwanzig Minuten zu früh, aber Sarah ist der Meinung, dass das schon passt. Sie kann es kaum erwarten, sich in die Arbeit zu stürzen. Sie ist wie immer ein Sonnenschein und ihre gute Laune ist so ansteckend, dass sie einen großen Teil meiner Melancholie verdrängt. Zwei Stunden später sind wir allen Kollegen aus der Marketing-Abteilung vorgestellt worden und haben uns an unseren neuen Schreibtischen eingerichtet. Mason ist kurz vorbeigekommen, um nach Sarah zu sehen.

Die beiden machen keinen Hehl um ihre Beziehung, sondern haben sich vor versammelter Mannschaft direkt einen Kuss auf den Mund gegeben. Mutig – wie ich finde. Aber Sarah war da immer schon anders. Sie schert sich wenig um die Meinungen der anderen, und abgesehen davon läuft ihre Beziehung auch großartig. Warum also geheim halten?

Pünktlich um zwölf machen wir Mittag. Misaki, eine schwangere Japanerin, die in der Marketingabteilung von Tresul Holding für die Konzeption zuständig ist, Jeff, unser Abteilungsleiter, und Ted, sein Stellvertreter, nehmen uns mit ins Mexican Grills. Das ist ein Imbiss ein paar Hundert Meter die Straße hinunter. Laut Ted gibt es dort jeden Mittag andere Menüs, die nicht nur erschwinglich sind, sondern auch genial schmecken. Heute stehen Barbecueeintopf, Ceasar's Salad und Mac 'n' Cheese zur Auswahl. Ich entscheide mich für den Salat und muss meinen Kollegen recht geben, für einen Schnellimbiss schmeckt das Essen wirklich gut. Als wir uns an einem der Stehtische platzieren, klingelt ein Handy. Ich staune nicht schlecht, als Sarah in ihre Tasche greift und ein brandneues iPhone 6 hervorholt.

»Neu?«, forme ich stumm mit den Lippen und sie versteht.

»Mason«, ist ihre tonlose Antwort.

»Hi Baby, ja, gerade eben. … Oh, das ist schade. Ja, kein Problem. Dann sehen wir uns um sieben? Okay, klar, dann bis später. Bye.«

»Habt ihr was Schönes vor?«, frage ich, als sie auflegt.

»Ja, Mason braucht ein neues Doppelbett.«

»Verstehe«, grinse ich, »und du sollst ihm beim Aussuchen helfen, stimmt's.«

»Ganz genau, er sagt, er legt Wert auf meine Meinung. Obwohl ich finde, dass er mich dabei gar nicht brauchen würde, er hat nämlich einen ausgezeichneten Geschmack.«

Sarahs Augen leuchten förmlich. Sie sieht so jung, so zufrieden aus. Eben frisch verliebt, denke ich, und überlege, ob ich auch so aussehe. Nein, also zumindest im Moment ganz sicher nicht. Dazu fühle ich mich zu schlecht – immer noch. Ich hoffe, dass dieses Gefühl besser wird, wenn ich Trever sehe. Apropos Trever, es würde mich echt interessieren, was er gerade macht.

»Und ihr zwei habt also ganz allein die Werbeabteilung von Vogt & Vogt geleitet?«

Jeff hat sich Sarah und mir zugewandt. Auf seiner Stirnglatze glänzen Schweißperlen, was mich vermuten lässt, dass der Barbecueeintopf, den er isst, scharf gewürzt ist.

»Ja, Ramona und ich führen die Abteilung seit fünf Jahren.«

»Respekt. Ich habe einige Arbeiten von euch gesehen. Die sind wirklich gut, vor allem wenn man bedenkt, dass ihr technisch gesehen nur mäßig ausgestattet seid. Hier bei Tresul Holding ist das Ganze etwas anderes.
Hier stehen euch die neuesten Gerätschaften zur Verfügung.«

Während Jeff uns von der neuen Computeranlage, der Renderfarm und dem 3D Drucker erzählt, wandern meine Gedanken zu Trever und meinem frühmorgendlichen Traum.

Eine Gänsehaut kriecht über meinen Rücken, als mir die schwarzen Augen und der von Speichel triefende Mund in den Sinn kommen. Schwarz wie der Tod, denke ich, als meine Tasche vibriert. Ich krame die beiden Handys hervor und sehe, dass auf beiden Nachrichten eingegangen sind. Auf dem Alten eine von Stefan.

Hi, ich wollte dich nur wissen lassen, dass ich entschieden habe, eure Stellen nicht neu zu besetzen. Dein Schreibtisch wartet also auf dich, du kannst jederzeit zurückkommen. Alles Liebe und schöne Grüße an Sarah und deine Mutter.

Schöne Grüße an meine Mutter? Was soll das denn? Und woher dieser Sinneswandel mit dem Job? Stefan ist zurzeit echt ein Buch mit sieben Siegeln. Ich packe das Handy in die Tasche und lese die Nachricht auf Trevers Handy.

Hey Kleines, Toni wird dich um 12:30 Uhr zum Mittagessen abholen. Ich dachte mir, wir gehen zu Mario, ich weiß doch, wie gern du seine Spaghetti Bolognese hast.

Oh je, ich werfe einen Blick auf die Uhr. Es ist fünf nach halb eins.

»Entschuldigt mich bitte kurz«, unterbreche ich Sarah, die Jeff und den anderen gerade die Firmenstruktur von Vogt & Vogt erklärt.

Ich gehe ein paar Schritte die Straße hinunter, wo ich ungestört bin, und rufe Trever an.

»Hi«, meldet er sich schon nach dem ersten Klingeln.

»Hi«, sage auch ich, bemüht nicht zu stammeln. Seine Stimme zu hören jagt eine Horde Ameisen durch meinen Bauch. Ich würde ihn so gern sehen, ich vermisse ihn.

»Wo bleibst du denn?«

»Ich bin im Mexican Grills, sorry. Ich hatte das Handy auf lautlos und hab deine Nachricht erst jetzt gelesen.«

»Verstehe.« Klingt er enttäuscht oder sauer? Schwer zu sagen. »Hast du heute Abend schon was vor?«

»Nein, noch nicht«, sage ich und senke den Blick auf meine Pumps.

»Gut, dann werde ich dich um Viertel nach sieben abholen lassen.«

»Abholen lassen?« Warum, wo ist er denn schon wieder.

»Ja, ich muss um sechs bei Tom sein. Ich habe einen Termin mit dem Bauleiter.«

»Dann wird es noch mehr Umbauarbeiten geben?« Im Stillen hatte ich gehofft, dass nach der Rampe nichts mehr anfällt, das seine Anwesenheit vor Ort verlangt.

»Ja, einige.« Trever schweigt kurz. »Kleines, mach dir keinen Kopf, okay? Ich werde dir Toni bis 19:15 Uhr schicken. Wir reden dann am Abend, okay?«

»Klar.«

»Also, bis dann.«

»Ja, bis dann, bye.« Oh Gott, was war das denn für ein Telefonat? Kaltschnäuzig? Verklemmt? Erzwungen? Ich fühle mich elender als heute Morgen nach dem Traum. Vielleicht bilde ich mir aber auch alles nur ein. Heute ist aber auch einfach nicht mein Tag.

Mach dir keinen Kopf, Kleines, hat er gesagt. Das ist leichter gesagt als getan. Dennoch versuche ich, mir die Worte zu Herzen zu nehmen. *Kopf hoch, Mona, Kopf hoch*, mahne ich mich still. Ich schlucke den Kloß in meinem Hals herunter und gebe mir auf ein Neues alle Mühe, dieses fiese Gefühl abzuschütteln. Mit einem Lächeln, das meine Augen nicht erreicht, gehe ich zurück zu den andern.

Obwohl mir die Arbeit viel Spaß macht, zieht sich der Nachmittag ewig hin. Als wir endlich fertig sind, spazieren Sarah, die nach dem ersten richtigen Arbeitstag regelrecht beflügelt ist, und ich nach Hause. Wir setzen uns auf die Terrasse und gönnen uns einen *Frozen Joghurt*.

»Was hältst du vom neuen Team?«, will Sarah wissen.

»Sind eigentlich alle sehr nett.«

»Ja, finde ich auch. Und was sie hier alles für Gerätschaften haben. Wahnsinn, sag ich dir! Ted hat mir heute den 3D Drucker erklärt. Das Teil ist so was von hammermäßig.«

Wir reden noch ein paar Minuten und machen uns dann fertig für den Abend. Sarah schlüpft in ein süßes Shirt und eine Bluejeans. Sie meint, dass sie es zum Bettenbesichtigen gemütlich haben will. Gute Idee, denke ich. Weil mir auch nach gemütlich ist, entscheide ich mich für mein cremefarbenes Sommerkleid und packe mir für später ein Wolljäckchen ein. Mehr nehme ich nicht mit, schließlich habe ich vor, zu Hause in meinem Bett zu schlafen.

Punkt Viertel nach sieben läutet Toni an der Haustür und ich fahre mit dem Lift nach unten. Die Kabine riecht noch immer nach Sarahs Parfüm. Es ist keine fünf Minuten her, dass Mason und sie zum Bettenkauf aufgebrochen sind. Die zwei sind so ein goldig verliebtes Paar.

Vor der Haustür erwartet mich bereits Toni. Er hält mir mit einem väterlichen Lächeln die hintere Tür der Limousine auf.

»Hallo Toni«, begrüße ich ihn.

»Guten Abend Mrs Stein.«

Wir fädeln uns gerade in den abendlichen Verkehr ein, als ich einen Anruf auf meinem neuen Handy erhalte. Ich kenne die Nummer nicht, also melde ich mich mit meinem Familiennamen, Stein.

»Ja, Hallo Frau Stein, na, sind wir schon auf dem Weg zu Mr Sullivan?« Es ist Sarah, sie hat die Stimme verstellt und klingt wie eine erkältete alte Dame.

»Hi«, sage ich und schmunzle, »woher hast du meine neue Nummer?«

»Warum hast du mich gleich erkannt?«, kommt prompt die Gegenfrage. »Mason hat mir die Nummer gegeben«, erklärt sie.

»Verstehe. Und deine Omastimme kennt jeder, der dich nur einmal Frau Lutz vom ersten Stock hat nachahmen hören. Komm, Burli Burli Burli, die Mama hat was Feines für dich«, ahme ich sie nach.

»Mist, muss mir wohl was Neues einfallen lassen. Egal. Warum ich eigentlich anrufe … habt ihr heute Abend was Besonderes geplant?«

»Keine Ahnung? Warum?«

»Na ja, Mason und ich haben einen Abstecher ins Einkaufscenter gemacht und haben Activity gefunden.«

»Das Brettspiel!?«

»Ja, stell dir vor, das gibt's hier auch. Was hältst du davon, wenn wir vier später eine Runde spielen? Das wird bestimmt irre lustig.«

Das ist so typisch für Sarah, da will sie mit dem steinreichen Imperiums-Boss und dessen Bruder ein Brettspiel spielen. Ich käme im Leben nie auf die Idee, das mit den beiden zu spielen, aber sie ... Mal wieder kann ich ihre lockere und offene Art nur bewundern.

»Warum nicht«, grinse ich und stelle mir Trever als Pantomime vor.

»Ich klär's mit Trever ab und geb dir Bescheid, ja?«

»Cool, dann bis später.«

»Bis später.« Diese Frau ist ein Wirbelwind, gepaart mit Frohsinn; ich kann verstehen, dass Mason ihr verfallen ist.

Als ich ankomme, ist Trever noch nicht da. Also warte ich auf der Couch im Wohnzimmer auf ihn. Ich nutze die Zeit, um Mama anzurufen, doch ihr Handy ist ausgeschaltet. Ich verstehe einfach nicht, warum sie nicht zurückruft. Sie muss ihr Handy verloren haben. Anders ist das nicht zu erklären. Zuzutrauen ist es ihr das jedenfalls. Sie ist ab und zu derselbe Schussel wie ich.

Maria bringt mir einen Kaffee und überredet mich zu einem Stück Apfelkuchen, der lecker, aber sehr süß ist.

Als ich Trevers Stimme aus dem Flur höre, stehe ich auf. Ich bin nervös, kann es nicht erwarten ihn zu umarmen, seine

Nähe zu spüren. Das Handy ans Ohr gedrückt betritt er das Wohnzimmer. Er sieht unverschämt gut aus in seiner tief sitzenden Bluejeans und dem weißen T-Shirt, das seinen Bizeps preisgibt.

Als Trevers Augen mich erfassen, weicht der harte Ausdruck in ihnen einem weichen. Ich sehe es und presse vor Freude die Lippen zusammen. Er kommt auf mich zu, beobachtet jede meiner Regungen und lauscht dabei mit ein zwei »Ah, okay.« seinem Gesprächspartner.

»Gut«, sagt er, als er vor mir steht. »Dann nehme ich die aus Hartholz. Nein, das lasse ich Sie entscheiden. Ja, tun Sie das.« Er legt auf, ohne sich zu verabschieden, und wirft das Handy auf die Couch.

»Hi«, sagt er, schnappt mich und hebt mich hoch. Ich schlinge überrascht die Beine um seine Hüften und erwidere den Kuss, den er sich mit einer Gier holt, als wäre er am Verhungern. Oh mein Gott, fühlt sich das gut an. Die Berührung lindert das bedrückende Gefühl in meiner Brust und löst es in wohliger Wärme auf.

»Verdammt, Kleines, ich schaffe es einfach nicht, so lange von dir getrennt zu sein. Du schläfst heute hier.«

Ich verziehe den Mundwinkel und sehe ihn mit schräg gestelltem Kopf an.

»Was?«

»Wolltest du nicht fragen, bevor du was entscheidest?«

»Aber ich werde heute nicht ohne dich schlafen. Auf keinen Fall.« Ich sage nichts, taxiere nur seine Augen mit finsterem Blick.

»Ach verdammt, okay. Mona, möchtest du heute bei mir schlafen?«

»Nein«, sage ich frech. Seine Nähe verwandelt das schwermütige Bündel, das ich heute war, in die eigentliche Mona zurück.

»Was nein?«, schimpft er und verpasst mir einen spielerischen Klaps auf den Po.

»Nein«, sage ich ungerührt. »Du wirst heute bei mir schlafen.«

»Aber mein Bett ist größer, viel größer«, argumentiert er.

»Mag sein, aber heute wirst du dich mit meinem Bett zufriedengeben müssen. Ich muss morgen früh raus und zur Arbeit. Da will ich zu Hause sein. Und abgesehen davon wollen Mason und Sarah später noch einen Aktivity-Abend mit uns machen.«

»Aktivity, meinst du das Brettspiel!?«

»Jep, ganz genau das meine ich.«

»Echt jetzt?«

Ich nicke, als wäre so ein Spieleabend das Normalste auf der Welt.

»Okay, klar, warum nicht. Solange du dabei bist, ist mir alles recht.« Damit stellt er mich auf die Füße und küsst mich, heiß, innig. Als er von mir ablässt, atme ich schwer. Wow, er schafft es, meinen Körper nur durch Küssen in Fahrt zu bringen.

»Aber zuerst brauch ich eine Dusche. Wie sieht's aus, begleitest du mich?«

Ich grinse schief. »Aber gerne doch, Mr Sullivan.«

11.

Wasserperlen gleiten zu Hunderten über Trevers nackten Körper. Ich möchte sie wegküssen oder noch besser von ihm ablecken.

»Was ist, worauf wartest du?«, unterbricht Trever mit einem Grinsen, das von einem Ohr zum andern reicht, mein Schmachten. Ich schlüpfe zu ihm unter die Brause. Sofort erfasst mich der warme Wasserstrahl des Duschkopfs, der so groß ist, dass er praktisch die ganze Decke ausfüllt. Ich stelle mich dicht vor Trever und erkunde mit meinen Händen seinen Oberkörper. So definiert, so männlich. Meine Hände gleiten tiefer und umfassen seine volle Pracht. Die Berührung entlockt ihm ein kehliges Stöhnen.

»Wenn du wüsstest, wie sehr ich dich vermisst habe«, raunt er und schiebt eine Hand zwischen meine Beine. Seine Augen weiten sich, als er bemerkt, wie bereit ich schon bin.

»Ich habe dich auch vermisst«, gebe ich zu, »sehr sogar.«

Mein Geständnis scheint Trever erst recht anzuheizen. Er umfasst mich, nimmt meinen Hintern in beide Hände und hebt mich hoch. Ehe ich mich versehe, drückt er mich an die kalte Duschwand und dringt in mich ein. Das Gefühl ist so köstlich, dass ich laut aufstöhne, und auch Trever entweicht ein Knurren.

Er ist hart, groß und bearbeitet mich in zügigem Tempo. Das Duschwasser prasselt unablässig auf uns herab, wärmt unsere ohnehin heißen Körper und lässt sie sexy glänzen. Es dauert nicht lange, bis mich Trevers Stöße an die Grenze treiben. Er sieht es, fängt meinen Blick und fordert mich stumm auf ihn festzuhalten. Ich gehorche und explodiere keine fünf Stöße später in honigfarbener Lust.

»Oh ja, Trever«, keuche ich, als die Wellen des Orgasmus über mich hinweg wogen. Ich schließe die Augen und höre, wie er mir schwer atmend folgt.

»Das hat verdammt gut getan, Kleines«, lächelt er und stellt mich zurück auf die Beine. Weil sie mir halb eingeschlafen sind und ich keinen sicheren Stand habe, nimmt er mich in seine starken Arme und hält mich an seiner Brust. Ich bin unglaublich glücklich. Es fühlt sich richtig an, hier an ihn geschmiegt zu stehen. Ich habe das Gefühl ihn schon ewig zu kennen und befürchte, dass es mein Untergang wäre, wenn diese Beziehung in die Brüche gehen würde. Als hätte Trever meine unsicheren Gedanken gehört, hebt er mein Gesicht an und küsst mich zärtlich. Küsst alle meine Bedenken weg und lässt mich einfach nur das Hier und Jetzt genießen.

Wir waschen uns gegenseitig, seifen uns von Kopf bis Fuß ein und spülen mit liebevollen Berührungen den Schaum ab.

Als wir endlich in Handtücher gehüllt in sein Schlafzimmer gehen, fängt uns Maria im Flur ab.

»Mr Sullivan, Sie haben Besuch.«

»Um diese Zeit?«

»Ja, Sir, sie sagt, es ist wichtig.«

Ich bin mir ziemlich sicher, dass ich weiß, wer *sie* ist. Ich balle die Hände vor Zorn, lasse mir aber sonst nichts anmerken.

»Ich verstehe, ich komme gleich.«

»Ja, Sir.« Maria schenkt mir ein sonniges Lächeln und verschwindet. Ich liebe diese Frau. Sie gibt mir das Gefühl hier willkommen zu sein.

»Na toll«, murrt Trever und geht vor mir ins Schlafzimmer, wo unsere Sachen bereitliegen. Ich schlüpfe wieder in mein Kleidchen und die frische Unterwäsche, die ich mir umsichtigerweise für den Notfall eingepackt hatte. Trever schlüpft in Jeans und Shirt. Während er aus der Kommode Socken holt, krame ich mein Schminkspiegelchen aus der Handtasche und bringe mit einem Feuchttuch und Wimperntusche mein Make-up in Ordnung. Weil ich mir nicht sicher bin, ob er mich bei diesem Gespräch dabeihaben will, setze ich mich auf das Bett und warte, während ich mir mit dem Handtuch die Haare trockne.

»Kommst du?«, sagt er, als er fertig ist und mir auffordernd die Hand entgegenstreckt. Ich ergreife sie, recke mein Haupt und mache mich für die Beißzange Rachel bereit.

»Trever«, flötet die Blondine, als wir das Wohnzimmer betreten. »Oh, und Mona.« Und schon ist ihr Tonfall zwei Oktaven tiefer.

»Hallo Rachel«, sage ich zuckersüß und stelle mich an Trevers Seite vor die Couch, wo sie sitzt.

»Also, Rachel, du wolltest mich sprechen?« Trever macht keinen Hehl daraus, dass ihn ihre Anwesenheit nervt.

»Es geht um Dad, ich weiß einfach nicht, wie ich ihn unter die Dusche bekommen soll. Du weißt schon, da ist ein Absatz und …«

»Und deswegen kommst du her und störst mich? Ich habe den Badezimmerumbau heute Vormittag veranlasst. Die Arbeiter haben aber erst ab Mittwoch Zeit. War's das dann?«

»Ja, ich also …«

Trever's Worte klingen so kalt, dass mir Rachel beinahe leidtut. Aber nur beinahe. Ihr Problem, dass ich die Geschichte, wie sie Trever mit seinem besten Freund betrogen hat, kenne. Als sie mich verbissen anschaut, verschränke ich die Arme vor der Brust.

»Na, dann will ich euch nicht länger stören.« Mit diesen Worten steht sie auf, macht auf dem Absatz kehrt und rauscht in ihrem entschieden zu knappen Röckchen, den High Heels und dem engen Shirt davon.

Ich höre mich selbst aufatmen, als ich sie die Haustür hinter sich zuwerfen höre.

»Und wir zwei …« Trever wendet sich mir zu und tupft einen Kuss auf meine Nasenspitze. »… essen jetzt erst mal etwas zu Abend.« Ich nicke und himmele ihn an. Deutlicher hätte mir Trever nicht zeigen können, was er von Rachel hält und dass sie keine Gefahr für mich darstellt.

Auf Trevers Wunsch hin hat uns Maria ein paar Sandwiches gemacht, die wir im Auto auf der Fahrt in mein Apartment essen. Sarah hat inzwischen schon drei Mal angerufen, weil sie und Mason schon auf uns warten. Unsere Stimmung ist die ganze Fahrt über ausgelassen. Wir erzählen uns von den Spieleabenden, die wir als Kinder hatten, und scherzen über unsere Pantomime- und Zeichenkünste.

Bei Sarah und Mason angekommen stoßen wir mit Schampus auf unsere erste Woche an. Die beiden sind mindestens so gut gelaunt wie wir. Ob sie wohl auch so grandiosen Sex hatten? Mason schaltet die Anlage im Wohnzimmer ein und wir starten auf der Terrasse, beleuchtet von einem Dutzend Kerzen und einer Lichterkette, die erste Runde Aktivity. Es spielen Mädels gegen Jungs. Beim Zeichnen liegen wir ganz klar vorne, beim Erklären dominieren die Jungs und in Pantomime sind wir ungefähr gleich schlecht. Als Trever einen Schulbus pantomimisch darstellen muss, dabei die Backen aufbläst, halb in die Hocke geht und ein imaginäres Lenkrad lenkt, brechen Sarah und ich in schallendes Gelächter aus. Zu unserer Überraschung weiß Mason sofort, was gemeint ist, und so gewinnen die Jungs die erste Runde. In der zweiten Partie trete ich zusammen mit Trever gegen Sarah und Mason an. Es ist ein großer Spaß und die Zeit verfliegt wie im Nu.

Die Runde dauert ewig, weil ich mit Trevers Zeichenkünsten nicht zurechtkomme und er mit meinen Erklärungen Probleme hat. Bei Sarah und Mason ist es genau umgekehrt. Und so legen wir uns irgendwann auf unentschieden fest, packen das Spiel weg und sitzen einfach nur mit einem Gläschen Schampus zusammen. Die Nacht ist lau, der Himmel klar. Trever erzählt von unserem Paintball-Match und wie gut ich war.

Sarah und Mason wollen unbedingt demnächst auch so ein *Farbkugelduell*, wie sie es nennen, gegen uns zwei ausfechten. Wenn die wüssten, dass sie keine Chance haben, kichere ich in mich hinein.

Als Mason von seinem neuen Doppelbett und ihrem Stabilitäts- und Auswahlverfahren sowie einem Probe-Matratzensprung von Sarah erzählt, kugeln sich wieder alle vor Lachen. Kurz vor zwölf verabschieden wir uns von Sarah und Mason, die ihr Glas noch austrinken wollen, und gehen zu Bett. Trever mault über meine schmale Matratze und die viel zu kurzen Decken und verspricht sich gleich morgen darum zu kümmern. Wir lachen, als er den Vorschlag macht, ich könnte es Sarah gleich tun und die Stabilität direkt vor Ort mit einem Hopser auf die Matratze prüfen.

Weil wir nicht gleich schlafen wollen, schalte ich leise Musik ein und kuschle mich zu ihm. Das Mondlicht bricht durch das Fenster und taucht den Raum in gerade so viel Licht, dass wir unsere Umrisse erkennen können.

»Du warst heute ziemlich hart zu Rachel«, sage ich nach einer Weile des Schweigens.

»Müssen wir wirklich über Rachel sprechen?«

»Nein, müssen wir nicht«, sage ich und kuschle mich noch enger an seine Brust. Eigentlich ist es mir eh lieber, nicht über sie zu sprechen und den Abend zu genießen.

»Tom ist einer der wenigen wirklich guten Menschen, die ich kenne. Er hat so viel für mich getan. Ich will einfach, dass es ihm gut geht. Und da ich über die finanziellen Mittel verfüge, sehe ich es als meine Pflicht an, mich um ihn zu kümmern.« Er schweigt einen Augenblick und fügt dann hinzu: »Rachel ist lästig wie eh und je. Sie hat einfach nie eingesehen, dass sie keine Chance mehr hat. Keine Ahnung, was ich noch tun muss, damit sie das endlich begreift.« Es würde mich interessieren, ob Rachel mehr an Trever oder an seinem Geld liegt. Ich tippe auf Letzteres, schließlich hat sie ihn ja damals mit seinem besten Kumpel für ein paar lausige Ohrringe betrogen. Diese Art Frau stößt mich so was von ab! Ich merke, wie sich meine Hände schon wieder zu Fäusten ballen, und erschrecke. Was ist nur los mit mir? Ich bin eigentlich ein friedlicher Mensch. Tja, ich schätze, wenn es um Trever geht, kommt das Raubtier in mir zum Vorschein.

»Erzähl mir was aus deiner Kindheit«, bitte ich ihn. In erster Linie um dieses ätzende Thema *Rachel* aus dem Kopf zu bekommen.

»Was möchtest du denn hören?«

»Wie war dein erster Schultag?«

»Schlimm«, sagt er offen heraus. »Ich war ein sehr schüchternes Kind. Und da war dieser Junge, Ray Donald. Er war einen guten Kopf größer als ich und hat mir am ersten Tag schon erklärt, dass er mein Frühstücksgeld verwalten würde.«

»Boah, am ersten Tag schon? Was war denn das für einer? Was hat deine Mama gesagt?«

»Nichts, sie unterhielt sich gerade mit meiner Lehrerin, als er mich in eine Ecke zerrte, mir das mit dem Geld verklickerte und eine verpasste.«

»Aber warum hast du es nicht sofort deiner Mama gesagt?«

»Ich hab mich ganz einfach nicht getraut.

Und heute bin ich froh, dass ich es nicht getan habe. Ich hatte ein paar schwere Jahre mit Ray, bis ich eines Tages die Schnauze voll hatte und sich das Blatt wendete.«

Trever erzählt, wie er erst mit Karate und später mit Thai-Boxen begann. In den Jahren, die er als stiller und zurückgezogener Schüler verbrachte, hatte er viel Zeit seine Mitschüler zu studieren. Er lernte rasch, dass jene, die am lautesten und am aufdringlichsten waren, auch meist die Feigsten und Begriffsstutzigsten waren. Trever beschreibt, wie hart es war, Tag für Tag mit Angst zur Schule gehen zu müssen. Und dann von der Wende. Dieser Ray Donald hatte sich Ella, ein Mädchen aus Trevers Parallelklasse, die ihm unglaublich gut gefallen hatte, zur Brust genommen. Er behauptete, dass sie ihm Geld schulde, und schlug ihr mitten auf dem Schulhof ins Gesicht. Sie weinte. Und als dieser Ray sie nicht zufriedenlassen wollte, flehte sie die anderen Kinder um Hilfe an. Doch keiner traute sich, die Hand gegen Ray zu heben. Die Verzweiflung der Kleinen und die dummen Gesichter der Umstehenden waren es schließlich, die Trever austicken ließen. Einem Blutrausch nahe stürzte er sich auf Ray und verprügelte ihn. Er prügelte all den Zorn, all die Angst, die dieser Junge ihn über die Jahre hatte fürchten lassen aus ihm heraus. Irgendjemand war dann wohl so schlau eine Lehrperson zu holen, die die Jungen trennte. Trever hatte Ray übel zugerichtet und Glück gehabt, nicht von der Schule verwiesen zu werden. Er blieb der stille Junge, aber mit der Zurückhaltung hatte es sich von diesem Tag an erledigt.

Trevers tiefe Stimme lässt mich schläfrig werden. Ich

versuche ihm so lange wie möglich zu folgen, schlafe aber irgendwann mit dem Bild eines kleinen Jungen mit honigfarbenen Augen und geballten Fäusten ein.

Um halb acht klingelt der Wecker. Ich habe schon lange nicht mehr so tief geschlafen und fühle mich, als könnte ich Bäume ausreißen. Trever ist schon weg. Das wundert mich nicht, weil ich weiß, dass er einen brechendvollen Terminkalender hat. Beim Aufsetzen im Bett fällt mein Blick auf einen Zettel, der auf Trevers Kopfkissen liegt.

Morgen Kleines,

wünsche Dir einen schönen Arbeitstag. Ich muss über Mittag leider durcharbeiten, aber ich möchte nach der Arbeit gleich ein neues Bett für Dich besorgen. Das bin ich meinem Rücken schuldig.

Hol Dich um 19:00 Uhr ab. Freu mich auf Dich! Trever

»Das bin ich meinem Rücken schuldig«, versuche ich seine Stimme zu imitieren. »Von wegen, der will einfach nur eine größere Matratze.« Damit schwinge ich die Beine aus dem Bett und stehe auf.

Der Tag verläuft großartig. In der Firma sind alle gut gelaunt und unser Team arbeitet einfach hervorragend zusammen. Ted ist ein Genie in der Bildbearbeitung und Jeff ist ein grandioser Texter. Der Tag vergeht wie im Flug. Zu Mittag lasse ich mir ein Steak mit Kartoffelspalten im Mexican Grills schmecken und am Nachmittag wird mir der 3D-Drucker gezeigt. Das Gerät ist der Hammer!

Der Nachmittag ist vorbei, ehe er recht angefangen hat. Ich beeile mich nach Hause zu kommen und Punkt 19:00 Uhr steht Toni vor der Haustür. Ich fürchte schon, dass Trever mich wieder zu ihm kutschieren lässt, wo ich dann auf ihn warten muss. Aber meine Befürchtungen sind zu voreilig. Als ich in den Wagen steige, wartet er bereits auf mich. In seiner Gegenwart wird mir schnell wieder bewusst, wie sehr ich ihn vermisst habe. Seine Küsse sind wie Seelenbalsam, von dem ich mir eine gepflegte Portion gönne.

Im Kaufhaus angekommen, wage ich tatsächlich den Bettenhüpfsprungtest. Die Zeit mit Trever macht mir riesig Spaß. Mit ihm ist es einfach nie langweilig.

Irgendwann finden wir ein Himmelbett, das mir vor Staunen den Mund offen stehen lässt. Ich glaube kaum, dass es mit seinem cremefarbenen Holzrahmen und dem verschnörkelten Eisengestell mit Stoffhimmel Trevers Geschmack trifft. Doch als er meinen Blick sieht, zögert er nicht und kauft es. Und das ganz ohne Testsprung.

»Es ist immerhin breit genug«, konstatiert er und bestätigt damit meine Vermutung, dass es nicht ganz nach seinem Geschmack ist. Trever veranlasst, dass das Bett morgen Vormittag geliefert und direkt aufgebaut wird.

»Dir ist klar, dass wir in dem Fall heute bei mir schlafen, oder?«, sagt er. Und genau so kommt es. Nach einer herrlichen Portion Spaghetti Bolognese bei Mario fahren wir zu Trever, wo wir es uns vor dem Fernseher gemütlich machen. Das Gerät ist zwar eingeschaltet, doch schauen tun wir eigentlich nicht, sondern reden über alles Mögliche. Als ich das erste Mal gähne, schaltet Trever alles ab und trägt mich wie eine Prinzessin in sein Bett. Alles andere als prinzessinenhaft ist der anschließende Sex. Wir starten auf dem Bett, rollen aber bald schon auf den Boden, wo wir uns auf nichts weiter als einer Decke austoben.

Die kommenden Tage verlaufen ähnlich. Wir machen viel mit Sarah und Mason. Unter anderem auch das geplante Paintballturnier. Wie erwartet gewinnen Trever und ich die erste Runde, danach heißt es Mädchen gegen Jungs. Dieses Game wird deutlich schwieriger und ich handle mir einige blaue Flecken ein. Zu guter Letzt geben wir uns geschlagen und die Männer gewinnen.

Rachel taucht immer mal wieder auf oder ruft an, doch sehe ich sie nicht als Bedrohung. Dafür zeigt Trever zu deutlich, wen er will, und wer ihm auf den Zeiger geht. Er scheint auf jeden Fall recht zu haben, diese Frau kapiert einfach nicht, dass sie keine Chance mehr hat. Ich frage mich nicht zum ersten Mal, ob sie keinen Stolz besitzt.

Am Ende der Woche sind Sarah und ich schon richtig gut eingearbeitet und endlich eine Hilfe, und kein Klotz am Bein für unser Team. Ich bekomme immer mal wieder eine SMS von Stefan, doch Mama meldet sich nicht. Inzwischen bin ich fest davon überzeugt, dass sie ihr Handy verloren hat. Ich würde ihr ja eine E-Mail schreiben, aber ich kenne sie, das ist vergebene Liebesmüh. Sie schaltet den Rechner alle heilige Zeit mal ein und dann auch nur, um irgendeine Route zu googeln. Ihre Mails checkt sie nie.

Als ich am Freitag nach der Arbeit mit dem Team im *Tang*, einem japanischen Restaurant, zu Mittag esse, surrt mein altes Handy. Es ist mal wieder eine Nachricht von Stefan.

Wünsch dir ein gesundes Wochenende. Gruß an deine Mutter.

Stefan

Was um alles in der Welt ist das schon wieder für eine idiotische SMS? Langsam frage ich mich, ob Stefan den Verstand verliert oder mich einfach nur ärgern will. Ich entschuldige mich bei Sarah und den anderen und gehe aufs WC um Stefan zurückzurufen. Es reicht jetzt, dem gehören mal die Leviten gelesen. Als ich auf dem Weg zu den Toiletten die Nachricht noch mal lese, knotet sich mein Magen zusammen. Ich habe ein ungutes Gefühl. Und daran ist nur Stefan schuld! Ständig schreibt er mir so einen Scheiß. Die Lippen wütend zum Strich gepresst, wähle ich seine Nummer. Nach dem zweiten Klingeln geht er ran.

»Mona, wie schön von dir zu hören.« Ich übergehe seine Begrüßung und blaffe ihn direkt an.

»Okay, Stefan, was ist hier los?«

»Was meinst du?«

»Was soll diese SMS? Ist was mit meiner Mama? Ich erreiche sie seit Tagen nicht und sie ruft auch nicht zurück.«

Als er schweigt, breche ich in Panik aus. Ich bin mir plötzlich zu 100 Prozent sicher, dass mit Mama etwas nicht stimmt. »Stefan, du sagst mir jetzt auf der Stelle, was los ist, oder ich …«

»Hey, schon gut, schon gut.«

Ich sehe ihn förmlich vor mir, wie er abwehrend die Hände hebt. »Eva hatte einen Unfall.«

Meine Füße geben nach und ich sacke auf die Knie.

»Nein, bitte nicht ...« Tränen brennen in meinen Augen.

»Mona, sie ist nicht tot. Keine Sorge.«

»Erzähl es mir, Stefan, erzähl mir alles!« Meine Stimme ist nicht mehr als ein Wimmern.

Ich höre, wie er am anderen Ende der Leitung schwer seufzt. Die Sache scheint ihm auch nahe zu gehen.

»Eva hatte einen Autounfall. Eigentlich nichts Schlimmes, ein Auffahrunfall. Ihr ist irgendein Blödmann hinten rein. Zur Sicherheit wurde sie ins Krankenhaus gebracht, weil sie über Kopfschmerzen klagte. Die haben dann ein MRT gemacht und dabei einen Tumor von der Größe einer Walnuss entdeckt. Die Ärzte sagen, dass er auf eine empfindliche Region oder so drückt. Na, jedenfalls musste sie bleiben, um genauer untersucht zu werden. Die wollen sichergehen, dass der Tumor gutartig ist, und versuchen ihn zu entfernen. Viel mehr weiß ich, um ehrlich zu sein, auch nicht.«

Während Stefan erzählt, vergieße ich stumm Träne um Träne. Ich habe das Gefühl, als hätte mir jemand den Boden unter den Füßen weggerissen. Vergessen sind Trever und Rachel, vergessen sind die neue Arbeit und mein Traumleben hier in Phoenix. Jetzt zählt nur noch Mama. Ich will zu ihr, sofort! Und warum verdammt noch mal erfahre ich erst jetzt von der Sache? Ich reiße mich zusammen, um nicht total auszuflippen, und mäßige meine Stimme, als ich Stefan frage:

»Warum um alles in der Welt hast du mich nicht gleich angerufen, sondern nur so bescheuerte Nachrichten geschickt?«

»Wegen Eva, ich musste ihr versprechen, dass ich dir nichts sage. Sie will auf keinen Fall, dass du in Phoenix alles stehen und liegen lässt, nur um zu ihr zu kommen.« Mama kennt mich gut, denn genau das habe ich jetzt vor.

»Typisch«, kläffe ich. Dabei ist mir bewusst, dass ich kein Recht habe, auf Mama oder Stefan böse zu sein. Sie meinten es nur gut.

»Was wirst du jetzt tun?«

»Was wohl, ich werde nach Hause kommen.«

»Ehrlich?« In Stefans Stimme schwingt Freude mit.

»Ja, ich werde sie in dieser schweren Situation ganz bestimmt nicht alleine lassen. In welchem Krankenhaus liegt sie?«

»In Bregenz. Aber ich glaube kaum, dass du einfach so alle Zelte in Phoenix abbrechen kannst.«

»Warum nicht?«, keife ich. »Wenn's um Mama geht, verstehe ich keinen Spaß.«

»Hey, ganz ruhig, ja? Du arbeitest zwar an den Werbebereichen von Vogt & Vogt, bist aber für das halbe Jahr bei Tresul Holding angestellt. Ich weiß nicht, wie das da mit dem Urlaub läuft, kann mir aber gut vorstellen, dass du direkt deine Kündigung mitnehmen darfst, wenn du jetzt, nach nur einer Woche, schon freinehmen willst.«

»Das ist mir egal, Stefan, hier geht es um Mama. Ich könnte es mir nie verzeihen, wenn …« Den Rest bringe ich nicht über die Lippen.

»Okay, weißt du was, mach dir keine Sorgen. Wenn sich die von Tresul Holding querstellen, hast du morgen deinen alten Job bei uns. Mir egal, ob die da einen Einwand oder so haben. Ich regle das für dich.«

»Ich hoffe nicht, dass das nötig ist. Trotzdem danke, Stefan. Ich melde mich, sobald ich weiß, wann mein Flieger geht.«

»Sag Bescheid, wann du ankommst. Ich hole dich vom Flughafen ab.«

»Mach ich … und, Stefan?«

»Ja?«

»Danke.«

»Klar doch.«

Mit steifen Fingern lege ich auf. Mama ist im Krankenhaus … Tumor … verdammt, sie hat einen Tumor! Wie ferngesteuert gehe ich zu den anderen zurück. Sarah sieht mich kommen, springt erschrocken auf und kommt mir entgegen.

»Mona, um Himmels willen, ist was passiert?«

»Mama hatte einen Unfall, sie liegt im Krankenhaus.«

Sarah wird aschfahl. »Ist es schlimm?«

»Das wird sich herausstellen. Würdest du mich bitte bei den anderen entschuldigen und mein Essen bezahlen? Ich gebe dir das Geld zu Hause zurück.«

»Sonst noch was? Das übernehme ich.«

Ich wende mich zum Gehen um, doch meine Freundin packt mich am Arm und hält mich fest.

»Warte mal, wo willst du denn jetzt hin?«

»Nach Hause, ich muss packen.«

»Aber du kannst in deiner Verfassung doch nicht ganz allein …«

Ich löse mich aus ihrem Griff.

»Wir sehen uns später.« Während ich meinen Blazer aus der Garderobe des Lokals hole, höre ich wie Sarah mit Trever telefoniert. Mir egal, ich habe jetzt keine Zeit, nicht für Sarah oder sonst wen.

Auf dem Weg nach Hause weine ich bittere Tränen. Ich komme mir so schlecht vor. Wie konnte ich nur so naiv sein und denken, Mama hätte ihr Handy verloren? Während ich hier in Phoenix ein Traumleben hatte, lag sie ganz allein und mit Schmerzen im Krankenhaus. Neben Tante Nina, ihrer Schwester, bin ich die einzige Verwandte, die sie noch hat. Und Nina wird ganz bestimmt nicht nach ihr sehen. Die ist seit zwei Jahren auf einem Esoteriktrip, den sie in einer Art narzisstischer Selbstverherrlichung auslebt, und hegt kein Interesse am Leben anderer.

Die Fahrt im Aufzug in unsere Penthousewohnung kommt mir wie eine Ewigkeit vor. Oben angekommen mache ich mich direkt ans Kofferpacken. Während ich das Nötigste zusammentrage, überlege ich, ob ich im Krankenhaus anrufen und mich nach ihr erkundigen soll, verwerfe den Gedanken aber wieder. Was würde das ändern? Nichts. Außer dass ich im schlimmsten Fall noch nervöser wäre oder mir noch mehr Sorgen machen würde. Selbst wenn es hieße, Mama wäre auf dem Weg der Besserung, würde das nichts an meiner Entscheidung ändern.

Ich gehe ins Bad und sammle meine Schmink- und Duschsachen zusammen. Mein Spiegelbild sieht grauenvoll aus. Ich habe aufgequollene Augen und mein Mascara ist vom vielen Weinen übel verschmiert. Ich entferne die dunklen Ränder mit den Fingern und will zurück in mein Zimmer. Doch im Flur treffe ich auf Trever. Er ist ganz außer Atem.

»Mona«, sagt er. Der Kummer in seinen Augen gibt mir den Rest. Ich lasse meinen Krempel fallen, heule bitterlich auf und werfe mich ihm in die Arme.

»Hey Kleines, schon gut. Es wird alles gut«, flüstert er und lässt seine Hände beruhigend über meinen Rücken wandern.

Wir stehen eine halbe Ewigkeit eng umschlungen da. Irgendwann versiegt mein Tränenfluss und ich sehe zu ihm auf.

»Geht's wieder?« Ich habe ihn noch nie so besorgt erlebt.

Ich nicke und putze mir die Nase am Handrücken ab.

»Komm«, sagte er, legt mir einen Arm um die Hüfte und führt mich ins Wohnzimmer, wo er mir ein Taschentuch und ein Glas Wasser besorgt. Ich setze mich auf die Couch und ziehe die Füße unter.

»Also, jetzt erzähl doch mal, was passiert ist.«

»Ich habe mit Stefan telefoniert.« Ich sehe, wie sich Trevers Kiefermuskel verhärtet, doch das ist mir egal. Jetzt ist kein Platz für Eifersucht.

»Er sagte, dass Mama einen Unfall hatte.«

»Oh.« Trevers Eifersucht weicht erneuter Besorgnis.

»Sie hatte einen Auffahrunfall, nichts Schlimmes, doch die im Krankenhaus haben sicherheitshalber ein MRT gemacht und einen Tumor im Kopf entdeckt. Er drückt auf eine sensible Stelle.« Meine Augen füllen sich wieder mit Tränen.

»Wird sie operiert?«

»Ja, ich glaube schon. Trever, ich muss zu ihr ... wenn sie jetzt ... und ich war nicht da.« Ich vergrabe das Gesicht schluchzend in den Händen.

»Hey, jetzt mal ganz ruhig. Sie ist in guten Händen. Und du wirst sie bald sehen.«

»Aber Stefan sagt, wenn ich einfach freinehme, werde ich bestimmt gekündigt.«

»So, sagt er das.« Jetzt höre ich, wie er mit den Kiefermuskeln mahlt. »Und was sagt er sonst noch?«

»Dass er sich um Mama kümmert und mich abholt und zu ihr bringt, wenn ich nach Hause komme.«

»War ja klar ...«

»Was ist?«

»Nichts.« Trever nimmt sein Handy und tippt darauf herum. »Ich werde dich begleiten«, sagt er und setzt sich zu mir auf die Couch.

»Wirklich?« Das wäre ja toll. Keine Ahnung, wie sehr mich die Situation mitnimmt. Trever an meiner Seite zu wissen, ist unglaublich beruhigend.

»Klar. Ich werde dich ganz bestimmt nicht alleine lassen. Mal sehen, ob ich nicht was für Eva tun kann.«

»Was meinst du?«

»Lass mich nur machen. Und jetzt komm her.« Er umfängt

mich mit einem Arm und zieht mich an seine Brust. Es tut gut ihm nah zu sein, er vertreibt den Kummer und lässt mich hoffen, dass alles gut wird. Das *Pling* des Fahrstuhls erklingt und kurz darauf stehen Sarah und Mason vor uns. Sarah wirkt abgehetzt.

»Wie sieht's aus, alles okay bei euch?«, erkundigt sie sich, kaum dass sie das Wohnzimmer betreten hat.

Wir reden eine ganze Weile. Ich erkläre, was Stefan erzählt hat und dass Trever und ich nach Vorarlberg reisen, um nach Mama zu sehen. Weil ich neben der Spur bin und Trever nicht von mir weichen will, besorgt Mason uns den nächstmöglichen Flug. Sonntag, 17:00 Uhr. Sarah versucht mir gut zuzureden und mich davon zu überzeugen, was für eine starke Frau meine Mama ist.

Der Nachmittag vergeht zäh wie Kaugummi. Am frühen Abend muss Trever noch mal kurz weg. Als er zurück ist, überredet er mich, ein paar Löffel von Sarahs Gemüsecremesuppe zu essen. Doch mir ist nicht danach und ich gebe nach der Hälfte der Schüssel schon auf. Weil ich nicht auswärts schlafen möchte, übernachtet Trever bei mir. Mir ist unwohl, daher ziehen wir uns schon früh zurück. Bei leiser Musik kuschele ich mich an ihn, genieße das Gefühl, sicher zu sein und schlafe spät und mit brennenden Augen ein.

Der Samstag beginnt früh, viel zu früh. Schon um sechs bin ich wach und stehe vor meinem Schlafzimmerfenster. Der Himmel ist genauso rattengrau und trostlos, wie ich mich fühle. Weil ich Trever nicht wecken will, schleiche ich mich ins Wohnzimmer und kuschle mich in eine Decke gehüllt auf die Couch.

Ich schaue mir eine Talkshow an, in der es um irgendeinen Nachbarschaftsstreit geht.

Als ich die Augen wieder aufschlage, höre ich leise Stimmen. Ich setze mich auf und sehe Sarah in der Küche mit Mason flüstern.

»Hey, guten Morgen ihr zwei«, unterbreche ich sie. Ich will nicht, dass sie sich meinetwegen so zurücknehmen.

»Hi.« Sarahs Stimme klingt besorgniserregend schrill.

»Was ist los?« Ich schiebe die Decke zur Seite und stehe auf.

»Nichts!« Meine Freundin hebt die Hände. »Es ist nur … Trever musste dringend fort.«

Mit verschränkten Armen und gerunzelter Stirn gehe ich auf die beiden zu.

»Er ist bei dieser Rachel«, platzt es aus Sarah heraus, bevor sie sich die Hand auf den Mund schlagen kann. »Eigentlich ist er bei ihrem Dad, Tom. Er ist heute Nacht gestürzt.«

»Wie das?«

»Wir vermuten, dass er auf die Toilette musste, dabei ist er mit dem Rollstuhl zu knapp an der Treppe vorbei.«

»Er ist also die Treppe hinuntergefallen.«

»Ja, samt Rollstuhl.«

Was ist das, die Woche der schlechten Nachrichten? Fehlt nur noch, dass was mit der Firma ist.

»Na ja, aber das ist nicht alles …« Sarah sieht mich entschuldigend an.

»Was noch?«

»Es gab einen Großbrand im Tono Hoist Werk.«

»Das ist ein Witz, oder?« Das glaub ich jetzt einfach nicht.

»Wie konnte das passieren und sind die Arbeiter in Ordnung?«

»Ja, es geht allen gut. Ich tippe auf einen Kabelbrand oder so was. Das kann es in so alten Gebäuden schon mal geben«, erklärt Mason. Er seufzt.

»Trever wird dich nicht nach Vorarlberg begleiten können, weil er in den nächsten Tagen für die Polizei erreichbar sein muss.«

»Die Polizei?« Ungläubig lege ich die Stirn in Falten.

»Ja, das ist normal. Er ist noch immer der Inhaber von Tono Hoist. Bis Brandstiftung zu 100% ausgeschlossen werden kann, muss er erreichbar sein.«

Weil mir das Ganze langsam etwas viel wird, setze ich mich auf einen der Barhocker.

»Mona, wenn du willst, begleite ich dich«, schlägt Sarah vor. Mason nickt und schlingt seinen Arm um ihre Schultern. Nein, das kommt nicht infrage. Es reicht, wenn Trever und ich getrennt sind. Da müssen Mason und Sarah nicht auch noch leiden. Abgesehen davon hat Mason als zukünftiger Geschäftsleiter von Tono Hoist mit dem Brand bestimmt eine Menge Ärger, da braucht er Sarah an seiner Seite. Sie wird ihm Kraft spenden, da bin ich mir sicher.

Also sage ich: »Nein, Sarah. Das ist wirklich lieb von dir, aber ich schaff das schon alleine.«

»Bist du dir sicher?« Ich sehe, wie Zweifel in ihr aufkommen. Sie ist sich unschlüssig, ringt, wie ich sie kenne, mit dem schlechten Gewissen.

»Hundert Prozent«, sage ich und lächle sie tapfer an. »Ich pack das schon, keine Sorge. Außerdem bin ich ja nicht allein. Stefan holt mich vom Flughafen und fährt mich zu Mama.« Das sage ich bewusst, weil ich weiß, dass Sarah es für eine schlechte Idee hält, wenn ich in meiner Nervosität Auto fahre. Als ich Stefan erwähne, sehe ich, wie sich Masons Augen zu Schlitzen verengen, doch er sagt nichts.

»Na gut, du kannst es dir noch immer überlegen«, sagt Sarah. »Trever stellt uns beide frei. Und das so lange, wie wir wollen«, fügt sie hinzu.

»Nein, das passt schon. Ich schaff das wirklich alleine.«

Masons Handy klingelt. »Denver«, meldet er sich. »Ja, klar, ich bin in 30 Minuten da. Nein, das mache ich schon. Ja, bis dann.«

»Alles okay?«, Sarah blickt besorgt zu dem hochgewachsenen Amerikaner auf.

»Das war Daniel aus dem Vorstand, die Cops wollen mit Trever und mir sprechen. Wir sollen jetzt gleich auf die Polizeistation kommen.«

12.

Wie lang ein Tag sein kann, wenn man auf etwas wartet. Ich komme mir wieder vor wie acht, als ich auf das Christkind warten musste; nur dass es heute keine Geschenke, sondern Neuigkeiten gibt. Es ist inzwischen 19:30 Uhr und Sarah und ich sind fast verzweifelt. Blöd, wie wir sind, malen wir uns die schlimmsten Szenarien aus. Dass Trever und Mason wegen irgendeines Missverständnisses verhaftet wurden, dass ihnen jemand etwas Schlechtes wollte und mit voller Absicht Tono Hoist niedergebrannt hat, sie sich mit den Polizeibeamten in die Haare bekommen haben, einen Unfall hatten und, und, und … Die Liste ist endlos.

Kurz vor acht klingelt es an der Tür, es ist Toni, Trevers Chauffeur. Er sagt, er hätte den Auftrag mich abzuholen und zu Trever nach Hause zu bringen. Zeitgleich erhält Sarah eine SMS von Mason, dass er in einer halben Stunde hier sein wird. Ich packe ein paar Klamotten zum Wechseln ein und lasse mich zu Trever fahren. Zu meiner Erleichterung erwartet er mich bereits. Ich falle ihm in die Arme.

»Hey Kleines, alles okay?«

»Ich hab mir solche Sorgen gemacht«, gebe ich zu.

»Aber warum denn?«

»Keine Ahnung, ihr wart so lange fort und habt nicht angerufen.«

»Das konnten wir auch nicht. Wir wurden abwechselnd verhört. Es scheint so, als bezweifle die Polizei, dass es ein Kabelbrand war.«

»Wirklich?«

»Ja, es deutet wohl einiges auf Brandstiftung hin.«

»Aber wer könnt so etwas tun? Haben du oder Mason Feinde?«

»Nicht dass ich wüsste. Aber das ist jetzt auch nicht interessant. Ich möchte heute einfach nur den Abend mit dir genießen. Was hältst du von einem leckeren Essen und anschließend einem Vollbad?«

Mir ist zwar so gar nicht nach Essen zumute, aber ich weiß, wie wichtig ihm ist, dass ich was Warmes im Bauch habe, also nicke ich.

»Klingt gut.«

»Sehr gut, geh schon mal ins Wohnzimmer, ich sag eben Maria Bescheid und komme nach.«

»In Ordnung.«

Ich drücke ihm einen Kuss auf die Lippen und gehe ins Wohnzimmer, wo ich mich auf die Couch pflanze. Mann, bin ich erschöpft. So ein Nervenstress kann ganz schön anstrengend sein, denke ich und gähne ausgiebig.

Aus der Küche höre ich gedämpft Trevers und Marias Stimmen. Es klingelt an der Tür. Ich schaue auf die Uhr. Kurz nach acht. Wer das sein mag?

»Rachel, was willst du?«, höre ich Trever sagen.

»Ich habe vom Brand bei Tono Hoist gehört, alles okay bei dir?«

»Ja, alles okay.«

»Na Gott sei Dank. Hast du die Unterlagen wegen der Privatversicherung von meinem Dad da?«

»Ja, die sind hier, warum?«

»Na ja, ich dachte mir, dass du mit der Brandsache sicher viel um die Ohren hast, da wollte ich dir einen Weg abnehmen und sie für dich ins Krankenhaus bringen.«

»Hallo Rachel.« Sie erschrickt sichtlich, als sie mich mit verschränkten Armen ihm Türrahmen des Wohnzimmers lehnen sieht.

»Ah, Mona, ja, Hallo.«

Die Lippen geschürzt wendet sie sich wieder Trever zu. »Ich habe vor, jetzt gleich noch ins Krankenhaus zu fahren. Wenn du mir die Unterlagen also mitgeben willst …?«

»Ja, Moment, ich hole sie eben.« Trever ist kaum um die Ecke in Richtung Büro verschwunden, als die Blondine durch den Flur zu mir herüberstöckelt.

»Dass du es weißt«, zischt sie nur Zentimeter von meinem Gesicht entfernt, »Trever gehört mir, lass also verdammt noch mal deine Griffel von ihm!«

»Ach, und wenn nicht?« Ich stoße mich vom Türrahmen ab und hebe provokant eine Braue.

»Du naives Ding. Er will dich doch gar nicht. Du bist nur ein billiges Duplikat. Ich bin das Original, verstehst du, und das Original wirst du niemals schlagen können.«

»Habe ich das nicht längst?«

»Habe ich das nicht längst?«, äfft sie meinen Akzent nach. »Hör dich doch nur mal an, du klingst lächerlich. Was sollte Trever von dir wollen, mal abgesehen von einer schnellen Nummer. Ich wette, sogar da bist du nur ein Abklatsch des Originals.«

Ich beiße die Zähne zusammen, muss mich zusammenreißen, diese widerliche Frau nicht zu schlagen. Mir ist vollkommen bewusst, dass dieses Aufplustern vor mir nichts weiter ist als ein verzweifelter Abschreckungsversuch. Dumm für sie, dass ich weiß, dass sie bei Trever längst verschissen hat.

»Hier sind die Papiere. Tom muss sie noch unterzeichnen.« Trever kommt zurück, den Blick auf die Unterlagen gesenkt. Rachel schnellt zurück und legt ein klebriges Lächeln auf. Ich könnte kotzen.

»Danke, Trev, ich werde mich darum kümmern.« Ihre rot lackierten Finger greifen nach den Papieren, während Trever an meine Seite tritt und mir einen Arm um die Hüften legt. Rachel ignoriert die Geste und wendet sich mit einem strahlend-falschen Lächeln an Trever: »Kann ich denn sonst noch was für dich tun?«

Na warte! Ich lege eine Hand auf Trevers Brust.

»Ich glaube, wir haben hier alles im Griff«, sage ich, stelle mich auf die Zehenspitzen und hauche ihm einen Kuss auf die Lippen. Trever hebt überrascht die Brauen und schmunzelt dabei.

»Ja, Rachel«, wiederholt er, »wir haben hier alles im Griff. Aber danke. Richte Tom einen Gruß von mir aus. Er soll sich schonen.«

Rachels Lächeln ist einem verkniffenen Schmollmund gewichen.

»Das werde ich, gute Nacht, Trev.«

»Gute Nacht, Rachel«, rufe ich ihr gespielt höflich hinterher, als sie sich umdreht und auf die Haustür zusteuert, doch sie übergeht es und verschwindet.

Als die Tür ins Schloss fällt, lacht Trever laut auf.

»Was war das denn?«

Ich zucke mit den Schultern, wie wenn ich keine Ahnung hätte, wovon er spricht.

»Ich dachte, diese Hahnenkämpfe gibt es nur bei Männern.«

»Und bei streitsüchtigen Diven«, ergänze ich.

»Tut mir leid, aber das musste sein.« Ich komm mir blöd vor, aber diese Kuh hat es nicht anders verdient.

»Wie bitte? Es tut dir leid? Bist du verrückt? Ich habe mich lange nicht mehr so amüsiert wie gerade eben«, gluckst er und drückt mir einen Kuss auf die Stirn.

»Und jetzt komm, ich hab Hunger, mal sehen, was Maria uns gezaubert hat.«

Wenig später sitzen wir an einem kleinen Tisch in der Küche und unterhalten uns mit Maria, während sie den Abwasch macht. Trever muss ihr gesagt haben, dass Spaghetti Bolognese eine meiner Leibspeisen ist, denn sie hat sie für mich gekocht.

Die Soße schmeckt gut – aber ungewohnt würzig, was ich ihrer mexikanischen Abstammung zuschreibe.

Maria erzählt von ihrem Sohn, dem 25-jährigen Feuerwehrmann Alejandro, der beim Tono Hoist-Brand vor Ort war. Er meint, dass das Feuer in der Lagerhalle mit den Müllpressen ausgebrochen ist und dann auf die Produktion übergegriffen hat. Es war ein Großeinsatz. Glücklicherweise war das Team so gut eingespielt, dass der Brandherd rasch gefunden und gelöscht werden konnte. Trotzdem sind massive Schäden entstanden. Die Lagerhalle ist komplett abgebrannt, ebenso der Westteil der Produktion. Trever fürchtet, dass der Wiederaufbau ein halbes bis ein Jahr dauern wird. Das Ganze ist echt schlimm, aber wenigstens wurde niemand verletzt.

Nach dem Essen gönnen Trever und ich uns ein Vollbad bei Kerzenschein. Wir liegen eine Ewigkeit einfach nur in der Wanne, genießen die Nähe und lauschen den Klängen von Enya. Als wir schließlich total aufgeweicht ins Bett gehen, bin ich erst so müde, dass ich nur noch schlafen will. Doch Trevers kundige Finger bringen mich rasch in Fahrt. Der Sex ist atemberaubend heiß. Mir ist bewusst, dass ich ihn die nächsten Tage nicht sehen werde, also lege ich meine ganze Leidenschaft in diesen Akt. Trever schenkt mir drei markerschütternde Orgasmen, bevor auch er Erlösung findet und wir erschöpft einschlafen.

Der Sonntagmorgen beginnt, wie der Samstag endete, mit einer ordentlichen Portion Sex. Ich überfalle Trever, als er sich anziehen will, kümmere mich um sein bestes Stück. Küsse, sauge und lecke an ihm, bis er hart und prall aufragt. Eigentlich möchte ich ihm einen blasen, doch Trever schnappt mich und setzt mich auf die Kommode unter dem Fenster. Jetzt tauchen warme Sonnenstrahlen meinen Körper in sanftes Licht. Der Sex ist großartig, und als wir fertig sind, stellen wir lachend fest, dass wir einen beträchtlichen Fleck meiner Feuchtigkeit auf der Kommode hinterlassen haben. Ich wische ihn rasch auf, weil ich nicht möchte, dass Maria ihn entdeckt.

Der Sonntagvormittag gehört Trever und mir, wir gehen ins Crumb frühstücken und machen dann einen ausgedehnten Spaziergang. Am Mittag fahren wir in meine Wohnung, wo Sarah und Mason uns mit selbst gemachter Pizza überraschen. Wir sprechen über den Brand und das Verhör bei der Polizei, über meine Mama und meine bevorstehende Heimreise. Leider vergeht der Nachmittag wie im Flug und so fährt mich Trever schon bald zum Flughafen. Wir umarmen uns, küssen uns. Obwohl ich noch nicht von ihm getrennt bin, schmerzt mein Herz schon jetzt. Als wir endlich voneinander ablassen und ich mich auf den Weg mache, fühle ich mich, als hätte man mir eine Bleischürze umgehängt.

Der Flug verläuft ruhig. Zu meiner Überraschung gelingt es mir, schon bald einzuschlafen. Das Weinen eines Babys weckt mich fast sechs Stunden später. Ich kann kaum glauben, dass ich so lange schlafen konnte. Die restliche Flugzeit zieht sich ewig hin, und auch der Zoll und die Koffersuche am Münchner Flughafen sind eine echte Belastungsprobe.

Ich bin so richtig schlecht gelaunt, was sich schlagartig ändert, als ich Stefan sehe. Er sieht gut aus, mit seinen schwarzen kinnlangen Locken, den dunklen Augen und dieser lässigen Kombi aus Hemd und Jeans.

Stefan kommt mir mit einem Strauß weißer Rosen entgegen.

»Hi«, sage ich und umarme ihn, glücklich sein vertrautes Gesicht zu sehen.

»Hi und willkommen daheim«, sagt er und reicht mir die Blumen.

»Danke.« Die Sache ist mir ein wenig unangenehm.

»Also«, überspielt er geschickt die angespannte Situation, »erzähl mal, was gibt es an der Tono Hoist-Front Neues? Wie schlimm war der Brand?«

Ich erzähle Stefan von den Auswirkungen des Brandes, auch die Einzelheiten, die ich von Maria oder besser gesagt Alechandro, ihrem Sohn, weiß. Die Stelle mit dem Verhör und dass die Polizei Brandstiftung nicht ausschließt, lasse ich dabei weg. Ich weiß, dass Stefan nicht gut auf Trever zu sprechen ist, seit wir ein Paar sind.

Da muss ich ihm nicht einen weiteren Grund liefern, ihn noch weniger zu mögen oder schlimmer noch, ihn als Geschäftspartner infrage zu stellen. Ich bin heilfroh, dass Mason in absehbarer Zeit Tono Hoist übernehmen wird. Dann wird die Geschäftsbeziehung zwischen den beiden Firmen bestimmt einfacher.

Auf der zweistündigen Autofahrt nach Bregenz erzählt mir Stefan, was ich in meiner Abwesenheit verpasst habe. Was um genau zu sein nicht gerade viel ist. Onkel Michael hat sich ein neues Auto gekauft, Lena aus der Buchhaltung ist schwanger und Andi vom Lager hat gekündigt, um Lkw-Fahrer einer landesansässigen Bierbrauerei zu werden.

Nichts Spannendes also. Weil ich keinen Moment länger warten kann, schlage ich Stefans Einladung auf ein verspätetes Frühstück in den Wind und lasse mich von ihm direkt ins Bregenzer Krankenhaus bringen. Dort erklärt man uns, dass Mama nach Feldkirch verlegt wurde, weil sie in den kommenden Tagen operiert wird.

Mir schnürt sich der Hals zu vor Panik. Ich bin kaum imstande zu sprechen. Stefan, der eigentlich zurück in die Firma wollte, nimmt sich spontan frei und fährt mich ins Landeskrankenhaus. Er will für mich da sein und mich in der schweren Situation nicht alleine lassen. Ich schweige die Fahrt über. Ich kann nicht reden, nicht, wenn ich mir das Heulen verkneifen will.

Wir finden meine Mama im 3. Stock auf der neurologischen Station. An ihrem Zimmer angekommen entschuldigt sich Stefan, weil er telefonieren muss. Also gehe nur ich hinein. Mama ist ganz allein in dem geräumigen Raum und schläft. Ich setze mich zu ihr ans Bett. Sie sieht fürchterlich blass aus. Unter ihren Augen liegen dunkle Ringe und ich habe das Gefühl, dass ihre Wangen eingefallen wirken.

Etwa fünf Zentimeter über dem rechten Ohr hat sie eine rasierte Stelle am Kopf. Wahrscheinlich liegt da der Tumor. Oh Gott, Mama. Ich schlucke den Kloß in meinem Hals herunter und greife nach ihrer kühlen Hand. Die Berührung lässt sie die Augen aufschlagen.

13.

»Mona? Süße, bist du es wirklich.«

»Ja, Mama, ich bin es.« Na toll, alle Mühe umsonst, mir rollen die Tränen über die Wangen. Es tut so gut, ihre Stimme zu hören. Mein Gott, wie habe ich sie vermisst.

»Hey Schatz, nicht weinen.« Mama setzt sich auf. An ihren Bewegungen erkenne ich, dass sie Koordinationsprobleme hat, und helfe ihr schnell.

»Wie geht es dir?«, erkundige ich mich.

»Gut, ich soll morgen operiert werden.«

Obwohl ich weiß, dass sie genau aus diesem Grund hierher verlegt wurde, schnüren die Worte aus ihrem Mund mir die Luft ab.

»Warum hast du mir denn nicht Bescheid gesagt?«

Ich will auf keinen Fall mit ihr streiten. Ich kann nur nicht verstehen, dass sie diese schwere Zeit tatsächlich alleine überstehen wollte.

»Ramona, ich wollte dich nicht beunruhigen. Außerdem hast du einen wichtigen neuen Job.«

»Mama, ich bin fast verzweifelt, weil ich dich nicht erreichen konnte. Und dann erfahre ich, dass du einen Unfall hattest und im Krankenhaus liegst. Und dieser Job ist mir scheißegal. Hier geht es um dich.«

Ich mache eine kurze Pause, um dem, was ich nun sage, Nachdruck zu verleihen. »Bitte tu so was nie wieder. Versprich es mir.« Mama legt die Stirn in Falten und nickt. Ich greife nach ihrer Hand und drücke sie. Sie ist kalt.

»Jetzt erzähl mal, was die Ärzte meinen.«

»Keine Ahnung. Ich versteh deren Fachlatein nicht. Aber es ist bestimmt alles nur halb so schlimm, wie die meinen«, windet sie sich.

Ich weiß, dass sie es hasst, über Krankheiten zu sprechen, sie sagt immer, das macht die Sache nicht besser und Mitleid hat noch keinem geholfen.

»Stefan sagt, du hättest einen Tumor.« Ob sie will oder nicht, ich will Details!

»Aha, von Stefan dem kleinen Verräter weißt du also, dass ich hier bin. Na warte …«

»Er wollte mir nichts sagen, ich hab gemerkt, dass etwas nicht stimmt, und hab ihn gezwungen, damit rauszurücken. Das tut jetzt aber auch nichts zur Sache, Mama.«

Nach einem flüchtigen Klopfen geht die Tür auf und eine ebenso große wie breite Krankenschwester kommt herein.

»Frau Moser«, schimpft sie mit meiner Mutter, »Sie wissen doch, dass sie keinen Besuchen haben dürfen.«

»Oh, das geht schon in Ordnung, das hier ist meine Tochter Ramona. Sie ist extra aus Phoenix angereist.«

Über das Gesicht der Schwester huscht eine Regung, die ich als Mitgefühl deute.

»In Ordnung, aber nicht länger als eine halbe Stunde. Das wird Ihnen sonst zu viel, verstanden?«

»Eine halbe Stunde«, wiederhole ich dankbar. Während die kugelige Frau meiner Mutter einen Tropf verpasst, bittet mich Mama ihr alles über mein neues Leben in Phoenix zu erzählen. Ich berichte ihr von der Penthousewohnung, der Arbeit und den Kollegen. Kaum ist die Schwester fort, will sie, dass ich ihr von Trever erzähle: Wie er so ist, ob er ein anständiger Kerl ist und gut auf mich achtgibt. Ich erzähle ihr, was er für ein Schatz ist, woraufhin sie das Verhör auf Sarah und Mason erweitert. Ich berichte ihr gerade von Sarahs Betthüpfsprung-Testaktion, als die Tür wieder aufgeht und eine Traube von fünf Ärzten hereinkommt. Allen voran ein rothaariger Mann Mitte vierzig. Auf seinem Namensschild lese ich McDorrell. Als mich seine von blonden Wimpern umrahmten Augen erfassen, lächelt er.

»Wie schön, Frau Moser, Sie haben Besuch.«

»Darf ich vorstellen, meine Tochter Ramona.«

»Hallo.« Ich schüttle dem Arzt die Hand und mache dann meine Finger knetend Platz.

»Nun, Frau Moser, wie geht's uns heute?«

»Gut.« Mama war noch nie eine Frau großer Worte. Wenn sie könnte, würde sie aus dem Bett hüpfen, davonlaufen und so tun, als wäre nie etwas gewesen.

»Kopfschmerzen?«

»Etwas.«

»Haben Sie noch diese Schwindelattacken.«

»Selten.«

Der Arzt hebt eine blonde Braue, er glaubt ihr nicht.

»Na gut, ab und zu.«

»Verstehe, der Termin für Ihre OP wurde auf morgen elf Uhr anberaumt. Sie müssen nüchtern bleiben, und falls diese symptomatischen Kopfschmerzen davor zu heftig werden, melden Sie es bitte der Schwester.«

McDorrell wendet sich an seine Assistenzärzte und bespricht sich mit ihnen. Dabei fallen Worte wie: *Telencephalon, Kortex* und *Neoplasie*. Leider verstehe ich rein gar nichts. Darum beschließe ich, den Doktor nach der Visite abzufangen und ein Gespräch mit ihm zu suchen. Da Mamas Zimmer des Drittletzte auf diesem Flügel ist, vermute ich, dass er bald fertig sein wird.

»Also gut, Frau Moser, dann wünsche ich Ihnen noch eine schöne Zeit mit Ihrer Tochter und wir zwei sehen uns morgen im OP-Saal.« Er schüttelt ihr die Hand und verlässt gefolgt von den anderen das Zimmer. Ich warte noch eine paar Minuten und verlasse dann unter dem Vorwand, ich bräuchte einen Kaffee, den Raum. Ich habe unverschämtes Glück, denn es gelingt mir Dr. McDorrell gerade noch rechtzeitig abzufangen, bevor er in den Aufzug steigen kann.

»Bitte«, sage ich, »meine Mama kann oder will nicht über ihre Krankheit sprechen, würden Sie mich bitte aufklären?«

»Selbstverständlich.« Der Arzt führt mich ein paar Schritte den Flur hinab, wo wir in Ruhe sprechen können.

»Also Frau Moser ...«

»Stein«, verbessere ich. »Meine Mutter hat wieder geheiratet.«

»Frau Stein, bei Ihrer Mutter wurde ein gefährlich nah am Großhirn sitzender Tumor diagnostiziert. Wir wissen nicht, ob die Geschwulst gut oder bösartig ist. Was wir allerdings sagen können, ist, dass sie mit besorgniserregender Geschwindigkeit wächst. Daher gilt es keine Zeit zu verlieren und den Tumor so rasch wie möglich zu entfernen.«

»Morgen um elf Uhr«, sage ich mit belegter Stimme.

»Ja, morgen um elf. Ihre Mutter sollte sich bis dahin schonen. Das wird kein leichter Eingriff.«

»Aber sie wird es doch überleben, oder Doktor? Bitte sagen sie mir, dass alles gut geht!«

»Frau Stein ...« Er legt mir beruhigend eine Hand auf die Schulter. »... Operationen am Hirn sind immer ein schwieriger Eingriff, aber ich verspreche Ihnen, dass wir unser Möglichstes tun werden.«

Ich nicke knapp, denn wenn ich jetzt den Mund öffne, schluchze ich laut auf.

»Sehen Sie zu, dass Ihre Mutter etwas Schlaf findet. Wir sehen uns dann morgen?«

Wieder nicke ich und krächze ein: »Danke.«

Vor Mamas Zimmertür versuche ich noch einmal diesen widerspenstigen Kloß in meinem Hals herunterzuschlucken. Doch es gelingt mir nicht. Als ich den Raum betrete, ist mir speiübel.

»Oh, Mona, geht's dir gut?« Mama richtet sich auf.

»Ja, klar, alles gut.«

»Du bist so blass ... und wolltest du keinen Kaffee holen?«

»Der Automat ich defekt«, lüge ich. *Okay, Mona, reiß dich zusammen, du musst jetzt stark sein. Hier geht's um Mama!*

Du bist zur Unterstützung hier und nicht, um ihr Panik zu machen, rüge ich mich in Gedanken.

»Ich glaube, die bringen gleich dein Mittagessen.« Ich wackle mit den Augenbrauen und setze mich zu ihr ans Bett. Mama rümpft die Nase.

»Was denn, ist das Essen so schlecht?«

»Na ja, schlecht ist es nicht, aber du kennst mich ja.« Oh ja, und wie ich Mama kenne, die ist ihre Hausmannskost gewohnt.

»Ich bin jetzt gleich weg, damit du schlafen kannst. Aber wenn du möchtest, bringe ich dir am Abend was mit.«

»Das ist lieb von dir, aber nein, danke. Mir ist nicht nach Essen. Ich glaub, mein Magen verträgt all die Medikamente nicht.«

Das kann ich mir gut vorstellen. Mama nimmt nie irgendwelche Tabletten. Letztes Jahr hat sie sogar die Grippe mit Tee und Zitronensaft auskuriert.

Ich bleibe noch etwa fünf Minuten. Dann drück ich ihr einen Kuss auf die Stirn und verspreche am Abend noch mal vorbeizuschauen.

Als ich in Gedanken vertieft den Lift rufe und einsteige, stoße ich fast mit Stefan zusammen. Den hatte ich ganz vergessen.

»Gehen wir schon?«, fragt er, als er rückwärts wieder in die Kabine tritt.

»Ja, Mama braucht Ruhe.«

»Verstehe, tut mir leid, dass ich so lange gebraucht hab – die Computeranlage der Buchhaltung streikt«, erklärt er sich.

»Das passt schon«, sage ich und bin insgeheim froh, dass ich die Zeit nur für Mama und mich hatte.

»Also«, sagt Stefan, als er in der Tiefgarage sein Ticket bezahlt, »ich würde dich gern zum Mittagessen einladen. Hast du Lust?«

Wie könnte ich Nein sagen, wo er sich doch so viel Zeit für mich nimmt.

»Klar.«

»Poseidon?«

»Nein, mir ist nicht nach Griechisch.«

Was für eine Lüge, ich will nur nicht ins Poseidon, weil mich dieses Restaurant zu sehr an Trever erinnert. Meine Sehnsucht nach ihm ist so schon groß genug, da muss ich nicht unbedingt ins Poseidon, wo wir unser erstes Date hatten.

»Na gut, wir wäre es dann mit dem Kesselhaus?«

Ich zucke mit den Schultern. »Klar, warum nicht.«

Eine Dreiviertelstunde später sitze ich vor einer dampfenden Ofenkartoffel mit Currygemüse und Schmortomaten.

Das warme Essen beruhigt meinen nervösen Magen, doch es macht mich auch müde. Jetlag lässt grüßen, denke ich. Kaum dass wir fertig sind, bitte ich Stefan mich nach Hause zu bringen. Weil er mich unbedingt unterstützen und für mich da sein will, verabreden wir, dass er mich um 19:00 Uhr abholen kommt und mit mir ins Krankenhaus fährt.

Das nach Hause Kommen in unsere alte Wohnung löst einen Sturm an Gefühlen in mir aus. Es ist, als wäre ich zwei Jahre fort gewesen und nicht zwei Wochen.

Ich gehe in alle Räume, fahre mit den Fingern über Sarahs Bildersammlung im Flur, lächle, als ich die Orchideensammlung in meinem Zimmer sehe. Die Blumen blühen prächtiger denn je. Mama scheint einen grünen Daumen zu haben. In der Küche finde ich ein schimmeliges Brot und eine Packung abgelaufene Milch. Ich entsorge die Sachen, mache mir eine Tasse Tee und setze mich ins Wohnzimmer. Ich schalte den Fernseher nicht ein, sondern betrachte nur stumm die Möbel. Wie oft haben Sarah, Mama und ich auf dieser Couchgarnitur gesessen? Wie viele Abende haben wir uns bei einem Glas Rosé die Nägel lackiert oder gemütlich in Decken gekuschelt einen Fernsehabend veranstaltet.

Der Gedanke, dass Mama in diesem Moment mit dröhnenden Kopfschmerzen und Übelkeit im Krankenhaus liegt, schnürt mir die Kehle zu. Ich kann nur hoffen, dass morgen alles gut geht. Tränen treten in meine übermüdeten Augen. Wenn ich nur etwas tun könnte. Weil mir plötzlich kalt bis auf die Knochen ist, hole ich mir eine Decke, kuschle mich ein und lege mich hin. Ich schließe die Augen und lasse den heutigen Tag Revue passieren. Seltsamerweise bleibe ich immer wieder beim blassen Gesicht von Dr McDorrell hängen. Er hat mir versprochen, dass sie alles tun werden. Ich weiß, das ist eine Phrase, doch sie macht mir Mut. Ich will ihm glauben, dass sie einfach alles daransetzen, dass Mama wieder in Ordnung kommt. Zitternd ziehe ich mir die Decke bis zum Hals. Weil mir einfach nicht warm werden will, stehe ich auf und mache mir eine Wärmflasche. Während ich den

Wasserkocher einschalte, höre ich aus dem Wohnzimmer mein Handy von Trever klingen. Ich eile durch den Flur, überglücklich von ihm zu hören, bin aber zu langsam. Als ich das Gerät aus der Handtasche ziehe, klingelt es erneut. Zu meiner Enttäuschung ist es Sarah.

»Hi Sarah«, melde ich mich.

»Mona«, sagt sie. »Was gibt es Neues, wie geht's Eva?« Ich weiß, dass sie meine Mama wie ihre eigene liebt und sich große Sorgen macht. Also erzähle ich ihr von meinem Besuch im Krankenhaus und dem Gespräch mit dem Arzt.

»Was gibt es bei euch Neues? Weiß man schon Genaueres wegen des Brandes?«, erkundige ich mich, als ich ihr alle Neuigkeiten berichtet habe.

»Das ist hier ein ganz schönes Drunter und Drüber.«

»Was heißt das?«

»Na ja«, windet sich meine Freundin.

»Sarah, was ist los?« Ich höre, wie sie am anderen Ende seufzt.

»Ich glaube, die meinen, dass Trever was mit dem Brand zu tun haben könnte.«

»Was?« Ich kann nicht glauben, was ich da höre, und plumpse auf die Couch.

»Das verstehe ich nicht, wie um alles in der Welt kommen sie denn auf die Idee?«

»Ich glaub, das hat was mit der Versicherung zu tun. Mehr weiß ich auch nicht. Mason und Trever mussten vorhin wieder auf die Polizeistation. Sie sind noch nicht zurück.

Aber wenn du willst, sage ich Trever, er soll dich gleich anrufen, wenn er da ist.

»Ja, bitte mach das.« Ich habe ein verdammt mieses Gefühl, was diese Brandsache anbelangt.

»Mona, ich muss auflegen, ich hab Jeff in der anderen Leitung.«

»Okay, aber du gibst mir Bescheid, wenn es was Neues gibt, ja?«

»Selbstverständlich. Und du mir, wenn es was von Eva gibt.«

»Mach ich.«

»Also bis dann ... oh und, Mona.«

»Ja?«

»Kopf hoch, Süße, es wird alles gut.«

»Okay«, schniefe ich ins Telefon.

»Hab dich lieb.«

»Ich dich auch.« Ich lasse das Handy neben mir auf das Sitzkissen rutschen und berge das Gesicht in den Händen. Schluchzend frage ich mich, was zurzeit nur los ist. Man könnte fast meinen, dass ich was angestellt habe und bestraft werde. Das Handy surrt. Ich nehme es auf und sehe, dass Sarah mir geschrieben hat.

Kopf hoch, habe ich gesagt. Jetzt ist keine Zeit für Tränen. Du schaffst das, hörst du!

Es ist fast unheimlich, wie gut mich meine Freundin kennt. Ein Schmunzeln entlockt sich meinen Lippen und ich atme tief durch. »Alles wird gut, alles wird gut«, murmle ich, stehe auf und hole mir meine Wärmflasche. Diesmal klappt es mit dem Einschlafen. Es klappt sogar so gut, dass ich noch immer penne, als Stefan um 19 Uhr an der Wohnungstür klingelt. Mit verstrubbelten Haaren und verschmiertem Make-up bitte ich ihn herein.

»Hi du«, grinst er. »Ist das der Frisch-aus-dem-Bett-Look? Sieht süß aus.«

»Tut mir leid, Stefan, ich hab total verschlafen«, übergehe ich sein Kompliment. Es ist mir unangenehm.

»Gib mir nur zwei Minuten«, sage ich und rausche davon, um mir was Frisches anzuziehen, mein Make-up in Ordnung zu bringen und das Nest auf meinem Kopf zu bändigen.

Wir sitzen schon im Auto, als Stefan mir erklärt, er hätte sich erlaubt, Mama in ein Privatpatientenzimmer umzulegen. Deshalb das Einzelbett und das hübsche Zimmer.

»Das wär aber wirklich nicht notwendig gewesen«, meine ich, obwohl ich heilfroh bin, dass Mama dank Stefan ihre Ruhe hat und sich nicht mit anderen ein Zimmer zu teilen braucht.

»Es war mir ein Anliegen. Ich fühlte mich schlecht, weil ich dir nichts von Evas Unfall erzählen durfte. Also überlegte ich, wie ich ihr helfen und dir eine Freude machen könnte.«

»Danke, das ist wirklich sehr großzügig.«

»Immer gerne. Also, morgen um elf Uhr, was?«

»Ja«, sage ich und beginne meine Finger zu kneten. »Morgen um elf.«

»Wenn du magst, fahre ich dich wieder.«

»Danke, aber das brauchst du nicht. Ich werde Mamas Auto nehmen, ich hab gesehen, dass es zu Hause steht. Außerdem ist mir das lieber. Ich hab schließlich keine Ahnung, wie lange die OP dauert und ob ich warten kann, bis sie aufwacht.«

»Meinst du nicht, dass es schlauer ist, wenn ich dich hinbringe? Ich meine, du wirst ziemlich aufgeregt sein und so …«

»Ich schaff das schon, keine Sorge.«

»Wie du meinst.«

Den Rest der Fahrt schweigen wir. Am Krankenhaus angekommen begleitet mich Stefan bis vor die Zimmertür, wo er mir erklärt, dass er Mama und mich alleine lassen wird, damit wir Zeit haben in Ruhe zu reden. Er bittet mich ihm eine SMS zu schicken, sobald ich fertig bin. Ich bedanke mich das geschätzt hundertste Mal an diesem Tag bei ihm und gehe hinein.

Der Raum liegt im Halbdunkel. Sogleich fällt mein Blick aufs Bett. Mama schläft und ihre Atemzüge sind so flach, dass ich kurz in Panik gerate. Als ich begreife, dass es ihr gut geht, nehme ich einen Stuhl aus der Ecke und setze mich zu ihr. Sie sieht so zerbrechlich aus, so hilflos. Gar nicht wie meine sonst so toughe Mama.

Einer Intuition folgend falte ich meine Hände im Schoß und beginne zu beten. Zu meiner Schande muss ich gestehen, dass meine letzten Jahre ausschließlich der Arbeit galten und für Glauben wenig Platz war. Das bereue ich jetzt und hoffe, dass es meine Engel und der liebe Gott trotzdem gut mit mir meinen.

Ich sinniere gerade, wie schnelllebig meine letzten Jahre waren und was dabei alles auf der Strecke geblieben ist, als Mama zu stöhnen beginnt. Sie kippt den Kopf von einer zur anderen Seite, seufzt und verzieht das Gesicht. Wieder stöhnt sie, kippt den Kopf zurück auf meine Seite. Sie sieht gequält aus.

»Mama.« Ich greife nach ihrer Hand, was sie erwachen lässt. Sie blinzelt einige Male.

»Mona, Schatz, du bist es. Wie schön …« Sie hebt die Hände an die Schläfen.

»Mama?« Langsam bekomme ich Angst. Wenn es einen Menschen auf der Welt gibt, der nicht wehleidig ist, dann ist das meine Mama.

»Es geht gleich wieder.«

Ich gebe ihr einen Moment. Verdammt, das müssen diese Kopfschmerzen sein, von denen Dr. McDorrell sprach.

»Geht's?«

»Mhm … Ahhh«

Okay, das reicht! Ich eile aus dem Raum und hole eine Schwester. Mama wird an einen Schmerztropf gehängt und ich sehe erleichtert zu, wie der verzerrte Ausdruck von ihren Zügen weicht.

Ein paar Minuten später ist sie zwar schmerzfrei, dafür aber schläfrig. Ich bleibe noch zehn Minuten, in denen wir mehr oder weniger schweigen, weil sie so erschöpft ist, und verabschiede mich dann. Der bleierne Umhang ist schwerer denn je, als ich ihre Zimmertür hinter mir zuziehe und Stefan eine SMS mit »Ich wär so weit« sende.

Er bittet mich in die Tiefgarage zu seinem Wagen zu kommen, wo er bereits auf mich wartet.

»Und, wie sieht's aus, möchtest du noch was unternehmen? Es ist gerade mal Viertel nach acht«, sagt er mit einem Blick auf die Digitaluhr im Cockpit.

»Eigentlich möchte ich lieber allein sein.« Stefans lockere Miene wird auf einmal ernst.

»Kommt nicht infrage, Mona. Weißt du, ich mag in unserer Beziehung einiges falsch gemacht haben, aber das jetzt, mach ich richtig. Ich lasse dich auf gar keinen Fall in dieser Situation alleine zu Hause Däumchen drehen, verstanden? Du kannst dir jetzt aussuchen, ob wir ins Kino, was essen, zu mir oder zu dir gehen. Deine Entscheidung.«

Ich ringe mit mir, weiß einfach nicht, ob es eine gute Idee ist, so viel Zeit mit Stefan zu verbringen. Schließlich, und in erster Linie weil ich weiß, dass er nicht locker lassen wird, gebe ich mich geschlagen. »Mi Casa es su casa«, sage ich und zaubere mit meinen Worten ein strahlendes Lächeln in sein Gesicht.

»Perfekt.« Schon brausen wir los und sitzen eine halbe Stunde später in meiner Küche am Esstisch. Ich will auf keinen Fall mit Stefan im Wohnzimmer sitzen. Das kommt mir einfach zu vertraut vor und ich will ihm keine falschen Hoffnungen machen. Ich habe uns eine Salami-Fertigpizza in den Ofen geschoben und die Flasche Rosé, die im Kühlschrank stand, geöffnet.

Der Abend verläuft erstaunlich unkompliziert und ist gemütlicher als ich dachte. Wir reden über unsere Schulzeit, ehemalige Lehrer und ihre Marotten und die fiese Hornbrille, die Sarah früher tragen musste. Es tut gut, mit Stefan zu reden. Wenigstens für kurze Zeit schafft er es, dass ich mich unbeschwert fühle. Diese Emotion weicht aber genauso schnell wie die Luft eines mit der Nadel gepickten Luftballons, als Trever anruft. Auf der Stelle habe ich ein schlechtes Gewissen. Dabei habe ich absolut nichts getan. Ehrlich. Ich habe sogar vermieden, Stefan länger als nötig in die Augen zu sehen.

Ich entschuldige mich bei meinem Gast, gehe in mein Schlafzimmer und nehme den Anruf an.

»Hi Kleines«, sagt er und wärmt mit diesen beiden Worten mein Herz stärker, als Stefan es mit einem Lexikon an Worten tun könnte.

»Hi«, sage ich und umklammere mit beiden Händen das Telefon, als könnte ich ihm so näher sein. »Wie geht es dir?«

»Gut. Da sind zwei ziemlich hartnäckige Polizisten, die davon überzeugt sind, dass das Feuer Brandstiftung war. Sie haben zwar nichts gesagt, aber es kommt mir so vor, als ob sie mich verdächtigen.«

»Ich verstehe das nicht, Trever, wie kommen die darauf, dass du deine eigene Firma anzünden würdest?«

»Tja, Tono Hoist ist gut versichert, wie alle meine Firmen. Dumm nur, dass genau der Teil abgebrannt ist, der renovierungsbedürftig ist.«

»Als ob du so etwas nötig hättest, so ein Blödsinn.«

»Tja, das denke ich mir auch. Na ja, das soll jetzt nicht unser Thema sein. Wie geht es deiner Mom und wie geht's dir?«

»Mama wird morgen operiert und ich bin furchtbar nervös deswegen.«

»Das verstehe ich. Kleines, es wird alles gut. Du wirst schon sehen. Ich wäre jetzt wirklich gern bei dir, um dir Kraft zu spenden.« Ich schließe die Augen und stelle mir vor, wie schön es wäre, mich von ihm in die Arme nehmen zu lassen.

»Ja«, sage ich versonnen, »das wär schön.«

»Was machst du heute noch?«, will er wissen.

Die Lippen aufeinandergepresst überlege ich, ob ich ihm sagen soll, dass Stefan bei mir ist. Was für eine Frage, natürlich sage ich es ihm, schließlich ist mir Offenheit wichtig.

»Na ja, also Stefan ist gerade bei mir zu Besuch. Er will mir Gesellschaft leisten, damit ich nicht den Abend alleine rumhocke und Trübsal blase.«

»Das war ja klar«, zischt er und schweigt dann.

»Trever?«, sage ich, als die Stille unangenehm wird. »Du brauchst dir keine zu Sorgen machen. Wir reden nur. Außerdem liebe ich dich.« WAS??!! Oh mein Gott, wie konnte mir das herausrutschen und dann noch am Telefon?! Ich klatsche mir die Hand auf den Mund und beiße darauf. Ich Idiotin! Es ist ja nicht so, dass es nicht stimmt, aber ich kann doch nicht …

»Ich liebe dich auch, Ramona. Über alles.« Meine Zähne geben meine Hand frei, woraufhin mein Arm herabfällt. Hat er das wirklich gerade gesagt? Ich spüre wie mir Freudentränen in die Augen steigen, bin ein emotionales Wrack.

»Ramona?«

»Ja?« Meine Stimme klingt heiser.

»Ich kann es kaum erwarten, dich wiederzusehen. Ich vermisse dich unsagbar.«

»Ich vermisse dich auch, Trever.«

»Wenn du zurück bist ... Moment, warte mal.« Ich höre, wie er im Hintergrund mir Maria spricht. Sie sagt, dass er Besuch hat. Wer das wohl sein mag? Rachel? Der Gedanke an die Blondine bringt mein Blut zum Kochen, aber nur kurz, dann entsinne ich mich wieder, was Trever eben zu mir gesagt hat. »Ich liebe dich, über alles.«

Ein Strahlen wandert über mein Gesicht, ich spüre tief in mir, dass sie tun kann, was sie will, aber Trever gehört mir. Sie hat keine Chance.

»Mona?«, wendet Trever sich wieder an mich.

»Ja?«

»Ich muss auflegen, ich ruf dich morgen noch mal an, okay?«

»Klar.«

»Ich liebe dich«, sagt er voller Inbrunst.

»Ich liebe dich auch.« Es tut gut, die Worte auszusprechen. Im Hintergrund höre ich Marias Stimme sagen, dass es dringend ist.

»Bis dann, Kleines.« Und schon ist die Leitung tot.

Ich drücke das Handy an mein Herz. Er liebt mich. Er liebt mich!

Beschwingt gehe ich zu Stefan zurück, der mich bereits erwartet.

»Gibt es Neuigkeiten vom Brand?« Oh, er hat also mitbekommen, dass es Trever war.

»Nein, noch nicht.«

Weil ich unsere gute Stimmung von vorhin noch etwas auskosten möchte, fahre bei unserem letzten Gesprächsthema, dem Moped, fort. »Weißt du noch dieses weinrote Moped, das ich hatte. Kaum zu glauben, dass mir das Teil damals nicht peinlich war. Allein dieses Knattern beim Fahren.«

»Ja, war ein hässliches Teil«, sagt er mit einem harten Zug um den Mund. Tja, das war's dann mit dem gemütlichen Abend. Ich wage einen zweiten Versuch und erinnere ihn an meinen ersten Discobesuch. Als er mir den Macarena-Tanz beibrachte und ich aus Versehen mit meinem Hinterteil einen Typen umgeschubst habe. Er antwortet mit einem Nicken, was mich einsehen lässt, dass es keinen Wert hat. Die Stimmung ist den Bach runter. Aus die Maus, wie Sarah sagen würde.

»Es wird Zeit für mich zu gehen. Gute Nacht, Mona«, sagt Stefan unvermittelt. Ich stehe auf, möchte ihn zur Tür begleiten, doch er winkt ab. »Nicht nötig, ich kenne den Weg.«

14.

Nach Stefans fluchtartigem Aufbruch habe ich mir mein Bettzeug geschnappt und mich auf die Couch im Wohnzimmer gelegt. Ich habe mir, in der Hoffnung Schlaf zu finden, die komplette erste Staffel von Mike und Molly reingezogen. Doch es half nichts. Keine Chance auf Schlaf. Dafür hatte ich reichlich Zeit über Mama und Trever nachzudenken. Um halb eins hab ich mir einen Schlaftee gekocht. Umsonst. Um zwei eine heiße Milch mit Honig. Nutzlos. Von drei bis vier bin ich ruhelos in der Wohnung auf und ab gelaufen und musste feststellen, dass schlechte Gedanken wie eine Seuche sind. Kaum ist so ein schlechter Gedanke da, verbreitet er sich wie ein Virus, verpestet alle positiven und lässt dich in einem Zustand der Hilflosigkeit zurück. Kurz vor fünf habe ich mich mit rasenden Kopfschmerzen wieder hingelegt. Hab mir irgendeine Talkshow angesehen, von der ich keine Ahnung habe, worum es eigentlich ging, weil ich den Ton aus hatte. Wann ich schlussendlich eingeschlafen bin, weiß ich nicht. Ich weiß nur, dass mich der Handywecker eben aus einem Albtraum aus Feuer, Ärzten und einem Mörder, der Stefan zum Verwechseln ähnlich sah, riss.

Jetzt sitze ich auf der Couch und reibe meine Schläfen. Wie kann man um acht Uhr morgens nur schon solch rasende Kopfschmerzen haben? Ich fühle mich hundeelend, ich meine sogar Fieber zu haben, doch das ist bestimmt nur der Schlafmangel. Ich dusche mich, schlüpfe in Jeans und Kapuzenpulli und lasse mir eine Tasse Kaffee einlaufen. Ich brauche eine halbe Ewigkeit, bis ich meine Sachen zusammengetragen habe.

Weil ich viel zu zittrig bin, um das Auto zu nehmen, fahre ich mit Zug und Bus ins Krankenhaus. Am Kiosk entdeckte ich einen niedlichen »Alles-Gute-Teddy« und entscheide mich kurzerhand, ihn für Mama zu kaufen.

Als ich auf ihr Zimmer komme, ist es leer und mein Herz sinkt mir in die Magengrube. Ich eile zu den Schwestern, will wissen, was passiert ist, und bekomme erklärt, dass ein früherer Termin frei und Mama reingeschoben wurde. Jetzt fühle ich mich noch schrecklicher als ohnehin schon.

Ich hätte eher hier sein sollen. Jetzt kann ich ihr nicht mal mehr alles Gute wünschen. ... Was, wenn das meine letzte Chance war? Wenn ich ihr nicht einmal mehr Lebwohl sagen kann? Galle steigt mir in den Mund.

Ich beginne im Flur auf und ab zu gehen, erst langsam, doch mit den zunehmend schlechten Gedanken immer schneller. Schließlich fordert mich eine Schwester auf, im Krankenhauscafé oder dem Park auszuharren. Ich gebe ihr die Nummer meines alten Firmenhandys und sie verspricht mich anzurufen, wenn es Neuigkeiten gibt.

Auf ihren Rat hin gehe ich nach draußen, um frische Luft zu schnappen. Ich laufe die Straße hinunter, will eine Runde drehen, entscheide mich aber bald schon wieder zurückzugehen. Hier in Vorarlberg herrschen andere Temperaturen als im sonnenverwöhnten Phoenix. Hier ist der Himmel voller Wolken, rattengrau und es sind keine zehn Grad. Weil mir schlichtweg zu kalt ist, beschließe ich im Café zu warten. Obwohl ich nicht glaube, etwas herunterzubringen, bestelle ich einen Cappuccino und ein Croissant. Ich hole mein Handy heraus und schaue zum tausendsten Mal nach, ob ich einen Anruf oder eine Nachricht verpasst habe.

Nichts. Um mich abzulenken, schlage ich eines der Schmierblätter, die ich heute Morgen zusammen mit Mamas Teddy am Kiosk gekauft habe, auf und blättere darin. Langweilig, langweilig und noch mal langweilig. Ich versuche das Rätsel zu lösen, bin aber zu ungeduldig. Ich lasse den Blick über die Gäste des Cafés wandern. Ein untersetzter Herr, der einen Donut isst, ein verwöhntes Mädchen, das ihrer Mutter mit der Bitte, endlich irgendwelche Süßigkeiten rauszurücken, den letzten Nerv raubt, und dann sitzt da noch eine Frau, die auf ihrem Handy herumtippt. Sie ist schwanger. Ihr kugelrunder Bauch passt kaum hinter die Tischplatte. Als mich die Leute langweilen, werfe ich wieder einen Blick auf die Handys. Keine Anrufe – welche Überraschung. Ich schlage erneut die Zeitung auf. Diesmal versuche ich das Sudoku zu lösen. Die ersten Zahlen sind einfach, doch bald fehlt mir die nötige Konzentration und ich trommle grübelnd mit dem Stift auf der Tischplatte.

»Dir ist klar, dass Gewalt keine Lösung ist, oder?«, sagt eine vertraute Stimme. Ich hebe den Kopf und sehe Stefan vor mir stehen.

»Hi«, sage ich, überrascht ihn zu sehen.

»Ist hier noch Platz?« Er deutet auf den Stuhl mir gegenüber.

»Sicher.«

»Gibt es schon Neuigkeiten?«, fragt er.

»Nein.« Zur Verdeutlichung ziehe ich das alte Firmenhandy raus und zeige es ihm.

»Verstehe. Na ja, es ist ja auch erst zwölf Uhr, die werden schon noch ein Weilchen brauchen.«

»Sie haben eher angefangen, weil ein Termin frei wurde. Als ich um kurz nach neun kam, war sie schon weg.«

»Oh, okay. Na ja, also wenn wir Glück haben, sind sie dann ja bald fertig«, sagt er aufmunternd.

Doch das sind sie nicht. Um 13:00 Uhr überredet mich Stefan das Croissant zu essen, das vor mir auf dem Teller vor sich hin trocknet. Um 14:00 Uhr überredet er mich zu einem Handyratespiel, um die Zeit totzuschlagen. Es ist noch nicht drei, als ich fürchte durchzudrehen. Ich springe vom Stuhl.

»Ich muss hier raus«, keuche ich. Meine Wangen sind heiß, als hätte ich 40 Grad Fieber und die Haut an meinen Armen juckt so heftig, dass ich mich am liebsten wund kratzen würde. Ich stürme nach draußen und Stefan folgt mir.

Wie ein Fisch an Land schnappe ich nach Luft. Die Leute um mich herum starren mich an, doch es ist mir egal. Zwei starke Arme umfangen mich und drücken mich an eine Brust. Stefan. »Ganz ruhig«, sagt er, »ganz ruhig. Versuch langsam durch die Nase einzuatmen.« Verkrampft atme ich durch die Nase ein. Die kühle Herbstluft brennt in meinen Lungen. »Sehr gut«, lobt Stefan, »und jetzt atmest du den ganzen Stress durch den Mund aus.« Ich stoße den Atem aus und stelle mir vor, alle Angst und Wut aus mir herauszublasen. Es hilft. Ich wiederhole Stefans Atemtechnik so lange, bis ich komplett ruhig bin. Das Läuten meines Handys schreckt mich auf. Mit fliegenden Fingern ziehe ich das Gerät aus meiner Handtasche.

»Hallo?«

»Frau Stein, hier spricht Anna Peters aus der Neurologie.«

»Wie geht es meiner Mutter?«, platze ich heraus.

»Sie liegt jetzt im Aufwachraum. Mehr kann ich Ihnen nicht sagen, aber wenn Sie gerade Zeit haben, Dr. McDorrell würde Sie über den Verlauf der OP informieren.«

»Haben Sie vielen Dank, ich bin sofort da.«

»Gut, dann werde ich dem Herrn Doktor sagen, dass er auf Sie warten soll.«

»Ja bitte, bis gleich.«

»Und?«, Stefan sieht mich hoffnungsvoll an.

»Mama ist fertig, man wird mich gleich informieren, wie die OP verlaufen ist.«

Als ich auf die Station komme, erwartet mich Dr. McDorrell bereits. Wir gehen in Mamas Zimmer, weil wir da ungestört sind. Ich spüre, wie sich schon wieder der Raum um mich verengt und meine Haut zu jucken beginnt. Also wende ich Stefans Atemtechnik an. Dr. McDorrell furcht die Stirn und bittet mich, mich auf einen der Besucherstühle zu setzen. Schwindlig, wie mir ist, halte ich es für eine gute Idee mich zu setzen.

»Wie geht es meiner Mutter?«

McDorrell schenkt mir ein fürsorgliches Lächeln.

»Den Umständen entsprechend gut.«

Ich atme erleichtert durch.

»Wir konnten den kompletten Tumor entfernen, ohne wichtiges Gewebe zu verletzen.«

»Das klingt ja großartig.« Am liebsten würde ich aufspringen und ihn umarmen.

»Frau Stein, die Operation ist gut verlaufen, aber wir sind noch nicht ganz fertig mit Ihrer Mutter. Als Nächstes gilt es den Befund der Biopsie abzuwarten, damit wir ausschließen können, dass der Tumor bösartig war.«

»Wie lange dauert das?«

»In der Regel ein bis drei Tage. Ich habe die Probe sofort eingeschickt. Mit etwas Glück haben wir den Befund morgen schon.«

»Und dann?«

»Nun, wenn wir davon ausgehen, dass die Wucherung gutartig war, darf ihre Mutter in sieben bis zehn Tagen nach Hause. Allerdings besteht die Gefahr postoperativer Anfälle. Daher werde ich ihr eine medikamentöse Therapie verordnen.«

»Das klingt fantastisch.« Irgendwo in meinem Herzen bin ich davon überzeugt, dass der Tumor gutartig war. Ich stehe auf, weil ich keine Sekunde länger sitzen kann. Ich habe Hummeln im Hintern und würde mir jetzt am liebsten McDorrell schnappen und mit ihm durch den Raum tanzen.

»Ich gebe Bescheid, sobald ich die Laborwerte habe«, sagt der Arzt. Auf seinen Zügen liegt ein zufriedener Ausdruck. Den hat er sich verdient, denke ich mir und schüttle ihm die Hand. »Tausend Dank, Doktor, für alles.«

»Sehr gern, Frau Stein. Oh, und wenn möglich sollte ihre Mutter in den nächsten Tagen keinen Stress haben. Schonen Sie sie.«

»Das werde ich«, verspreche ich.

Stefan wartet unten vor dem Café, wo er nervös den Flur auf und ab geht.

»Sie hat's geschafft«, juble ich und werfe mich ihm in die Arme. Ich bin so unsagbar erleichtert, dass es Mama gut geht, dass ich jetzt jemanden brauche, den ich drücken kann.

»Das sind ja großartige Nachrichten«, strahlt er, als ich von ihm ablasse.

»Ja, oder? Der Arzt meint, dass die Operation gut verlaufen ist. Jetzt wird noch die Gewebeprobe gecheckt, und wenn der Tumor gutartig war, braucht sie nur eine medikamentöse Therapie und darf in gut einer Woche nach Hause.« Als ich das sage, halt ich es nicht länger aus und hüpfe vor Freude.

Stefans Miene hellt sich angesichts meiner guten Laune auf.

»Das klingt wirklich gut.«

Dass er so erleichtert wirkt, tut mir gut. Es scheint, als läge ihm tatsächlich was an Mama. Na ja, für ihn ist sie ja aber auch keine Fremde, schließlich waren wir mal ein Paar und während dieser Zeit so manches Mal bei Mama und ihrem Exmann zu Besuch.

»Möchtest du hierbleiben und abwarten, bis sie wach ist?«, fragt er.

»Ja, unbedingt. Ich weiß, das kann noch ein bisschen dauern. Aber das ist mir egal. Ich will bei ihr sein.«

»Würde es dich stören, wenn ich dich in der Zeit alleine lasse? In der Firma ist einiges zu tun.«

»Oh, klar. Nein geh nur, ich komm hier schon zurecht.«

Vor lauter Sorge habe ich ganz verdrängt, dass Stefan eine Firma zu leiten hat und sich meinetwegen einfach freigenommen hatte. Das ist mir nicht recht.

»Ruf an, wenn ich dich abholen soll.«

»Das ist wirklich lieb von dir, Stefan, aber ich kann genauso gut ein Taxi nehmen. Du hast so viel um die Ohren …«

»Kommt nicht infrage«, fährt er mir dazwischen. »Ruf an, hörst du?«

Na toll, wenn ich jetzt Nein sage, ist er sauer.

»Na gut«, gebe ich mich geschlagen.

»Sehr schön, gib Bescheid, wenn du mich brauchst.« Ich will ihm gerade danken, als er die Lücke zwischen uns mit einem Schritt schließt und mir einen Kuss auf die Stirn drückt. Dann macht er auf dem Absatz kehrt, als wäre das, was er gerade getan hat, das Normalste auf der Welt, und lässt mich mit hochrotem Kopf stehen.

Okay, ich werde ihn definitiv NICHT anrufen, damit er mich abholt. Verdammt, ich war aber auch blind. Stefan ist nie so überfürsorglich, auch nicht wenn er ein schlechtes Gewissen hat. Wie ich ihn kenne, erhofft er sich, dass sich zwischen uns wieder was entwickelt. Wenn der wüsste, wie wichtig mir Trever ist. Stefan hat keine Chance. Ich beschließe mich die restliche Zeit, die mir in Vorarlberg bleibt, so rar wie möglich zu machen, und gehe in die Krankenhauskirche. Hier zünde ich für Mama und alle anderen, die hier liegen, eine Kerze an und setze mich. Mein letztes Gebet ist ewig her. Viel zu schnelllebig, viel zu erfolgsorientiert war mein Dasein. Jetzt, nachdem die OP so gut verlaufen ist, ist es mir ein echtes Anliegen, mich dafür zu bedanken. Ich bleibe eine ganze Weile, spüre, wie der Fels, der auf meiner Brust lastet, bröckelt und langsam weniger wird. Letztlich schaffe ich es, wieder frei durchzuatmen.

Als ich zu Ende gebetet habe, werfe ich eine großzügige Spende in den Opferstock und gehe nach draußen. Die Uhr auf meinem Handy verrät mir, dass es 17:30 Uhr ist, das bedeutet, dass es in Phoenix jetzt 6:30 Uhr morgens ist. Unsicher trete ich von einem Fuß auf den anderen. Mir ist bewusst, dass es reichlich früh ist, trotzdem versuche ich, Sarah zu erreichen. Das Handy klingelt einmal, zweimal, dreimal. Ich will gerade auflegen, da höre ich ihr verschlafenes »Hmm?«.

»Sorry, Süße, dass ich dich so früh wecke, aber ich dachte es interessiert dich, dass Mama die OP gut überstanden hat.«

Ich höre ein Rascheln und vermute, dass Sarah sich aufsetzt.

»Echt jetzt?«

»Ja, es ist alles gut gegangen. Jetzt checken sie noch, ob der Tumor gutartig war, und wenn das der Fall ist, hat sie es in ein paar Tagen geschafft.«

»Das sind ja großartige Neuigkeiten, Mona. Ich bin so froh, dass es Eva gut geht. Bitte richte ihr einen ganz lieben Gruß von mir aus, ja?«

»Mach ich.«

»Und wie geht es dir?«

»Gut, jetzt wo diese blöde OP überstanden ist. Aber ich mache mir Sorgen um Trever, gibt es schon was Neues?«

Und ich vermisse ihn schrecklich!

»Tut mir leid dich enttäuschen zu müssen, aber ich habe seit gestern nichts mehr von ihm gehört. Wenn du willst, rufe ich ihn an oder Mason …«

»Nein, nein. Lass gut sein. Er hat genug anderes um die Ohren. Er meldet sich bestimmt, wenn er Zeit hat.«

»Sicher?«

»Ja, sicher. Trotzdem danke.« Wie ich Sarah kenne, legt sie gerade die Stirn in Falten und zieht eine Schnute. Sie hasst es, wenn es mir schlecht geht, weil sie jedes Mal mitleidet.

»Okay«, sage ich, »ich muss jetzt wieder rein. Mal sehen, ob Mama schon wach ist.«

»Ist gut. Oh, und bitte melde dich, wenn die Ergebnisse da sind.«

»Mach ich, bis dann.«

»Bye.«

Als ich auf Mamas Zimmer komme, liegt sie bereits in ihrem Bett. Um den Kopf trägt sie einen turbanähnlichen Verband und ihr Arm ist an einen Tropf angeschlossen. Sie schläft, sieht dabei aus wie ein kleines Mädchen. Friedlich, aber auch verletzlich.

Auf Zehenspitzen hole ich mir einen Stuhl und setze mich zu ihr ans Bett. Ich beobachte ihre flachen, aber regelmäßigen Atemzüge. Tapfere Frau, lobe ich sie stumm. Jetzt hast du es geschafft, alles wird gut, ganz bestimmt. Ich überlege gerade, ihr die größte Packung Pralinen des Kiosks zu besorgen, als die Zimmertür aufgeht und eine Krankenschwester hereinkommt. Sie trägt ein Essenstablett, das sie auf dem Tisch in der Ecke abstellt. Sie verschwindet wieder und lässt mich mit dem Abendessen allein.

Es duftet nach Hühnerbrühe. Mein Magen knurrt, rebelliert, weil ich den ganzen Tag über nur ein Croissant gegessen habe. Ich ignoriere seinen Protest, in der Hoffnung, dass er aufgeben wird. Doch das tut er nicht, das Knurren wird lauter. Ich überlege mir, was vom Kiosk zu holen, befürchte aber, dass Mama genau in der Zeit aufwachen könnte, in der ich weg bin, und das will ich auf keinen Fall. Wenn ich jetzt was von Mamas Essen stibitze, könnte ich ihr nachher, wenn sie wach ist, was vom Kiosk holen. Etwas, das sie wirklich mag. Ja, mit dem Gedanken kann ich leben. Ich stehe auf, gehe zum Tablett und sehe nach, was sie bekommen hat. Zwei Scheiben Schwarzbrot, Streichkäse, etwas Wurst, ein Joghurt, einen O-Saft und eine Portion Hühnerbrühe. Ich überlege. Hmm, da Mama Huhn nicht ausstehen kann, nehme ich den die Brühe. Mir läuft das Wasser im Mund zusammen, als ich mir Teller und Löffel schnappe und mich auf die Tischkante setze. Keine Ahnung, was Mama gegen das Essen hier hat, ich finde, dass die Hühnerbrühe himmlisch schmeckt. Hunger ist der beste Koch, würde Sarah jetzt vermutlich sagen. Mir egal, ich lasse es mir schmecken.

Eine Stunde später schläft Mama immer noch. Ich habe mich inzwischen mit einer Zeitschrift auf den Stuhl zu ihr ans Bett gesetzt. Die Zeit vergeht zäh und ich werde mit jeder Minute müder. Jetzt rächt sich die mehr oder weniger schlaflose Nacht. Bald ist mein ganzer Körper schwer wie Blei. Weil ich immer wieder halb vom Stuhl rutsche, lehne ich mich vor auf Mamas Matratze.

Eine Weile widersetze ich mich dem Drang die Augen zu schließen und zu schlafen, doch irgendwann gebe ich auf.

Finger, die zärtlich durch mein Haar streichen, wecken mich. Draußen ist es hell, es ist also schon Morgen. Ich hebe den Kopf und sehe Mama. Sie sitzt mit ihrem Turbanverband in ihrem Bett und strahlt mich an.

»Hey«, sagt sie liebevoll. »Hast du etwa die ganze Nacht hier verbracht?« Ich richte mich auf und reibe mir den Schlaf aus den Augen. »Ja, ich wollte da sein, wenn du aufwachst.«

»Ach Mona, das hättest du doch nicht tun müssen. Jetzt bist du bestimmt ganz gerädert.« Und wie ich das bin. Mein linker Fuß ist eingeschlafen, mein Schädel brummt, als hätte ich die ganze Nacht getrunken, und mein Rücken fühlt sich an, als hätte mich ein Auto überfahren. Aber das werde ich ihr ganz bestimmt nicht sagen. »Alls bestens«, sage ich stattdessen. »Wie fühlst du dich?«

»Unverschämt gut«, grinst sie. »Die Kopfschmerzen sind weg.«

»Das freut mich.«

»Die Schwester war vorhin da und hat mich aufgeklärt, dass alles gut gegangen ist und sie den Tumor vollständig entfernen konnten.«

Mein Herz blüht auf wie eine der Sonne entgegenwachsende Blume, als ich auf Mamas Zügen ihre Erleichterung erkenne.

»Und wann kommt die Visite?«

»Im Normalfall im Laufe des Vormittags.«

»Okay, dann warte ich so lange.«

Tatsächlich kommen die Ärzte erst kurz vor Mittag. Mama und ich Frühstücken in der Zwischenzeit, reden über ihren Unfall, Phoenix, Sarah und Mason und natürlich Trever. Mama entgeht nicht, dass es mir dieser Mann schlimm angetan hat. Rachel nennt sie eine lästige Zecke, die sich mit aller Gewalt an Trever festzusaugen versucht, und den Brand in der Firma findet sie höchst seltsam. Leider habe ich noch immer keinen Anruf von Trever erhalten, dafür fünf von Stefan. Gestern Abend dreimal und heute früh zweimal. Er hat mir eine Nachricht auf der Mobilbox hinterlassen, dass er sich Sorgen macht und ich ihn bitte zurückrufen soll. Weil ich ein blödes Gefühl habe, wenn ich an ihn denke, schiebe ich den Anruf hinaus.

Als Dr. McDorrell um Viertel vor zwölf mit seiner Schar Assistenzärzte hereinkommt, springe ich nervös vom Stuhl. Er begrüßt Mama und mich und untersucht sie gründlich. Als er fertig ist, stellt er sich ans Bettende und wirft einen Blick auf ihre Unterlagen.

»Also, Frau Moser, der Befund Ihrer Biopsie ist da.«

Ich halte den Atem an. Bitte, bitte, bitte, lass den Tumor gutartig gewesen sein.

»Die Wucherung war gutartig.«

»Ja!«, platzt es aus mir heraus. »Entschuldigung.« Oh, wie peinlich.

»Nein, das ist schon in Ordnung, Frau Stein«, sagt McDorrell. »Sie haben in der Tat allen Grund zu jubeln, schließlich hatte ihre Mutter großes Glück. Der Tumor war zwar gutartig, aber er wuchs in solch einem Tempo, dass er in weniger als einem Monat inoperabel gewesen wäre. Hätte sie diesen Unfall nicht gehabt, wäre die Sache anders ausgegangen. Sie hatte sozusagen Glück im Unglück.« McDorrell lächelt meine Mama herzlich an und ich bin froh, dass sie so einen tollen und menschlichen Arzt hat.

»Vielen Dank, Dr. McDorrell.«

Nach der Visite ringe ich mich durch und rufe Stefan an. Ich erzähle ihm, wie gut es Mama geht und dass ich noch eine Weile bei ihr bleiben will. Dass ich vorhabe, mit dem Zug nach Hause zu fahren, sage ich ihm freilich nicht.

Weil ich ohnehin nach draußen musste, um mit Stefan zu telefonieren, besorge ich Mama eine riesige Schachtel Pralinen, ein paar Zeitschriften, Kekse und für uns beide eine Wurstsemmel mit Gürkchen. Schokoladesüchtig, wie sie ist, verputzt sie gleich ein paar Pralinen. Ich gebe ihr den Teddy, den ich gestern schon besorgt hatte und sie setzt ihn zu sich ins Bett. Wir lassen uns die Wurstsemmeln schmecken und quatschen noch eine Weile. Als ich merke, dass sie langsam müde wird, verabschiede ich mich von ihr. Ich laufe die 30 Minuten zum Bahnhof. Die Bewegung tut mir gut und ich kann mein Heimweh an der idyllischen Altstadt abstreifen. Auf der Fahrt nach Bregenz piept das Handy von Trever. Mein Herz hüpft vor Freude, als ich sehe, dass er mir eine Nachricht geschickt hat.

»Sorry, Kleines, dass ich keine Zeit hatte, dich anzurufen. Der Brand sorgt immer noch für Unruhe. Du sollst aber wissen, dass ich dich immerzu im Kopf habe. Ich vermisse dich. Die Tage ohne dich sind die reinste Qual. Ich liebe dich und kann es kaum erwarten, dich bald wieder an meiner Seite zu haben. Ich hoffe, deiner Mom geht's gut.«

Ich schließe die Augen. Was gäbe ich für fünf Minuten mit ihm! Ich würde ihn küssen, seinen himmlischen Duft einatmen, ihn fühlen, streicheln und dann würde ich mich wie so oft in seinen honigfarbenen Augen verlieren. Bevor ich in einem Morast aus Sehnsucht und Wehmut versinke, schreibe ich ihm eine Antwort.

»Mama geht's gut, die OP ist super verlaufen. Der Tumor konnte komplett entfernt werden. Die Untersuchung der Gewebeprobe hat ergeben, dass er gutartig war. Mama muss jetzt zwar noch irgendwelche Tabletten nehmen, um postoperative Anfälle zu vermeiden, aber sie hat es geschafft.«

Ich schicke ihm die Nachricht und verfasse direkt eine weitere.

»Und jetzt zu uns beiden :). Ich vermisse und liebe dich auch, sehr sogar. Es ist furchtbar, ohne dich einschlafen zu müssen. Da es Mama gut geht, werde ich versuchen für Freitag oder Samstag einen Flug zu bekommen. Dann habe ich noch etwas Zeit für sie und bin trotzdem pünktlich zur nächsten Arbeitswoche zurück.«

Trevers Antwort kommt keine fünf Minuten später.

> *»Hör sofort auf dir wegen der Arbeit Gedanken zu machen! Und wenn du ein Jahr nicht kommst, ist das kein Problem!*
>
> *Ich bin heilfroh, dass Eva alles gut überstanden hat. Ich werde den behandelnden Ärzten ein Dankeschön zukommen lassen.*
>
> *Und jetzt zu uns beiden :). Dein Flug geht am Freitag um 8:30 Uhr von München. Ich werde dich vom Flughafen abholen und nie, hörst du, NIE WIEDER gehen lassen.«*

Ich grinse wie ein Hohlkopf, als ich das *NIE WIEDER* lese. Jetzt kann ich es noch weniger erwarten, ihn wiederzusehen. Weil es mir schwerfällt, all die Gefühle, die er in mir entfacht, in Worte zu fassen, schicke ich ihm ein einfaches Herz-Symbol.

Daheim angekommen lege ich mich auf die Couch. Ich bin immer noch gerädert von der Nacht im Krankenhaus und schlafe prompt ein.

Zwei Stunden später klingelt es an der Tür. Ich bin mir ziemlich sicher, dass es Stefan ist, und überlege nicht aufzumachen. Aber das wäre nicht gerecht.

Er hat sich die ganzen Tage so gut um Mama und mich gekümmert, da wäre es unfair, ihn jetzt versauern zu lassen, nur weil mir sein Abschiedskuss gestern unangenehm war.

Ich will gerade aufstehen und ihn hereinlassen, da höre ich Schritte im Flur.

»Stefan?« Mein Herz klopft wie wild. Ich überlege, ob er noch einen Schlüssel hat. Gute Frage; Sarah sagte, dass sie ihm den nach dem letzten Streit abnehmen würde. Aber ich habe keine Ahnung, ob sie das auch wirklich gemacht hat. Stefans dunkler Schopf späht zum Türrahmen herein. »Da bist du ja«, sagt er.

»Verdammt, hast du eine Ahnung, wie du mich gerade erschreckt hast?«, schimpfe ich und werfe ein Kissen nach ihm. Er duckt sich darunter durch und hebt sich ergebend die Hände.

»Mann, ich hab mir Sorgen um dich gemacht. Ich komme gerade vom Krankenhaus, ich sagte doch, dass ich dich abholen würde.«

»Ich bin extra mit dem Zug gefahren, damit du meinetwegen nicht noch mehr Umstände hast.«

»Red nicht so einen Stuss, das sind keine Umstände. Und das weißt du.«

Er umrundet die Couch und setzt sich zu mir. Seine Nähe ist mir unangenehm. Ich rutsche eingehüllt in meine Decke von ihm weg und ziehe die Füße unter.

»Alles okay?« Er runzelt die Stirn.

»Klar, ich bin nur müde. Hab die Nacht an Mamas Bett geschlafen.«

»Das erklärt die Ringe unter deinen Augen.«

»Danke.«

»Hey, ich bin nur ehrlich.« Er grinst sein Ich-bin-so-unwiderstehlich-Grinsen. Genau dieses selbstbewusste Grinsen hat mir jahrelang den Kopf verdreht und mich wünschen lassen, dass er mich wieder Teil seines Lebens würde werden lassen. Mich zurücknähme, wieder wollte. Und heute muss ich mich zusammenreißen, dass ich ihn dafür nicht auslache. Er ist und bleibt ein Narzisst. Ich weiß, dass er das Herz am rechten Fleck hat, aber an erster Stelle wird immer er selbst kommen.

»Also, was hat Mylady heute noch vor?«

»Die Wohnung aufräumen. Ich will, dass alles blitzblank ist, wenn Mama zurückkommt.«

»Ach Quatsch, das kannst du doch am Wochenende erledigen. Lass uns heute ausgehen. Tanzen oder so.«

»Tanzen! Stefan, es ist Mittwoch.«

»Na gut, dann machen wir eben was anderes. Gehen ins Casino oder was Essen. Wir können uns auch einen Film im Kino ansehen.«

»Sorry, aber ich muss wirklich aufräumen. Vielleicht geht ja morgen noch was?«

»Was soll das heißen, vielleicht geht ja morgen noch was?«

»Ich fliege am Freitag zurück!«

»Was? Ist das dein Ernst?«

»Ja, Mama hat die OP gut überstanden, der Arzt sagt, es ist alles okay.«

»Das glaub ich jetzt nicht.«

»Stefan, ich kann nicht ewig hierbleiben, ich muss arbeiten.«

»Bullshit! Du willst doch nur zu ihm. Und dafür lässt du deine Mutter im Stich.«

»Das ist nicht fair.«

»Stimmt, das ist nicht fair von dir.« Er steht auf, wirft einen verächtlichen Blick auf mich. »Ich dachte, dir liegt mehr an ihr.« Das reicht! Ich schleudere die Decke zur Seite und springe auf.

»Du weißt ganz genau, dass mir Mama wichtiger ist als sonst was. Wie kannst du es wagen, so mit mir zu reden?«

»Wie kannst du so egoistisch sein? Die arme Frau.«

Ich verenge die Augen und trete näher an ihn heran.

»Hier geht es doch gar nicht um Mama. Du warst noch nie ein Fan von ihr. Und deine plötzliche Fürsorge hat nur einen Sinn: Nämlich an mich ranzukommen. So ist es doch, oder? Mama ist dir scheißegal. In Wirklichkeit scherst du dich einen Dreck um sie. Hier geht es einzig und allein um dich. Denn du willst nicht, dass ich wieder gehe.«

Stefan schnellt vor, packt mich am Kopf und küsst mich grob.

»Wss sll … lsss michh …« Ich stemme mich gegen ihn und befreie mich aus seinem Klammergriff. »Spinnst du jetzt total!?« Er atmet schwer und lässt mich, entgegen meiner Befürchtung, er könnte über mich herfallen, zufrieden, steht einfach nur da und sieht mich an.

»Auch wenn mir nichts an Eva liegt, ich will dich. Ich will dich zurück, Mona, und diesmal für immer. Verstehst du?«

»Nein, Stefan, du willst mich nicht. Nicht wirklich.«

»Nein, wie kannst du das sagen? ... Ich leide, verdammt, ich kann es nicht ertragen, dich in den Armen eines anderen zu wissen.«

»Wieder falsch, du kannst es nicht ertragen, dass du deine Chance vertan hast und ein anderer jetzt das Leben lebt, das du hättest haben können. Das ist alles. Trever ist nicht das Problem, du bist es, Stefan. Lass endlich los.«

Er packt mich an den Oberarmen. »Und wenn ich das nicht kann?«

Obwohl ich innerlich kurz davor bin, in Panik zu geraten, bleibe ich ruhig.

»Dann musst du es lernen.« Hoffentlich hört er nicht das Zittern in meiner Stimme.

»Stefan, wir hatten eine schöne Zeit, aber sie ist vorbei. Bitte versteh das.« Mein Herz rast, trotzdem gelingt es mir, mich in aller Ruhe aus seinem Griff zu befreien. »Ich bin dir wirklich dankbar für deine Hilfe, aber das mit uns ist ein für alle Mal vorbei.«

»Er wird dich fallen lassen wie eine heiße Kartoffel. Du bist nur ein Spielzeug für ihn, das ist dir doch klar, oder?« Über Stefans Züge huscht ein Schatten.

»Selbst wenn das so wäre, wär's immer noch mein Problem«, sage ich; immer noch vor Erwartung angespannt, weil ich keine Ahnung habe, was noch kommt.

Stefan nickt. »Er wird dich fallen lassen, und weißt du was, dann brauchst du aber nicht zu mir zurückzukommen. Denn das hier war gerade deine Chance und du hast sie vergeigt.«

Ich recke das Kinn.

»Viel Glück mit deinem Amerikaner.« Er wendet sich zum Gehen.

»Ach, Stefan?« Er verharrt, dreht sich aber nicht zu mir um. »Was noch?«

»Den Schlüssel, bitte. Den brauchst du jetzt ja nicht mehr.« Zähneknirschend fasst er in seine Jacke und bringt einen einzelnen Schlüssel zutage, den er auf den Wohnzimmertisch knallt.

Ich zucke zusammen, sage aber nichts. Er verlässt das Wohnzimmer und Sekunden später höre ich ihn die Wohnungstür mit voller Wucht ins Schloss knallen.

15.

Stefan ist schon fünf Minuten weg, doch mein Herz brennt immer noch vor Aufregung. Ich nehme den Schlüssel vom Tisch und befestige ihn an meinem Bund. Ich bin heilfroh, dass die Sache endlich geklärt ist. Es hat mir mal wieder bewiesen, wie einfältig ich bin. Da dachte ich doch wirklich, dass Stefan sich geändert hätte. Dass er ein besserer Mensch geworden sei. Er hatte sich so aufopfernd um alles gekümmert, so viel Zeit investiert. Ich schüttle den Kopf, nein, er wird sich nie ändern. Wenn er etwas will, kann er honigsüß sein, aber wehe, wenn es nicht nach seinem Kopf geht, dann mutiert er zum Oberarsch. Ich reibe meine Arme. An den Stellen, an denen er mich festgehalten hat, werde ich wohl blaue Flecken bekommen. Egal, Hauptsache ich bin ihn los.

Weil mich das Treffen mit Stefan so durcheinandergebracht hat, dass ich mich eine Stunde später noch zittrig fühle, lasse ich mir eine Wanne Badewasser ein.

Das warme Wasser löst meine verkrampften Muskeln und beruhigt mich. Das Aufräumen verschiebe ich auf morgen und fahre stattdessen mit dem Auto zu Mama ins Krankenhaus. Wenn mich Stefan auch nicht zurückgewinnen konnte, eines hat er geschafft: Mir ein schlechtes Gewissen zu machen.

Als ich mit einem Strauß Blumen vom Kiosk in Mamas Zimmer komme, fühle ich mich wie zerrissen. Einerseits möchte ich bei ihr bleiben, bis sie wieder topfit ist. Andererseits vermisse ich Trever und wünsche mir nichts sehnlicher, als bei ihm zu sein. Mama entgeht meine Stimmung nicht. Als ich ihr die Blumen gebe, will sie wissen, was los ist. Ich erzähle ihr von Stefan, auch dass er meinte, was für ein schlechter Mensch ich sei, weil ich am Freitag zurückfliege.

Wie erwartet lässt sie sich erst mal über Stefan aus. Dann kommt ans Licht, dass nicht er ihr Privatpatientenzimmer bezahlt, sondern Trever. In Bregenzer Krankenhaus, sagt Mama, habe sie ein ganz normales Zimmer gehabt, und als sie nach Feldkirch verlegt wurde, gab es ein ordentliches Durcheinander, weil ein Herr Sullivan aus Phoenix angerufen und eine stattliche Summe Geld überwiesen habe. Trever. Er bezahlt den kompletten Aufenthalt plus OP aus seiner Tasche. Die Tatsache, dass Stefan mich so dreist angelogen hat und Trevers Lorbeeren einheimsen wollte, macht mich rasend vor Wut. Doch Mama beruhigt mich, mehr noch, sie verlangt, dass ich ohne schlechtes Gewissen zurück nach Phoenix fliege. Sie freut sich riesig, dass es zwischen Trever und mir so gut läuft, und verspricht mir, mir verlässlich jeden Tag zu schreiben, damit ich mich nicht zu sorgen brauche. Jetzt, wo ich ihr das Ladekabel für ihr Handy gebracht habe, dürfte das auch klappen.

Weil ich jede einzelne Sekunde mit Mama ausnutzen will, bleibe ich bis spät in die Nacht.

Die Schwestern sind großzügig und erlauben es.

Gegen Mitternacht komme ich nach Hause. Weil ich Panik habe, dass Stefan noch einen Schlüssel haben könnte, sperre ich doppelt ab und lasse den Schlüssel stecken. Ich gönne mir eine Hawaiipizza aus dem Gefrierfach und ein Glas Rosé und setze mich vor den Fernseher. Leider läuft nichts Interessantes und so zappe ich mich gelangweilt durch die Kanäle.

Irgendwann wird es mir zu blöd und ich schalte die Glotze aus. Ich überlege in meinem Bett zu schlafen, verwerfe den Gedanken aber gleich wieder, weil ich mich so ganz ohne Mama und Sarah im Wohnzimmer am wohlsten fühle. In der Hoffnung, einen Anruf von Trever oder Sarah verpasst zu haben, nehme ich das neue Handy aus meiner Tasche. Keine entgangenen Anrufe, keine Benachrichtigungen. Schade. Ich öffne den Nachrichtenchat mit Trever und lese, was er mir zuletzt geschrieben hat. »Ich vermisse dich, ich liebe dich und ich werde dich nie wieder gehen lassen«, spreche ich laut aus. Ich lese die Nachrichten immer wieder und schlafe dann, das Handy an meine Brust gedrückt, ein.

Meinen Koffer in der Hand stehe ich vor dem Flughafen in Phoenix. Rund um mich laufen Leute wie aufgescheuchte Hühner durcheinander. Ich sehe mich um, warte darauf abgeholt zu werden. Eine nachtschwarze Limousine fährt vor, hält unmittelbar vor mir. Die rechte Hintertür wird geöffnet und Trever steigt aus. Meine Brust verkrampft sich vor Freude. Ich will auf ihn zustürmen und ihm in die Arme fallen, doch ich bin so aufgeregt ihn wiederzusehen, dass ich in regloser Starre an Ort und Stelle verharre.

Trever kommt lächelnd auf mich zu, bleibt einen Meter vor mir stehen und streckt mir die Hand entgegen. Als ich den Arm heben und sie ergreifen will, zieht mich etwas zurück. Ein bösartiges Lachen erklingt. Ich wende mich um und sehe Stefan, in der Hand eine Art Hundeleine. Er schwenkt den Zeigefinger. Er will mir wohl verbieten zu Trever zu gehen. Trever macht einen Schritt auf mich zu, doch ehe er nach mir greifen kann, zieht mich Stefan wieder ein Stück zurück. Ich fühle den Zug an meiner Hüfte. Ich sehe an mir hinab und erkenne ein übergroßes Hundehalsband, das um meine Taille liegt. Ich fasse den Karabiner und hake ihn aus. »Nein!«, kreischt Stefan hinter mir. Seine Silhouette beginnt sich in Rauch aufzulösen und mit ihr verschwinden auch Leine und Halsband. Ein eigentümlich leichtes Gefühl breitet sich in mir aus. Es ist, als hätte ich die ganze Zeit einen mit Steinen beladenen Rucksack getragen und ihn nun abgesetzt.

Ich wende mich Trever zu, stürze mich in seine Arme und küsse ihn. Sein unbeschreiblicher Duft zieht mir in die Nase und benebelt meine Sinne. Meine Knie geben nach, doch Trever ist schnell, er hebt mich auf seine Arme und trägt mich in die Limousine. Als er zu mir in den Wagen steigt und die Tür hinter sich zuzieht, überkommt mich eine unvermittelt aufkeimende Geilheit. Wie von Sinnen reiße ich mir die Kleider vom Leib, dann mache ich mich über die von Trever her. Er ist artig, sitzt still da und sieht mir zufrieden dabei zu, wie ich ihn Teil für Teil entblöße. Als ich ihm die Jeans von den Beinen ziehe, sehe ich die beträchtliche Beule in seiner Shorts. Er ist also genauso hungrig wie ich. Diese Tatsache lässt mich vor Verlangen zittern. Die Shorts ist im Handumdrehen verschwunden. Ich drücke ihn auf den Sitz und knie mich rittlings über ihn. Zentimeter für Zentimeter lasse ich mich auf ihn herab, führe mir sein bestes Stück ein und genieße ihn in mir. Als ich ihn komplett aufgenommen habe, seufze ich und beginne mich auf ihm zu bewegen. Es fühlt sich herrlich an. Gerade als ich mein Tempo erhöhen und richtig loslegen will, packt er mich an den Armen und hebt mich von sich herunter. Ich bin verwirrt, will ihn eben ausschimpfen, wie gemein er ist, als mich seine starken Hände an den Hüften packen und herumwirbeln. Jetzt liege ich mit dem Oberkörper auf der Lederbank. Mein Hintern ragt darüber hinaus und Trever entgegen, der sich sogleich darum kümmert. Er streichelt mit den Fingerkuppen über die Haut und versetzt mir einen Klaps. Beim ersten Mal erschrecke ich, doch das zweite und dritte Mal heiße ich seine sanften Hiebe willkommen. Der fünfte Klaps bleibt aus, denn anstelle seiner schiebt sich Trever in mich. Er füllt mich komplett aus, lässt mich vor Verlangen seinen Namen schreien. Drei, vier Mal stößt er kräftig zu, bevor er in einen verflucht heißen Rhythmus übergeht. Ich fühle wieder seine Hände an meinen Hüften. Er streichelt meine Pobacken, meinen unteren Rücken, und dann wandert eine seiner Hände nach vorn, fährt über meinen Bauch, meine Scham und findet meine Klit. Als Trevers Finger gekonnt um meine empfindlichste Stelle kreisen, stöhne ich hemmungslos auf und spüre, wie eine Hitzewelle über mich hinwegrollt. Mein ganzer Körper steht unter Hochspannung.

Ich grabe meine Fingernägel in die Lederbank, spüre, wie er mich unerbittlich dem Höhepunkt entgegen jagt. Und dann komme ich und erwache zugleich.

Ich schlage die Augen auf, es ist mitten in der Nacht. Meine Klit pulsiert, sendet die letzten Wellen des Orgasmus' durch meinen Körper. Ich bin durchgeschwitzt und außer Atem. Keuchend setze ich mich auf, streiche eine Haarsträhne, die mir in der Stirn klebt, aus dem Gesicht. Wow, das war toll! Eins ist sicher, wenn ich zurück in Phoenix bin, werde ich Trever nach allen Regeln der Kunst verführen. Ein Tag im Bett wird uns beiden guttun. Ehe die Sehnsucht nach ihm zu groß werden kann, lege ich mich wieder hin und versuche zu schlafen. Zwei Tage, sage ich mir in Gedanken. In zwei Tagen werde ich ihn wiedersehen.

Um acht Uhr klingelt der Handywecker. Der Sextraum hat mir in jeglicher Hinsicht gutgetan. Meine Stimmung ist so unbeschwert wie schon lange nicht mehr. Beschwingt stehe ich auf, lasse mir eine Tasse Kaffee einlaufen und mache mich an den Haushalt. Heute ist einer dieser Tage, wo mir einfach alles leicht von der Hand geht, und so bin ich bis 9:30 Uhr mit dem Putzen durch und um 10:30 habe ich sogar eingekauft und alles verstaut. Ich springe unter die Dusche und beeile mich zu Mama zu kommen.

Sie hat gerade ihr Mittagessen bekommen, als ich mit einer Ladung frischer Zeitschriften, einer riesen Tafel Erdbeerschokolade und Fruchtsaft in ihr Zimmer komme.

»Hey, du kommst heute aber spät«, klagt sie.

»Sorry, hatte noch ein bisschen was zu erledigen«, grinse

ich, verliere aber kein Wort übers Aufräumen oder Einkaufen. Das soll schließlich eine Überraschung sein.

Mama sieht heute um einiges besser aus als gestern. Ihre Wangen haben wieder etwas Farbe bekommen und ihre Lippen sind nicht mehr so ausgetrocknet. Generell wirkt sie erholt. Wir verbringen den ganzen Tag zusammen, spielen Karten, lassen es uns bei Kaffee und Torte im Krankenhauscafé gut gehen und quatschen über dies und das. Dr. McDorrell schaut am Nachmittag noch mal rein. Er erklärt, dass Mama in acht Tagen nach Hause darf, er sie aber zwei Mal wöchentlich besuchen wird, um nach ihr zu sehen. Ich bin mir sicher, dass Trever dahintersteckt, denn soweit ich weiß, machen Krankenhausärzte in der Regel keine Hausbesuche. Würde mich interessieren, was er McDorrell zukommen lässt, damit er sich so intensiv um Mama kümmert. Aber wenn ich ehrlich bin, ist es mir auch egal. Die Hauptsache ist, dass mit Mama alles okay ist und ich sie in guten Händen weiß. Ihr selbst ist das natürlich nicht recht, aber McDorrell geht auf ihren Widerspruch nicht ein. Stattdessen gibt er mir seine Handynummer und E-Mail-Adresse und meint, ich dürfe ihn jederzeit bei Fragen kontaktieren.

Zum Abendessen hole ich uns was vom Italiener. Mama eine Pizza Diavolo, keine Ahnung wie ihr Magen dieses scharfe Teil verträgt, und mir Spaghetti Bolognese, die ein Loch mit Sehnsucht nach Trever in meinem Bauch hinterlassen.

Wir sehen uns einen von Mamas Lieblingskrimis im Fernsehen an. Ich bleibe wieder bis spät am Abend.

Als die Zeit des Abschieds kommt, verkneife ich mir die Tränen, herze und küsse Mama und verspreche ihr zu schreiben, sowie ich in Phoenix angekommen bin. Im Gegenzug versichert sie mir, sich jeden Tag bei mir zu melden, damit ich mich nie wieder so zu sorgen brauche.

Im Auto, auf dem Weg nach Hause, lasse ich meinen Tränen dann freien Lauf. Doch es sind in erster Linie Tränen der Erleichterung. Mama geht's gut, sie hat die OP wirklich überstanden und morgen schon werde ich Trever wiedersehen. Daheim angekommen werfe ich den vermutlich tausendsten Blick auf das neue Handy. Ich weiß ja, dass Trever geschrieben hat, dass er mit dem Brand noch viel um die Ohren habe. Trotzdem hatte ich gehofft, dass er sich heute bei mir meldet. Weil ich ein komisches Bauchgefühl habe, rufe ich ihn an. Sein Handy ist ausgeschaltet. Seltsam, er ist sonst immer erreichbar. Ich versuche es bei Sarah, aber auch sie ist nicht zu erreichen. Na ja, überlege ich, bei uns ist es kurz vor Mitternacht, das heißt, dass es in Phoenix jetzt drei Uhr nachmittags ist, sie ist also gerade bei der Arbeit. Bestimmt ruft sie bald zurück. Um mich abzulenken, packe ich meine Sachen und richte alles für den morgigen Flug. Um halb zwei erwische ich mich, wie ich nervös den Flur auf und ab laufe. Warum hat sie noch nicht zurückgerufen? Ich versuche es erneut bei ihr, doch sie geht nicht ran. Jetzt könnte ich mich ohrfeigen, dass ich Masons Nummer noch nicht habe. Ich beschließe das schleunigst zu ändern, wenn mich Trever oder Sarah zurückrufen, und ziehe mir die Jacke über. Obwohl es mitten in der Nacht ist, spaziere ich zum See. Das Platschen des Wassers, das an die Steinmauer der Promenade schlägt, entspannt mich. Trotz Jacke ist mir schrecklich kalt. Ich glaube kaum, dass es mehr als zehn Grad sind. Die Fußgängerzone ist menschenleer, als ich am Wasser entlang in Richtung Seebühne spaziere. Wenn Trever wüsste, dass ich um diese Uhrzeit ganz allein am See spaziere, würde er vermutlich ausrasten und mir eine Million Gefahren aufzeigen. Aber ich fürchte mich nicht. Im Gegenteil, ich genieße die Stille und die kalte Nachtluft, die mich klare Gedanken fassen lässt.

Um drei Uhr bin ich zurück. Meine Finger sind steif gefroren und mein Gesicht prickelt vor Kälte. Nach einem letzten vergeblichen Blick auf meine Handys kuschle ich mich vor den Fernseher und bin Minuten später eingeschlafen.

Weil ich mit dem Zug nach München zum Flughafen muss, geht mein Wecker schon wenige Stunden später. Mein Körper fühlt sich an wie eine ausgepresste Zitrone. Ich stehe auf und mache mich im Schneckentempo fertig. Kurz bevor ich aufbrechen will, klingelt es an der Haustür. Unten steht ein Taxifahrer, der erklärt, dass er mich zum Flughafen bringen würde. Ich frage, wer ihn geschickt hat. und er antwortet: »Ein Herr Denver.« Mason also. Jetzt verstehe ich gar nichts mehr. Warum zahlt Mason mir das Taxi nach München? Ein unheilvolles Gefühl keimt in mir auf; eine Gänsehaut zieht mir über den Rücken. Weder Sarah noch Trever haben sich bei mir gemeldet. Irgendetwas stimmt doch da nicht.

Auf der Fahrt zum Flughafen schicke ich Sarah und Trever die gleiche SMS.

Ruf mich bitte zurück!

Mir ist bewusst, dass in Phoenix tiefe Nacht ist, aber das ist mir egal. Ich will wissen, was da los ist.

Der Taxameter verhält sich wie meine Nervosität, er steigt und steigt. Ob Mason weiß, was ihn der Spaß hier kostet?

Am Flughafen angekommen hole ich am Schalter mein Ticket. Erste Klasse. Typisch Trever. Der Flug dauert eine gefühlte Ewigkeit. Ich nicke zwar immer wieder weg, schaffe es aber nie länger als eine halbe Stunde zu schlafen. Als ich endlich in Phoenix ankomme, ist mir vor Aufregung ganz schlecht. Ich beeile mich, den Zoll und alles andere hinter mich zu bringen und eile nach draußen. Mein Blick hetzt über die Gesichter der Menschen. Kein Trever. Ich frage mich gerade, ob er mich vergessen hat, als seine nachtschwarze Limousine vorfährt. Mein Herz macht einen Satz vor Freude. Der Wagen hält vor dem Gehsteig. Endlich! Erleichtert darauf zueilend sehe ich, wie die Vordertür aufgeht und Toni aussteigt. »Hi«, rufe ich ihm entgegen, und weil ich es nicht erwarten kann, bis er um den Wagen gegangen ist, um mir die Tür zu öffnen, schnappe ich mir den Griff und reiße sie auf. Meine Enttäuschung lässt mich fast auf die Knie sinken, als ich sehe, dass die Rückbank leer ist.

»Frau Stein«, sagt Toni und bedeutet mir einzusteigen.

Ich sinke auf die Lederbank, warte, bis der Chauffeur die Tür hinter mir geschlossen hat und wieder hinter dem Steuer sitzt.

»Wo ist er, Toni?«, frage ich.

»Ich glaube, es ist besser, wenn Ihnen das Mr Denver erklärt.«

»Hat er Sie geschickt, Toni? War es Mason?«

»Ja, Mam.«

»Und wo sollen Sie mich jetzt hinbringen?«

»Zu Mr Denver.«

»Verstehe.« Von wegen, ich verstehe kein Wort. Aber ich weiß, dass es zwecklos ist, auf Toni einzureden. Er wird mir nichts sagen. Müde und gereizt, wie ich bin, möchte ich laut schreien und die Fäuste gegen die Scheibe donnert. Doch der Traum und Vorarlberg sind schon wieder beängstigend weit weg.

Toni kutschiert mich durch die Stadt zum Tresul Building.

»Ist er in seinem Büro?«, frage ich, als der Wagen zum Stehen kommt. Toni nickt. »Okay, danke!« Und schon hüpfe ich aus der Limousine und eile ins Gebäude. Mit dem Lift fahre ich in den achtzehnten Stock. Ich war noch nie hier oben. Die Sekretärin erwartet mich bereits und bringt mich zu Mason. Sein Büro ist ähnlich eingerichtet wie das von Trever. Moderne Gemälde an den Wänden, riesen Fensterfront mit Blick auf die Stadt, Glasschreibtisch und eine Sitzgarnitur in der Ecke.

»Mona«, begrüßt mich der Bruder meiner großen Liebe und erhebt sich. »Schön dich zu sehen. Wie war dein Flug?«

»Mason, was ist hier los?«, übergehe ich seine Höflichkeit.

Er seufzt. »Bitte, setz dich«, sagt er. Jetzt bin ich restlos davon überzeugt, dass etwas nicht stimmt. Horrorszenarien gehen mir durch den Kopf.

Angefangen von *Trever ist was zugestoßen, er hatte einen Unfall*, bis hin zu *Er will dich nicht mehr, er ist zurück zu Rachel*. Zittrig nehme ich auf dem Sessel vor Masons Tisch Platz.

»Also?«

Mason reibt sich mit der flachen Hand über die Stirn. »Trever ist im Gefängnis. Er wurde gestern Nachmittag verhaftet.«

16.

»Wie bitte?«, höre ich mich sagen, ehe ich realisiere, was Mason da gerade von sich gegeben hat. »Das ist nicht dein Ernst, oder?«

»Ich wünschte, es wäre so. Trever wurde wegen Brandstiftung und Versicherungsbetrugs verhaftet. Die Videos der Überwachungskameras wurden ausgewertet und Trever war als letzter vor Ort.«

»Was, aber wie soll das gehen? Ich meine, der Brand ist in der Nacht ausgebrochen, da war er bei mir. Mason, er kann es nicht gewesen sein, er war die ganze Nacht bei mir.«

»Na ja, das Feuer wurde auch nicht in der Nacht gelegt, sondern am frühen Abend. Und da war Trever in der Firma. Wie gesagt, er war der Letzte auf dem Gelände.«

»Das verstehe ich nicht. Er würde so was doch nie tun.«

»Tja, da sind Versicherung und Polizei anderer Meinung.«

Ich schlucke schwer. Versicherungsbetrug und Brandstiftung. Keine Ahnung, wie hoch die Strafe dafür in Amerika ist, aber bei uns kostet das ein paar Jahre. Trever, ein Versicherungspreller? Nein, der Gedanke will mir einfach nicht in den Kopf.

»Ich verstehe das nicht, Trever hat doch genug Geld. Er braucht die Versicherung nicht zu linken. Das ist doch unlogisch.«

»Logisch oder unlogisch, er war auf jeden Fall zur falschen Zeit am falschen Ort.«

»Und wie geht's jetzt weiter?«

»Unsere Anwälte arbeiten auf Hochtouren. Aber fürs Erste wird er hinter Gittern bleiben. Hoffen wir, dass die Presse keinen Wind davon kriegt. Das wäre Trevers Untergang. Ich sehe schon die Schlagzeilen. *Geiziger Unternehmer zündet eigene Firma an.*«

Ein Kloß von der gefühlten Größe einer Orange steckt in meiner Kehle. »Wo ist Sarah?«, würge ich hervor.

»Er wirft einen Blick auf die Uhr.«

»Inzwischen vermutlich zu Hause.«

»Warum, Mason, warum hat mir keiner Bescheid gesagt? Ich hab angerufen …«

»Wir mussten Trever versprechen, dass wir dich damit nicht belasten. Sarah hat sich deinetwegen mit ihm gestritten. Sie wollte dich unbedingt aufklären. Aber Trever hat so lange auf sie eingeredet, dass du mit Evas OP schon genug Sorgen hättest, dass sie sich breitschlagen ließ. Sei nicht sauer auf sie, hörst du? Sie saß wirklich in der Zwickmühle.« Keine Ahnung, ob ich auf Sarah sauer sein soll oder nicht. Im Moment fühle ich mich einfach nur wie betäubt.

»Ich will nach Hause«, murmle ich.

»Klar. Wenn du fünf Minuten warten kannst, fahre ich dich.«

Während Mason den Raum verlässt, um etwas mit seiner Sekretärin zu klären, starre ich aus dem Fenster. Ich stelle mir Trever vor, wie er im Gefängnis sitzt, für etwas, das er nicht getan hat. Ich bin mir so sicher, dass er es nicht wahr. Das alles ist so unlogisch, dass es fast schon schmerzt. Warum darf die Polizei ihn festnehmen, nur weil er der Letzte vor Ort war. Meine Benommenheit verwandelt sich in Wut. Warum, verdammt, warum? Ich knalle die Faust auf Masons Glastisch. Das ist doch verrückt! Warum reihen sich zurzeit in meinem Leben Katastrophe an Katastrophe? Ich stehe auf und gehe im Büro auf und ab. Wenn ich nur wüsste, was ich tun kann, aber mir will bei aller Liebe nichts einfallen.

»Alles okay?« Mason steht im Türrahmen und sieht mich besorgt an. In Gedanken versunken, wie ich bin, habe ich ihn nicht kommen hören.

»Nein, es ist nicht alles okay. Mason, wir müssen deinem Bruder doch irgendwie helfen können.«

»Ich fürchte, da sind wir machtlos.« Er zuckt mit den Schultern und holt aus einem in der Wand eingelassenen Schrank sein Jackett. »Komm«, sagt er, »ich bring dich nach Hause. Du hattest einen langen Flug.«

In unserer Penthousewohnung angekommen werden wir schon von Sarah erwartet. Sie fällt mir um den Hals und drückt mich an sich. »Mona, es tut mir leid.«

»Schon gut.« Ich hatte mir zwar vorgenommen ihr nicht böse zu sein, aber jetzt, wo sie so unmittelbar vor mir steht, möchte ich ihr die Augen auskratzen. Sie ist meine beste Freundin, verdammt! Sie hätte es mir sagen müssen.

»Alles okay mit dir?«

»Ja, ich will nur schlafen.« Damit löse ich mich aus ihrem Griff und gehe in mein Zimmer. Ich kann förmlich spüren, wie das schlechte Gewissen sie auffrisst. Gut so, das hat sie verdient.

Bei meiner abrupten Abreise nach Vorarlberg habe ich mein Zimmer als einzigen Saustall zurückgelassen. Doch jetzt ist es picobello aufgeräumt. Sogar die Laken sind frisch bezogen. Sarah. Na toll, jetzt hab ich ein schlechtes Gewissen, weil ich so kalt zu ihr war. Ich schlüpfe aus den Schuhen und werfe mich aufs Bett. In meinem Kopf tanzt alles. In der Hoffnung auf Ruhe schließe ich die Augen.

Ich habe keine Ahnung, ob ich weggedöst bin, als mich das Läuten der Haustürklingel die Augen aufschlagen lässt. Ich brauche kurz, stehe aber schließlich auf, um zu sehen, wer es ist. Im Flur treffe ich auf Sarah und zwei Polizeibeamte. Oh Gott, wollen sie mir meine Freundin jetzt auch noch nehmen? Meine Befürchtung stellt sich als unnötig heraus. Officer McTailor und Officer O'Hara sind meinetwegen hier. Sie befragen mich zur Tatnacht. Ich beschreibe ihnen alles bis ins kleinste Detail, sage auch, dass ich davon überzeugt bin, dass Trever unschuldig ist. Irgendwann kommt mir die Sache seltsam vor. Ich erkundige mich, ob es Ungereimtheiten gibt, doch die beiden meinen nur, dass das eine Routinemaßnahme sei. Kein Grund zur Hoffnung also.

Das Gespräch dauert keine zehn Minuten, und als die zwei weg sind, setze ich mich zu Sarah auf die Terrasse. Sie ist allein und auf meine Nachfrage erklärt sie, dass Mason sich um die Firma kümmern muss. Jetzt wo Trever fort ist, bleibt die ganze Arbeit, plus das Theater mit dem Brand, an ihm hängen. Sie tut mir leid, ich sehe ihr an, dass sie Mason vermisst und es auch für sie schwere Zeiten sind. Ich will ihr nicht länger böse sein, darum setze ich mich zu ihr und schmiege mich an sie. Sie schlingt die Arme um meinen Rücken und weint stumm. Ich fühle ihre Tränen auf mein Haar tropfen. Obwohl ich todunglücklich bin, weine ich nicht. Ich glaube, ich bin einfach zu müde dafür. Nach einer Weile ziehe ich mich in mein Zimmer zurück und lege mich, obwohl es erst 20:00 Uhr ist, schlafen. Übermüdet, wie ich bin, erwache ich erst am nächsten Morgen. Sarah schläft noch, als ich mich mit einer Schüssel Müsli auf die Terrasse setze. Die Sonne scheint heiß vom Himmel. Dieser rapide Temperaturwechsel ist nichts für mich. Gestern Morgen hatten wir in München noch neun Grad und heute, hier in Phoenix, gefühlte 25. Obwohl mir nicht nach Essen zumute ist, zwinge ich mich zu ein paar Happen, bevor ich ausgiebig duschen gehe. Ich verzichte komplett auf Schminke und schlüpfe in ein schwarzes Tanktop und eine Dreiviertel-Legin. Anschließend überlege ich, etwas im Haushalt zu machen, meine Unterlagen für den Montag zusammenzurichten oder Einkaufen zu gehen. Doch ich kann mich zu nichts motivieren. Schließlich gammle ich auf der Terrasse vor mich hin. Ich versuche ein Buch zu lesen, kann mich aber kaum auf einen Satz konzentrieren.

    Am Mittag kommt Mason. Leider gibt es weder von den Anwälten noch der Polizei Neuigkeiten.

Die Situation ist für uns alle bedrückend. Mason tut mir leid, er hat dunkle Schatten unter den Augen. Er tankt sich immer wieder mit einem Kuss von Sarah auf. Schön, dass sie ihm Kraft spenden kann. Ich wünschte, ich könnte dasselbe für Trever tun. Weil die zwei Hunger haben, beschließen Sarah und ich Schnitzel und Kartoffelsalat zu machen. Tollpatschig, wie ich bin, schaffe ich es, mir den Schnitzelklopfer auf die Finger zu schlagen, beim Zwiebelschälen in den Finger zu schneiden und eine Schüssel fallen zu lassen. Schließlich gebe ich auf, überlasse Sarah das Feld und gehe in mein Zimmer. Gerade als ich mich aufs Bett lege, surrt mein altes Firmenhandy. Mama hat mir eine Nachricht geschickt. Oh je, ich habe ganz vergessen ihr Bescheid zu geben, dass ich gut angekommen bin.

»Hallo Mona, ich hoffe, du bist gut angekommen?

Dr. McDorrell ist sehr zufrieden mit mir. Er meint, dass alle Werte im grünen Bereich sind und der Heilungsprozess besser nicht sein könnte. Leider gibt es auch schlechte Nachrichten. So wie es aussieht, darf ich mindestens das nächste halbe Jahr nicht fliegen. Dorrell sagt, das wär zu gefährlich. Na ja, dann muss die neue Arbeitsstelle bei Tresul Holdings eben noch ein wenig warten. Ich hoffe, das geht in Ordnung? Hab dich lieb, Mama.«

Ach herrje, an Mamas neue Stelle in der Firma hab ich gar nicht mehr gedacht. Ich kann mir nicht vorstellen, dass es ein

Problem ist, wenn sie ein paar Monate später anfängt. Das heißt, wenn die Stelle dann überhaupt noch zu haben ist. Letztlich hat sich Trever um alles gekümmert. Keine Ahnung, wer das macht, wenn er im Gefängnis ist. Trever ... ich kann und will nicht glauben, dass man ihn eingesperrt hat. Um Mama nicht zu beunruhigen, schicke ich ihr folgende Nachricht:

> *»Hi Mama, tut mir leid, dass ich mich erst jetzt melde. Ich war nach dem Flug so erschöpft, dass ich direkt eingeschlafen bin. Es freut mich, dass du so gute Fortschritte machst, und wegen deiner neuen Stelle mach dir mal keinen Kopf. Ich bin mir sicher, dass die auf dich wartet. Gesundheit geht vor! Hab dich ganz doll lieb, Mona.«*

Nach diesen Neuigkeiten gehe ich zurück in die Küche, um Sarah und Mason von Mamas SMS zu erzählen. Mason versichert mir, dass, ganz gleich was geschieht, in der Firma immer ein freier Platz für sie sein wird. Das beruhigt mich.

Beim gemeinsamen Mittagessen erzählt Sarah, dass die Mitarbeiter aus der Werbeabteilung keine Ahnung haben, dass ihr Chef verhaftet wurde. Das ist gut so, denn wenn außer uns niemand davon weiß, werden die unangenehmen Presseberichte ausbleiben. Zumindest fürs Erste. Sarah und Mason lassen sich die Schnitzel schmecken, aber ich stochere nur in meinem Essen herum. Mir ist nicht nach *Keine Sorge, das wird schon*, sondern ich lasse mich heute einfach hängen und suhle mich im Pessimismus.

Nach dem Essen kümmere ich mich um den Abwasch. Ich schaffe es einen von drei Tellern zu zerschlagen und zwei von vier Gläsern fallen zu lassen. Bevor unser Inventar noch weiter leidet, übernimmt Sarah und ich gehe in mein Zimmer. Eine Weile laufe ich einfach nur im Raum auf und ab, dann versuche ich zu schlafen – doch es klappt nicht. Ich springe ein zweites Mal unter die Dusche, versuche mir eine Fernsehsendung anzusehen und ein Kreuzworträtsel zu lösen, doch es gelingt mir einfach nicht, ruhiger zu werden. Irgendwann gehe ich auf die Terrasse und laufe wie ein eingesperrter Hund die hüfthohe Mauer mit den eingelassenen Glasscheiben ab. Ich bleibe stehen, lehne meine Stirn gegen die Scheibe und betrachte die Fußgänger auf dem Bürgersteig vor dem Nachbarhaus. Meine Fingernägel trommeln auf der Mauer. Was Trever wohl gerade macht? Ich stoße mich von der Wand ab, gehe auf die andere Seite und zähle die Mülltonnen im Hinterhof. Zwei, vier, fünf ... Scheißegal, wie viel Tonnen da stehen, wen interessiert's. Oh, es ist zum Aus der Haut Fahren, wenn man so hilflos ist! Wütend klatsche ich die Hand auf die Scheibe und fahre herum, um die Seite wieder zu wechseln.

»Das reicht«, sagt Mason in bestimmendem Ton. Er und Sarah sitzen mit einer Tasse Kaffee auf der Couch und sehen zu mir rüber. Auf Sarahs Zügen lese ich Mitleid, was mich noch wütender macht. Ich will kein Mitleid, ich will nur Gerechtigkeit. Es darf nicht sein, dass Trever für etwas bestraft wird, das er nicht getan hat.

Mason steht auf und kommt zu mir herüber.

»Es reicht jetzt, Mona. Ich werde dir nicht länger zusehen, wie du dich verrückt machst. Uns sind die Hände gebunden, sieh das ein.«

Ich stoße ein verächtliches Schnauben aus und verschränke die Arme.

»Ich habe Trever versprochen, auf dich achtzugeben.« Sein Tonfall hat von streng zu sanft gewechselt. »Bitte sei so gut und geh dich umziehen. Ich werde dich hier rausbringen, bevor dir die Decke auf den Kopf fällt. Abgesehen davon musst du was essen.«

»Ich hab keinen Hunger«, sage ich und höre selbst, dass ich wie ein kleines Kind klinge.

»Bitte, Mona, tu es für Trever.«

Ich schaue zu Sarah hinüber, sie nickt mir ermutigend zu.

»Na gut. Und wo willst du hin?«

»Lass dich überraschen.«

Eine Dreiviertelstunde später sitzen wir drei bei Mario. Weil mir nicht nach einem Kleid zumute war, trage ich Bluejeans und ein schlichtes schwarzes Shirt. Das muss reichen. Der Kellner kommt und Sarah und Mason geben ihre Bestellungen auf. Als ich mich mit der Ausrede, mir sie übel, winde, bestellt Sarah kurzerhand Spaghetti Bolognese und eine Coke für mich.

»Ein paar Happen schaffst du schon«, ermutigt sie mich. Ich ziehe eine Grimasse, doch Sarah fertigt die Geste nur mit einem Augenrollen ab. Bis die Gerichte kommen, sprechen wir über das Wetter in Vorarlberg. Wie kalt es war, und dass ich trotz allem einen Nachtspaziergang gemacht habe.

Das bringt Mason auf die Palme und er erteilt mir eine Rüge, wie gefährlich so ein nächtlicher Ausflug für eine Frau ohne Begleitung sein kann. Na toll, ich bin mir sicher, dass er Trever davon erzählen wird. Um endlich Ruhe zu haben, wechsle ich das Thema zu den Phoenix Suns, das ist Masons und Trevers Lieblings-Basketballmannschaft. Als wir letzte Woche zusammen beim Paintball waren, habe ich gehört, dass Mason für sie zwei Karten besorgt hat. Sarah begreift, was ich vorhabe, und steigt auf das Thema ein. Mason meint, dass er und sein Bruder früher viel Basketball gespielt hätten, was ich mir lebhaft vorstellen kann. Mit ihrer stattlichen Größe hatten sie die besten Voraussetzungen. Sie waren wohl ziemlich gut; ihre Mannschaft schaffte es bis ins Südliga-Finale. Leider brach sich Trever beim Meisterschaftsspiel den Knöchel beim Dunken. Er fiel eine volle Saison aus, dann kam die neue Firma und vorbei war die Zeit des Basketballs.

Der Kellner kommt und bringt eine Pizza Hawaii für Sarah, eine Pilzcalzone für Mason und meine Spaghetti. Die Stimmung am Tisch ist inzwischen gelassen. Auf Masons Basketballstory folgen Sarahs Ballett-Karriere, die im Alter von 14 Jahren endete, und meine Leidenschaft fürs Schießen, die ich meinem Papa zu verdanken habe. Wir lachen laut auf, als wir uns an das Paintballmatch zwischen Sarah und Mason sowie Trever und mir erinnern. Sarah hat eine der Geleekugeln mitten auf den ungeschützten Hintern bekommen. Mason hat sie dafür lauthals ausgelacht. Dumm nur, dass er kurz darauf von mir an genau derselben Stelle eine raufgeballert bekam. Die blauen Farbflecken auf ihrem Hintern waren wirklich komisch, aber der Brüller war, dass Mason sich den restlichen Tag wie ein kleines Mädchen anstellte und ständig jammerte, während Sarah keinen Mucks von sich gab. Wir haben ihn tagelang damit aufgezogen und auch jetzt necken wir ihn damit.

Unser Gespräch sorgt dafür, mich meine Sorgen vergessen zu lassen. Nun merke ich auch, dass ich tierischen Hunger habe, und verputze meine Spaghetti. Mein Teller ist als Erster leer. Mason und Sarah ist die Freude über meinen Hunger geradezu an ihren Gesichtern abzulesen. Geschickt hält meine Freundin das Gespräch am Leben, indem sie von ihrem ersten Tag im Ballettunterricht berichtet. Während sie erzählt, fällt mein Blick auf ein älteres Ehepaar, das hinter ihr sitzt und sich einen Kuchen schmecken lässt. Da kommt mir spontan Sarahs erster Backversuch in den Sinn und ich erzähle Mason davon. Wie toll der Schokoladenkuchen aussah. Hübsch verziert und hoch wie eine Torte. Oh Mann, ja, diesen Kuchen werde ich nie wieder vergessen. Hirschhornsalz, habe ich gelernt, sollte, wenn überhaupt, in ganz kleinen Mengen verwendet werden. Es sei denn, man steht auf eine alles übertönende Moschusnote. So würde ich zumindest den Geschmack definieren. Es schüttelt mich, wenn ich an den Kuchen zurückdenke. Ich nehme einen Schluck von meiner Cola, weil sich meine Zunge plötzlich deutlich an dieses Backdesaster erinnert. Bähh! Sarah beteuert, dass der Kuchen essbar war und sie das Backen heute besser drauf hat. Nach Sarahs Kuchenstory besteht Mason auf einen Nachtisch. Sein Wunsch lässt Sarah und mich auflachen.

Während Mason einen Schokoladenkuchen bestellt, entscheidet sich Sarah für ein Tiramisu und ich bestelle mir einen Cappuccino. Mehr will ich meinem Magen nicht zumuten. Dafür habe ich in den letzten Tagen zu wenig gegessen. Der Cappuccino war eine gute Wahl, stelle ich fest, als man ihn bringt. Die Spaghetti müssen sich gesetzt haben, denn ich bin auf einmal randvoll. Ich nehme ein, zwei Schlucke und greife nach meiner Handtasche, doch sie hängt nicht über der Stuhllehne. Da fällt mir ein, dass ich sie im Auto vergessen habe.

»Mason, gibst du mir bitte deine Autoschlüssel, ich habe meine Handtasche liegen lassen.«

»Die brauchst du nicht«, sagte er und stopft sich ein Stück Kuchen in den Mund.

»Wie bitte?«, sage ich und strecke die Hand nach ihm aus.

»Kommt nicht infrage, das hier …« Er vollführt eine Kreisbewegung, die den Tisch markiert. »… übernehme ich.«

»Komm schon«, bleibe ich hart. »Jetzt bin ich mal dran, euch einzuladen. Sieh es als kleines Dankeschön an dich und Sarah. Ihr wart in letzter Zeit so viel für mich da, da ist eine Einladung zum Essen schon lange überfällig.«

»Ach was, das tun wir gern. Und das schließt die Rechnung ein.«

»Mason.« Meine Hand ragt immer noch über die Tischplatte. »Bitte.«

»Ach, na gut. Aber das ist eine Ausnahme, hörst du? So was mag ich gar nicht.« Er angelt den Schlüssel aus seiner Hosentasche und reicht ihn mir.

»Danke, bin gleich zurück«, grinse ich und stehe auf.

Masons Hummer steht hinter dem Lokal, der Parkplatz ist gut beleuchtet, aber verlassen. Da es erst 21:00 Uhr und noch nicht wirklich zwielichtig ist, fühle ich mich nicht unwohl. Ich entriegle das Auto und klettere auf den Rücksitz. Meine Tasche ist unter den Beifahrersitz gerutscht. Darum habe ich sie vermutlich vergessen. Ich schnappe sie mir und checke aus Gewohnheit meine Handys. Auf dem alten ist weder ein Anruf noch eine Nachricht eingegangen. Auf dem neuen von Trever erkenne ich das Briefsymbol. Ich öffne die Nachricht und sehe, dass sie von Sarah kommt. Sie schreibt:

Du Fiesling, wie konntest du Mason nur von meiner Horrortorte erzählen? Na warte, dafür räche ich mich und erzähle Trever von deinem Pumuckeldesaster! :P

Ich lache schallend auf. Das Pumuckeldesaster ist schon Jahre her. Als ich 15 Jahre alt war, wollte ich meine Haare blondieren. Rebekka Hirt war damals der Männerschwarm in unserer Klasse. Unter anderem wegen ihrer schillernden Goldmähne. Na ja, lange Rede, kurzer Sinn, ich wollte auch blonde Haare, hatte kein Geld ums beim Friseur machen zu lassen und hab mir die Haare selbst gefärbt. Resultat – pumuckelorangefarbene Haare. Damals war mir die Sache schrecklich peinlich, heute ist mir das so was von egal. Darum schnappe ich mir das Handy und stelle die Videokamera auf *Aufnahme*. Ich richte sie auf mein Gesicht, schneide eine Grimasse und sage: »Mir doch egal.«

Ich strecke ihr gerade zur Krönung die Zunge raus, als jemand hinter mir meinen Namen sagt und mich dadurch zusammenfahren lässt. Abrupt drehe ich mich um und sehe Rachel. Was will die denn jetzt? Ich lege die Tasche auf den Sitz, werfe das Handy darauf und steige aus.

»Hallo Rachel«, sage ich emotionslos. Ich bin weder sonderlich genervt noch erfreut sie zu sehen. Sie ist mir ziemlich schnuppe, um genau zu sein.

»Wie war deine Reise nach Österreich?«

»Gut«, sage ich schlicht, frage mich aber, woher sie davon weiß. Trever muss ihr davon erzählt haben. Vermutlich hat er sich mal wieder um ihren Vater gekümmert und war bei ihr.

»Na, das freut mich aber zu hören«, sagt sie mit unverkennbarer Verlogenheit in der Stimme.

»Was willst du, Rachel?«

»Ich? Hmmm was könnte ich nur wollen?« Sie tritt nah an mich heran und grinst mir breit ins Gesicht. »Vielleicht dir sagen, dass du verloren hast?« Ihr Grinsen erlischt wie eine Kerzenflamme im Sturm.

17.

Fragend ziehe ich meine Brauen hoch. »Du bist hier, um mir zu sagen, dass ich verloren habe?«

»Ganz genau.«

»Was willst du mir damit sagen? Dass Trever zu dir zurückgekommen ist?« Ich stemme die Hände in die Hüften, weil ich mir das nicht vorstellen kann. Die Alte plustert sich nur auf.

»Nein, der Idiot ist dir ja mit Haut und Haaren verfallen.«

Ihre Worte lassen mich vor Freude strahlen. Damit hätte ich jetzt nicht gerechnet.

»Grins nicht so bescheuert«, blafft sie mich an. Ich tue ihre Worte mit einem Augenverdrehen ab.

»Okay, also, du hattest nichts mit Trever. Trotzdem behauptest du, dass du gewonnen hast?«

»War ja klar, dass dein Spatzenhirn nichts versteht. Ich rede vom Brand bei Tono Hoist.« Rachels Blick wird dunkler und jagt mir einen Schauer über den Rücken. Ich sage nichts, sehe sie nur abwartend an.

»Es war so einfach«, grinst sie herablassend. »Was man mit einem guten Blow nicht alles erreichen kann.« Ihr Grinsen mündet in ein irres Kichern. Langsam macht mir die Tante Angst und eine schreckliche Vermutung flammt in mir auf.

»Was hast du getan?«, will ich wissen.

»Tja, was habe ich getan – was könnte ich bloß getan haben?« Der Blick ihrer grasgrünen Augen schweift über den Parkplatz. Als sie sicher ist, dass wir alleine sind, fährt sie fort. »Ich habe am besagten Brandabend für einen technischen Defekt bei Tono Hoist gesorgt. Und dann musste ich nur noch abwarten, bis sie Trever verhaften.«

Das gibt es doch nicht. Ich starre sie mit offenem Mund an.

»Willst du wissen, wie ich es gemacht hab?« Sie lacht wieder ihr irres Lachen. »Na klar willst du das wissen. Also zuerst hab ich Henry aus der Lagerhalle einen geblasen und den Armen so verwirrt, dass er nicht gemerkt hat, wie ich ihm seine Schlüsselkarte abgenommen habe. Der gute Henry ist schon seit Jahren in mich verschossen, es war ein Leichtes, ihn um den Finger zu wickeln und ihm die Karte abzunehmen. Aber egal, der arme Tropf ist reine Nebensache. Glücklicherweise arbeitet mein Vater schon so viele Jahre bei Tono Hoist, dass ich dort jeden Winkel und jede Kamera kenne. Ich habe mich gegen 19:00 Uhr, als niemand mehr dort war, reingestohlen und an der Eisenpresse in der Lagerhalle für einen Defekt gesorgt. Wieder sollte ich mich bei Dad bedanken. Er hat die Maschine jahrelang bedient und mir genau erklärt, auf was zu achten ist, damit sie nicht heiß läuft.«

Sie lächelt versonnen, vermutlich ist sie in Gedanken bei ihrem Papa in der Vergangenheit. Mann, ist die Frau krank.

»Wo war ich? Ach ja. Also, nach dem technischen Defekt habe ich Trever mit der dringenden Bitte, Dads restliche Sachen aus der Firma zu holen, zu Tono Hoist geschickt. Der Teil war der kniffligste, weil Dad ja kein Wort gesagt hatte und Trever ihn also nicht darauf ansprechen sollte. Dein blöder Trever hat es mir nicht leicht gemacht. Er wollte zu dir und meinte, Dads Unterlagen könne man sonst wann holen. Ich hab dann auf die Tränendrüse gedrückt. Das hat damals schon geholfen.« Selbstzufrieden winkt sie ab. »Indem ich Trever Dads Sachen holen lies, habe ich dafür gesorgt, dass er auf den Kameras zu sehen war. Jetzt musste ich mich nur noch kurz nachdem er da war hineinschleichen, die Maschine manipulieren und Dad die Treppe hinunterschubsen.«

»Du hast was?«

Sie zuckt unbeeindruckt mit den Schultern.

»Ich hab meinen Vater im Rollstuhl die Treppe hinuntergeschubst und ihm dann eingeredet, eines seiner Räder hätte sich im Teppich verkantet.« Mein Blick muss Bände sprechen, denn sie erklärt sich.

»Hey, was hätte ich denn tun sollen? Ich brauchte ein Alibi. Was, wenn dieser blöde Henry auf die Idee gekommen wäre, mir zu unterstellen, seine Karte geklaut zu haben. Nein, das war zu gefährlich, daher das Alibi. Ich bin auch ganz brav wie eine liebende Tochter bei Dad im Krankenhaus geblieben, wo mich alle haben sehen können.«

»Liebende Tochter, ja?«, würge ich hervor.

»Hey, ich bin eine liebende Tochter. Das war eben ein Notfall. Aber das tut jetzt nichts zur Sache.«

»Du hast dir also die Schlüsselkarte gestohlen ...«

»Erblasen«, fällt sie mir glucksend ins Wort.

»Erblasen«, korrigiere ich mich. »Dann hast du Trever in die Firma gelockt, einen technischen Defekt ausgelöst und deinen Vater für ein Alibi die Treppe runtergestürzt.«

Ich kann gar nicht glauben, dass ein einziger Mensch so krank sein kann. Diese Frau ist unberechenbar und ihr Verlangen nach Trever im wahrsten Sinne des Wortes gefährlich.

»Ganz genau; und dann hieß es nur noch abwarten, bis sie ihn schnappen. Dass die Lagerhalle überversichert war, wusste ich nicht, aber das hat dem Ganzen die Krone aufgesetzt. Versicherungsbetrug, weißt du, was in Phoenix die Strafe dafür ist?«

Ich schüttle den Kopf.

»Ich auch nicht, aber wir werden es sicher bald herausfinden, nicht wahr?«

Wieder dieses kranke Kichern. Rachels Geständnis liegt wie eine Bleiweste auf mir. Ich könnte kotzen, möchte sie schlagen, ihr die Augen auskratzen. Doch das darf ich nicht. Vermutlich ist sie aus genau diesem Grund hier: Für ihre nächste Falle, und diesmal bin ich dran. Ich habe verstanden, dass diese Frau schwer gestört ist, aber ich versteh trotzdem nicht, warum sie das alles gemacht hat. Warum ist es ihr so wichtig, dass Trever im Gefängnis sitzt? Hasst sie ihn denn so sehr?

»Warum?«

Mein Flüstern lässt ihr Kichern ersterben und sie kommt ganz nah an mich heran. Ich weiche zurück und pralle gegen das Auto, doch sie folgt mir und beugt sich zu mir. Ihre Nasenspitze berührt meine, als sie erklärt: »Wenn ich ihn nicht haben kann, dann soll ihn niemand haben.« Diesmal bleibt ihr Lachen aus. Ihre Miene verfinstert sich, als sie einen Schritt zurücktritt.

»Du sollst ebenso einsam sein wie ich. Du darfst ihn nicht haben, nicht du.« Als sie das sagt, begreife ich. Ich bin ihr Pendant. Ich sehe aus wie sie; nur ticke ich komplett anders. Mir sind weder Geld noch Macht oder Besitz wichtig. Und genau damit konnte ich Trevers Herz gewinnen. Jenes Herz, das sie mit ihrer selbstsüchtigen, kalten Art einst verloren hatte und nie wiedergewinnen konnte. Es muss schrecklich sein, so gnadenlos mit seinen Fehlern konfrontiert zu werden. Wobei ich mich ehrlich frage, ob diese Frau auch nur ansatzweise eine Ahnung von falsch und richtig hat.

»Damit wirst du nicht durchkommen«, sage ich und straffe die Schultern.

»Meinst du?«

»Ja, das meine ich. Ich werde zur Polizei gehen und ihnen alles sagen.«

Rachel schnalzt verächtlich mit der Zunge. »Ach, ich bitte dich, bist du denn wirklich so einfältig? Schon vergessen, dass ich ein Alibi habe? Und was meinst du, wem glauben die eher?

Einer braven amerikanischen Bürgerin, die sich um ihren kranken Dad kümmert, oder einer eifersüchtigen Fremden, die der Ex ein Verbrechen anhängen will? Sieht schlecht aus für dich, Schätzchen!«

Verdammter Mist! Dieses raffinierte Miststück. Wenn ich ihr nur eine verpassen dürfte. Nur eine einzige Gerade mitten ins Gesicht. Dieses Biest würde danach nicht mehr aufstehen. Versprochen. Angespannt wie ein Flitzebogen ringe ich mit mir, meine Finger von ihr zu lassen. Sie erkennt meinen Zorn und klatscht erfreut in die Hände.

»Tja, Kleines …« Sie spuckt das *Kleines* förmlich vor mir aus. Sie hat wohl mitbekommen, dass das Trevers Kosenamen für mich ist. »… ich wünschte, ich könnte sagen, dass es mir leid für dich tut, aber das wäre eine Lüge. Genieß die Zeit in Arizona, ohne Trever. Und hey, vielleicht lernst du ja daraus. Man sollte einer Amerikanerin nie den Mann ausspannen. Mach's gut, Schlampe.« Damit wirft sie mir eine Kusshand zu, macht auf dem Stöckel kehrt und geht davon.

Ich sehe ihr zähneknirschend nach. Als sie außer Sichtweite ist und das Klacken ihrer Pumps verstummt, wirble ich herum und schlage mit den Fäusten auf den Rücksitz ein.

»Dieses beschissene Miststück, verdammte Psychopatin!«, kreische ich und boxe den Sitz. Dabei kippt mein Handy um, das ich achtlos zusammen mit meiner Tasche auf den Sitz geschmissen hatte und das an der Seite der Tasche heruntergerutscht sein muss. Ich nehme das Gerät in die Hand und sehe, dass die Kamera noch immer läuft. Das gibt's nicht!

Ich speichere das Video und sehe es mir mit gedämpfter Lautstärke an. Irgendwie hab ich Panik, dass Rachel noch irgendwo hier herumlungern könnte. Das Video zeigt mich, wie ich für Sarah Grimassen schneide. Als Rachel auftaucht, verwirbelt das Bild und zeigt schließlich, weil ich das Handy auf die Tasche werfe, den Autohimmel. Der Ton ist jedoch weiterhin zu hören. Als ich beim Zurückweichen gegen das Auto stoße, rutscht das Telefon von der Tasche und zeigt unsere Köpfe. Ich bin nur halb zu sehen, weil der Rest von mir hinter der Türsäule verschwindet. Rachel hingegen ist voll im Bild. Das Handy hat eine erstaunlich gute Kamera, trotz diffusem Licht ist sie deutlich zu erkennen.

Wahnsinn! Ein verzückter Laut entweicht meiner Kehle. Ich klatsche mir die Hand vor den Mund. Leise verflixt, wer weiß, wo diese Verrückte steckt. Mit zittrigen Fingern sende ich das Video an Sarah, an Mason, dessen Nummer ich inzwischen habe, an Trever und schließlich als hundertprozentige Sicherheit an mein altes Handy.

Die Nachricht kommt gerade in meiner Tasche am alten Handy an, als Mason und Sarah um die Ecke gestürzt kommen. Als ich sie sehe, breche ich in Tränen aus und sacke in die Knie. Jetzt weiß ich, dass alles gut wird.

Zum ersten Mal, seit ich mit Trever zusammen bin, bin ich heilfroh, dass er so wohlhabend ist. Obwohl es inzwischen 23:00 Uhr ist, sind seine Anwälte aufmarschiert und haben dafür gesorgt, dass er noch in dieser Nacht freigelassen wird.

Mason, Sarah und ich stehen vor der Polizeizentrale in Phoenix. Officer O'Hara war sehr interessiert am Video und hat direkt eine Fahndung nach Rachel rausgegeben. Keine Ahnung, ob sie sie schon geschnappt haben. Soll mir auch egal sein, die Gute wandert für eine ganze Weile hinter schwedische Gardinen. Geschieht ihr recht!

Weil es zu regnen begonnen hat, warten wir in Masons Hummer. Mein Blick klebt förmlich an der riesigen Drehtür des Zentralgebäudes. Die Minuten verstreichen, schrauben meine Nervosität in schwindelerregende Höhe. Eine Polizistin verlässt das Gebäude, hinter ihr erscheinen zwei in Anzüge gekleidete Männer und dann sehe ich ihn, Trever. Meine Tür fliegt auf, noch ehe Mason und Sarah verstanden haben, was los ist. Ich renne durch den prasselnden Regen den Bürgersteig entlang. Trevers honigfarbene Augen erfassen mich sofort. Ich sehe, wie ein Ausdruck von Erleichterung über seine Züge huscht. Er drückt die Anzugträger vor ihm aus dem Weg und fängt mich gerade noch rechtzeitig auf.

»Mona …« Ehe Trever noch was sagen kann, stelle ich mich auf die Zehenspitzen und küsse ihn. Er erwidert den Kuss und ich fühle, wie sich sein verhärteter Kiefermuskel unter meinen Fingern entspannt. Wie habe ich das vermisst, wie habe ich ihn vermisst. Er schmeckt so gut, fühlt sich so gut an. Ich vergieße ein paar Tränen des Glücks, die sich mit dem Regen mischen und in dicken Tropfen über meine Wangen rollen. Ich könnte noch ewig hier stehen und Trever küssen, doch einer seiner Anwälte unterbricht uns.

»Mr Sullivan, wir sollten gehen.« Wir lassen unwillig voneinander ab. Trever wirft dem Anzugträger einen boshaften Blick zu. Gerade als er was sagen will, erkenne ich den Grund für das Drängen des Anwalts. Rachel, sie wird gerade in Handschellen aus einem Polizeiauto abgeführt. Ich erstarre. Erstens weil ich Angst vor dieser Irren hab, deren Pläne ich durchkreuzt habe, und zweitens weil ich keine Ahnung habe, wie Trever reagiert. Jetzt hat auch er sie gesehen. Sicherheitshalber lege ich meine Hände um seinen Arm.

»Trever, wie schön dich zu sehen«, sagt sie wie die Unschuld vom Lande. »Was wollen die nur von mir? Trever, du musst mir helfen. Die sagen, sie verhaften mich. Hörst du, mich?!«

Die Frau ist Angst einflößend krank. Keine Ahnung, ob sie mir leidtun oder ich sie hassen soll. Trevers Gefühle ihr gegenüber sind dagegen sonnenklar. Ich merke, wie sich sein Bizeps unter meinen Händen anspannt. Mit verächtlicher Miene betrachtet er seine Ex. Die jedoch scheint nicht zu kapieren, dass er längst alles weiß. Vermutlich hat ihr die Polizei noch nichts von meinem Video verraten.

»Mona«, säuselt Rachel, als Trever nicht reagiert. »Wir sind doch so etwas wie Schwestern. Du musst mir helfen.« Das ist zu viel, Trever reißt sich los und will eben auf Rachel zustürzen, als ihn zwei starke Hände an den Oberarmen packen und zurückziehen. Mason.

»Alles wird gut, Bruder. Ganz ruhig. Sie bekommt, was sie verdient.«

Trever wehrt sich, versucht sich aus Masons Griff zu befreien, doch Mason bleibt hart. Schließlich gibt Trever auf und Rachel, die völlig perplex wirkt, wird abgeführt.

Erst als sie im Gebäude verschwunden und außer Sichtweite ist, gibt Mason seinen Bruder frei. Er klopft ihm stolz auf die Schulter und sagt: »Gut dich wiederzuhaben, großer Bruder.«

Trever nickt und die beiden umarmen sich. »Kommt, ihr zwei«, sagt Mason und wendet sich dem Wagen zu, »verschwinden wir von hier.«

Eine halbe Stunde später haben wir die nassen Klamotten gegen trockene getauscht und sitzen auf der Wohnzimmercouch in unserer Penthousewohnung. Mason klärt Trever über die Renovierungsarbeiten bei Tono Hoist auf und Sarah schenkt uns allen eine Tasse Tee ein. Wir haben kaum die Hälfte getrunken, da klingelt Trevers Handy. Es ist Gibson, einer seiner Anwälte. Er meint, wir sollen den Fernseher auf MSNBS einschalten, und dass dort für Trever gute Neuigkeiten zu sehen wären.

Sarah schaltet den in die Wand eingelassenen Breitbildfernseher ein und zappt zum gewünschten Sender. Stumm schauen wir den Bericht an. Irgendwer hat mein Video der Presse zukommen lassen.

Die Nachrichtentante fasst die Aufnahmen zusammen und berichtet, dass die offensichtlich geistesgestörte und gefährliche Rachel Parker ihren Exfreund, den Inhaber des Tresul Holding Imperium, zu stürzen versuchte.

Jetzt hat die Presse also doch noch Wind von der Sache bekommen. Na ja, denke ich mir, wenigstens haben sie die richtige Täterin. Ich kann mir kaum vorstellen, dass jetzt noch ein schlechtes Licht auf Trever oder seine Firma fallen könnte. Das erleichtert mich. Und Rachel wird ihre gerechte Strafe bekommen. Ich glaube kaum, dass ihre Insassinnen es lustig finden, dass sie ihren an den Rollstuhl gefesselten Vater die Treppe hinuntergestürzt hat. Das wird sie so manche Tracht Prügel kosten. Wer mir wirklich leidtut, ist Tom; für ihn muss es am Schwersten sein. Laut Trever ist er ein guter Kerl und hat so eine Tochter nicht verdient. Leider können wir uns unsere Verwandtschaft nicht aussuchen. Vermutlich würde sonst so mancher tauschen.

Nach den News reden wir eine Weile über Rachel und ihre hirnverbrannte Tat, bevor Trever und ich noch schnell unter die Dusche springen.

Als wir uns endlich in mein Zimmer zurückziehen, kann ich es noch immer kaum glauben, Trever bei mir zu haben. Schweigend ziehen wir uns aus. Trever auf seiner, ich auf meiner Seite des Bettes. Unsere Blicke haften aneinander, was ein warmes Prickeln durch meinen Unterleib schickt. Nackt schlüpfen wir unter die Decke und kuscheln uns aneinander. Oh mein Gott, wie gut er riecht. Wie ich diesen einzigartigen Duft vermisst habe. Ich möchte ihn küssen, ihn in mir fühlen.

Doch als ich mich über ihn beuge, hält mich Trever zurück. Ich sehe ihn fragend an. Seine Miene verrät nichts. Sein Blick tastet über mein Gesicht, er fängt meinen ein und hält ihn fest.

»Ramona, ich liebe dich.« Seine Worte klingen so inbrünstig, dass es mir den Atem verschlägt und gleichzeitig sind sie Balsam für meine geschundene Seele.

»Ich liebe dich auch, Trever – über alles«, flüstere ich, senke meine Lippen auf seinen Mund und entfache ein Feuerwerk an Gefühlen in mir.

EPILOG

Angespannt auf den Startpfiff wartend stehe ich hinter der bunt gesprenkelten Tonne. Heute ist es genau ein Jahr her, dass Trever und ich uns zum ersten Mal in der Paintballhalle der Color Hunters duelliert haben. Seither ist viel geschehen. Die ersten Wochen hier in Phoenix hatten es in sich. Erst Mamas Unfall und die OP und dann Rachels Brandanschlag. Es war eine hektische Zeit, voller Sorgen und Ängste. Nach Rachels Verhaftung wurde es ruhiger. Trever und ich hatten endlich Zeit füreinander. Viel Zeit, und die nutzten wir für unsere unanständigen Liebesspiele, gemeinsame Hobbys wie Paintball und dann natürlich für Sarah und Mason. Wir vier sind ein richtig eingespieltes Team und machen praktisch alles zusammen. Inzwischen habe ich auch seine komplette Familie und Dana, Andy, Silvia und Art von seiner Jugendclique kennengelernt.

Stefan habe ich seit dem Abend in meiner Wohnung nicht mehr gesehen. Als Sarah und ich vor einem halben Jahr von Tresul Holding übernommen wurden, hatte er keinen Einwand. Vermutlich ist er längst über mich hinweg. Ich wünsche es ihm jedenfalls.

Ja, er kann ein selbstsüchtiger Arsch sein, dennoch möchte ich, dass es ihm gut geht und er glücklich ist. Auch wenn ich irgendwie die Einzige bin, die das so sieht. Trever kann ihn aufs Blut nicht ausstehen (gut, dass Mason inzwischen Tono Hoist leitet) und auch Mama lässt kein gutes Haar an ihm. Mama wird übrigens in wenigen Wochen zu uns ziehen. Ich freu mich so sehr! Sie wird in der Buchhaltung von Tono Hoist arbeiten. Ein gut bezahlter Halbtagsjob. Genau das Richtige für sie. Wohnen wird sie in unserer Penthousewohnung. Die ist inzwischen immer öfter verwaist, weil Sarah und ich bei Mason oder Trever schlafen. Dr McDorrell ist ein Schatz, er hat sich die ganze Zeit um Mama gekümmert. Ich glaub, die beiden sind sich richtig ans Herz gewachsen. Jedenfalls hat er ihr sogar beim Umzug geholfen.

Rihanas K reißt mich aus meinen Gedanken. Don hat die Anlage angeschaltet. Schon schrillt der Startpfiff. Ich hetze hinter der Tonne hervor und laufe in geduckter Haltung hinter eine Steinmauer. Wie bei unserem ersten Mal sind wir auch heute wieder ganz allein. Nur Trever und ich. Ein Blick, ob die Luft rein ist, und weiter geht's. Ich komme gut voran. Bald ist die Holzpyramide mit der Glocke darauf keine 50 Meter mehr entfernt. Ich bin furchtbar aufgeregt. Es ist schon eine Weile her, dass ich Trever das letzte Mal besiegt habe. Aber heute wird mein Tag, das fühle ich. Hoch motiviert spähe ich ums Eck, husche hinter die nächste Wand, eine Tonne und ein dick verklebtes Stahlgitter. Die Pyramide ist zum Greifen nah. Jetzt heißt es aufpassen. Eine von Trevers Leidenschaften ist es, mich im letzten Drittel abzufangen. Aber heute nicht! Das

Herz schlägt mir bis zum Hals, als ich auf die steile Holzwand der Pyramide zueile. Ich schnappe mir das Seil und klettere hoch. Komm schon, Mona, schneller!, sporne ich mich in Gedanken an. Hier oben bin ich schutzlos. Jetzt gilt es die Glocke zu läuten, ehe mich Trever entdeckt. Vor lauter Hetzen stolpere ich beinahe, als ich auf die blank polierte, bronzefarbene Glocke zueile, mir die Zugleine greife und kräftig daran ziehe. Ein dumpfer Gong erklingt, als der Klöppel gegen das Metall schlägt. Seltsam. Ich hebe den Metallkörper und linse darunter. Etwas Weißes hängt am Klöppel. Es ist ein Papier. Ich pule es herunter, entfalte es und lese die drei Worte, die darauf geschrieben stehen.

Dreh dich um.

Ich folge der Aufforderung und sehe ihn. Trever. Er trägt einen eleganten Anzug. Rund um ihn leuchten weiße Kerzen. Rosenblätter bilden einen Weg vom Fuße der Pyramide bis zu ihm. Ich nehme den Helm ab, kann nicht glauben, was ich da sehe. Trever bedeutet mir, zu ihm hinabzusteigen. Meine Knie sind weich, als ich mich am Seil die Pyramide hinunterlasse.

»Mona ...« Trever kommt den letzten Schritt auf mich zu und streckt mir die Hand entgegen. Ich ergreife sie, komme mir vor wie im Film.

»Ich bin so dankbar, dass du Teil meines Lebens bist. Obwohl wir erst ein Jahr zusammen sind, haben wir schon so viel erlebt. Sind zusammen durch dick und dünn gegangen. Waren stets füreinander da. Ich möchte nicht, dass sich das je ändert. Ich möchte mein Leben mit dir verbringen.

An deiner Seite lachen, weinen, hoffen, jubeln, an deiner Seite alt werden. Ramona Stein …« Meine rechte Hand festhaltend, sinkt Trever auf ein Knie. »… du bist die Liebe meines Lebens. Lass mich dich auf Händen tragen, für dich sorgen, dich beschützen und lieben, für jetzt und für alle Zeit. Ramona, willst du meine Frau werden?«

Jetzt ist es raus. Mein Herz verkrampft einen Wimpernschlag lang, bevor es ungestüm in meiner Brust tanzt. Das letzte Mal, als ich einen Heiratsantrag bekommen habe, ist alles kaputt gegangen. Stefan war nicht der Richtige, das wusste ich tief im Herzen. Doch Trever, er ist der Eine, der Mann, mit dem ich alt werden möchte. Der Topf zu meinem Deckel, wie man so schön sagt. Also sage ich diesen einen Satz, der mein Leben für immer verändern wird.

»Ja, Trever, ich will.«

DANKSAGUNG

Da hab ich gerade erst angefangen und schon ist die Honigfarben Dilogie schon wieder vorbei. … Höchste Zeit, mich bei all den lieben Leuten zu bedanken, die mich auf diesem Weg begleitet und unterstützt haben. Mein erster Dank gilt natürlich meinem Mann Mike und unseren wundervollen Kids. Meiner Rasselbande, die mir Tag für Tag das Leben versüßt. Meiner großartigen Mutter, dank deren Unterstützung ich mich richtig hinter das Buch *klemmen* konnte. Meiner allerliebsten Testleserin Karin. Gabi, meinem wundervollen Bruder Andi und seinen Jungs, Marc und Michi. Ihr seid spitze!

Dann möchte ich mich mit einem dicken Dankeschön beim A.P.P.-Team bedanken. Leute, ihr seid einfach der Hammer!

Des Weiteren gilt mein Dank Herrn Dr. Wolfgang Payer und Herrn Günter Watzenegger vom Landesfeuerwehrverband Vorarlberg für ihre fachkundige Auskunft.

Meinem Lektor Helge Hoffmann Und natürlich euch, meinen Lesern. Danke, dass ihr Mona begleitet habt. Dass ihr an ihrer Geschichte teilgenommen, mitgefiebert, mitgehasst und mitgeliebt habt. Ihr seid die Besten! ©

Eure Christine

KURZBESCHREIBUNG

Nach dem ersten Schock, dass Trevers Exfreundin genauso aussieht wie sie, spricht sich Mona mit ihm aus. Dabei kommt so manch Unerwartetes ans Licht. Trotz allem finden die beiden wieder zueinander. Monas neues Leben in Phoenix läuft fantastisch, Trever entpuppt sich, mal abgesehen von seinen bestimmenden Phasen, als Traummann, und auch der neue Job ist toll. Wenn da nur nicht diese seltsamen Nachrichten von Stefan wären und die Tatsache, dass Mama seit Tagen weder ans Telefon geht noch zurück ruft ...

Für meine Mama.
Du bist die Größte!